“CUIDADO, LEITOR”

"CUIDADO, LEITOR"

Álvares de Azevedo pela crítica contemporânea

Andréa Sirihal Werkema
Organizadora

alameda

FAPERJ
Fundação Carlos Chagas Filho de Amparo à Pesquisa do Estado do Rio de Janeiro

Grafia atualizada segundo o Acordo Ortográfico da Língua Portuguesa de 1990, que entrou em vigor no Brasil em 2009.

Edição: Haroldo Ceravolo Sereza & Joana Montaleone
Editora assistente: Danielly de Jesus Teles
Projeto gráfico, diagramação e capa: Danielly de Jesus Teles
Assistente acadêmica: Tamara Santos
Revisão: Alexandra Colontini
Imagem da capa: *Álvares de Azevedo* (domínio público).

CIP-BRASIL. CATALOGAÇÃO NA PUBLICAÇÃO
SINDICATO NACIONAL DOS EDITORES DE LIVROS, RJ

C973

"Cuidado, leitor" : Álvares de Azevedo pela crítica contemporânea / organização Andréa Sirihal Werkema. - 1. ed. - São Paulo : Alameda, 2021.
282 p. ; 21 cm.

Inclui bibliografia
ISBN 978-65-5966-001-8

1. Azevedo, Álvares de, 1831-1852 - Crítica e interpretação. 2. Romantismo - Brasil - Crítica e interpretação. I. Werkema, Andréa Sirihal.

21-70097 CDD: 869.09
CDU: 821.134.3.09(81)

ALAMEDA CASA EDITORIAL
Rua Treze de Maio, 353 – Bela Vista
CEP: 01327-000 – São Paulo – SP
Tel.: (11) 3012-2403
www.alamedaeditorial.com.br

Sumário

Apresentação

Em 2021, completam-se 190 anos de nascimento de Manuel Antônio Álvares de Azevedo, nascido em São Paulo, criado no Rio de Janeiro, estudante de direito, poeta, crítico em formação. Sua morte precoce, com pouco mais de 20 anos, é ainda motivo de consternação, se pensarmos no volume considerável da obra que deixou em estado de publicação; os leitores estão sempre a imaginar o quanto mais ele poderia ter escrito. No entanto, temos efetivamente em mãos uma obra variada, que visita diferentes gêneros literários (poesia, prosa; drama, narrativa, crítica); se não é possível dizer com certeza que cada um de seus textos estava em seu estado definitivo quando da morte de Álvares de Azevedo, podemos hoje afirmar que sua obra, publicada postumamente, tem qualidades que asseguraram o interesse da crítica nesses muitos anos que se passaram (a obra completa de Álvares de Azevedo surgiu em dois volumes, publicados em 1853 e 1855). Um interesse que se atualiza nos capítulos deste livro, que examinam algumas das facetas da obra do autor, nos dando um panorama que revitaliza, ao mesmo tempo, os estudos sobre o Romantismo brasileiro.

O lugar de Álvares de Azevedo na literatura brasileira é bastante interessante, já que ele faz parte do cânone de nosso Romantismo, sem dúvida, mas, ao mesmo tempo, está ali colocado como um romântico antinacionalista, invertendo a imagem mais comumente vendida do movimento romântico entre nós – ao qual não se pode negar o uso político recorrente das "cores do país", na expressão de Machado de Assis. Mas o poeta Álvares de Azevedo é chamado, na maior parte das vezes, para representar nosso Ultrarromantismo, com todos os seus exageros sentimentais e sua absoluta subjetividade. A outra frequente imagem ultrarromântica de Azevedo se liga, claro, ao byronismo sombrio, ao satanismo e à morbidez, tão bem expressos na prosa de *Noite na taverna* e no drama *Macário*. O gosto pela noite, pela escuridão literal e metafórica, a transgressão como norma de comportamento, tudo isso concorre para dar a Álvares de Azevedo o primeiro lugar nessa vertente romântica entre nós. Enfim, em anos mais recentes, a crítica literária brasileira tem se interessado cada vez mais pela faceta autorreflexiva do poeta, expressa em seus prefácios, prólogos, alguns textos com ambições históricas, estudos sobre autores de sua predileção – e sua contrapartida programática posta em prática nos textos mais propriamente literários.

Talvez seja a evidente e complexa ligação entre postura crítica e obra literária o que atraia ainda hoje os leitores interessados em uma visão crítica do Romantismo para a obra de Álvares de Azevedo. As referências cruzadas entre suas obras, a repetição e o retorno aos temas, as retomadas de personagens e de situações, as citações e referências a obras fundamentais para a formação de uma atmosfera romântica, tudo isso dá à obra de Azevedo uma densidade nem sempre encontrada em nosso século XIX. Se somarmos a isso o fato de que ele tentou sempre expressar, criticamente, seus projetos enquanto autor romântico no Brasil, temos um caso muito interessante de autoconsciência e autorreflexividade autoral entre nós, já por volta de 1850, ou seja, antes do consequente projeto literário de um José de Alencar, e muito antes do crítico Machado de Assis, que parece, inclusive, remeter a posturas críticas de Álvares de Azevedo em alguns de seus mais conhecidos ensaios, como "Instinto de nacionalidade" e "A nova geração".

O fato é que existe uma linhagem crítica em nosso século XIX, visível nos prefácios e afins de nossos poetas e romancistas, além dos textos historiográficos e críticos *stricto sensu*, de que não se pode excluir o jovem Álvares de Azevedo. Sua postura antinacionalista em literatura é um contraponto essencial para pensarmos os rumos de um Romantismo tão marcado pela necessidade política de fundação do Brasil como estado-nação. Álvares de Azevedo se ancora em uma perspectiva não localista, voltada para uma ideia de literatura autônoma; ele parece estar sempre mais interessado no universo do livro e do literário do que numa ideia de funcionalidade imediata da literatura escrita no Brasil oitocentista. Isso é bastante "moderno" naquele contexto, diga-se de passagem, e só vai alcançar um âmbito maior de discussão com a contribuição crítica de Machado de Assis em 1873, no já citado "Instinto de nacionalidade". O desvestimento de uma nacionalidade de fachada para a literatura brasileira – literatura que se formava frente aos olhos dos escritores e de seu público – já é questão candente para o poeta romântico que preferiu aos "toques nacionais" uma literatura voltada para uma verdade subjetiva, irregular, imperfeita, inacabada – expressa nas formas defeituosas do Romantismo crítico.

Esta seria a maior contribuição de Álvares de Azevedo para nosso Romantismo e para a literatura brasileira: sua procura incansável de formas, de maneiras de escrever, que não apenas inserissem o Brasil no debate do século XIX, em visada universalista, mas que também diferenciasse uma literatura jovem não por sua ornamentação indianista, de fauna ou de flora exótica, como expressa o poeta no diálogo de *Macário*. Ao invés de investir na construção de um mito de Brasil-floresta, de Brasil-paraíso perdido, a obra de Álvares de Azevedo nos oferece um mergulho, nem sempre sem perigos, na subjetividade conturbada do Romantismo, e nos convida a correr os riscos inerentes à experimentação formal e ao gosto pelo incerto, pelo grotesco, pelo sombrio.

Cada um dos capítulos deste livro apresenta e discute aspectos da obra de Álvares de Azevedo que dizem respeito à sua poesia, à sua visão de mundo romântica, à sua inserção no contexto do Romantismo, brasileiro ou global. Em minha contribuição, discuto os parâmetros de compreensão do que seria clássico e/ou romântico para um autor como Álvares de Azevedo, questão trazida à baila em "Puff", que precede *Macário*; já o texto de Cilaine Alves Cunha examina implicações literárias e políticas do tão propalado antinacionalismo do autor, que não se estendia ao seu estatuto de cidadão do Brasil imperial. Gilberto Araújo retoma a ideia de fetiche para ler um dos capítulos de *Noite na taverna*, campo fértil para a transgressão e para a perversão típicas do Romantismo sombrio. Em outro texto sobre *Noite na taverna*, Júlio França testa a possibilidade de um gótico oitocentista no Brasil: literatura da imaginação e do medo. Já Natália Gonçalves de Souza Santos retoma o poema "Ideias íntimas", de *Lira dos vinte anos*, para aí averiguar o jogo paródico e binômico, a partir da recepção lusitana de José Feliciano de Castilho; também sobre o célebre "Ideias íntimas" é o capítulo de Patrícia Aparecida Guimarães de Souza, que centra sua discussão no sentimento de desencanto que permeia o Romantismo e o poema analisado. Rafael Fava Belúzio experimenta, entre o ensaio crítico e a forma da poesia, com as possibilidades poéticas da *Lira*; Vagner Camilo retoma o poema "Panteísmo" para discutir os significados de sua temática na obra de Álvares de Azevedo. Por fim, o capítulo de Wilton Marques acompanha a presença lírica, dramática e crítica de Álvares de Azevedo na obra de Machado de Assis.

Eu gostaria de agradecer, antes de fechar esta rápida apresentação, a todos os autores do livro, que aceitaram o convite para reunir uma série de artigos sobre Álvares de Azevedo em seus 190 anos – creio que não havia ainda, na fortuna crítica do autor, uma coletânea com leituras tão variadas e instigantes (na verdade, existe qualquer outra coletânea de artigos sobre o autor?). Devo notar também que o livro nasceu durante a pandemia de COVID que nos limita e angustia desde 2020 e, ao que tudo indica, em considerável parte de 2021. O trabalho de professores e pesquisadores da universidade brasileira não cessa, e tenho certeza que meus colegas aqui presentes podem atestar que esses foram meses de muitas e muitas tarefas e de adaptação rápida a modelos novos de ensino e pesquisa.

Outro enorme agradecimento vai para os editores e amigos Joana Monteleone e Haroldo Ceravolo Sereza, da Alameda, que toparam desde o início o projeto, e foram entusiastas sempre, fazendo do trabalho de produzir um livro algo prazeroso e muito bonito.

Agradeço aos meus colegas e alunos da UERJ sempre, porque são a base do meu trabalho, motivo e finalidade. E, claro, à FAPERJ, não só pelo custeio do livro, mas por manter possível a pesquisa na universidade pública brasileira em tempos adversos.

Desejo a todos os leitores um bom passeio pelo livro, mas sempre com o ferrão irônico do poeta a nos lembrar: "Cuidado, leitor, ao voltar esta página!"

Andréa Sirihal Werkema
Rio de Janeiro, janeiro de 2021

Um romântico brasileiro e seus modelos clássicos

Andréa Sirihal Werkema

> O *romanticismo* é a arte de apresentar aos povos as obras literárias que, no estado atual de seus costumes e de suas crenças, são passíveis de lhes proporcionar o maior prazer possível.
>
> O *classicismo*, ao contrário, apresenta-lhes a literatura que proporcionava o maior prazer possível a seus bisavós.
>
> Stendhal

Discutindo o sentido de "clássico" e de "classicismo", Ernst Robert Curtius, em sua obra – dizemos hoje – clássica, levanta algumas questões que visam a uma desestabilização dos conceitos, lembrando Aulo Gélio, o primeiro autor latino a utilizar o termo *classicus*, e a utilizá-lo de maneira valorativa – "escritor de primeira classe" (sendo que o termo aqui remete, sim, a classe social). Eu cito Curtius em passagem longa mas muito elucidativa:

> Que um conceito fundamental de nossa cultura, tão discutido e de que tanto se tem abusado, como o de classicismo remonte a um autor do fim da Antiguidade romana, hoje apenas conhecido dos especialistas, é mais do que uma interessante curiosidade filológica. Demonstra o que tantas vezes temos comprovado: a importância do acaso na história de nossa terminologia

> literária. Como chegaria a estética moderna a admitir um princípio geral, capaz de abarcar Rafael, Racine, Mozart e Goethe no mesmo conceito, se não tivesse existido Gélio? Imponentes sistemas que demandaram séculos jamais teriam surgido, não fossem as classes de contribuintes criadas pela constituição romana de Sérvio Túlio. Não teria havido discussões sobre o classicismo, se se tivesse entendido o significado da palavra *classicus*. Entretanto, por não ser compreendida, cercou-se de um nimbo misterioso, que lembra o mármore polido do Apolo de Belvedere. Já não podemos dispensar o conceito de clássico, nem será necessário desistir dele. Mas tampouco queremos renunciar ao direito de analisar historicamente nossas categorias estéticas. É uma ampliação de nossos horizontes pelos quais somos gratos ao historicismo dos séculos XIX e XX (CURTIUS, 2013, p. 312-313).

Hoje, uma discussão sobre a ideia do "clássico" transcende, em muito, uma investigação apenas filológica ou histórica do termo; mas também é interessante ver como usamos de maneira indiscriminada, ao longo de séculos, uma categoria que se refere, em sua origem, a uma determinação de valor social – por mais que as implicações de "qualidade" e de "durabilidade" de obras de arte e de artistas guardem sempre um resquício desse tipo. E utilizamos o termo sem muito cuidado histórico também, segundo ainda Curtius, ao lembrar: "Foi um passo cheio de consequências, mas também duvidoso, quando, por volta de 1800, a Antiguidade greco-romana *en bloc* declarou-se 'clássica', pois impediu por um século a apreciação histórica e esteticamente imparcial da Antiguidade" (CURTIUS, 2013, p. 313).

É claro que não me interessa discutir a ideia da Antiguidade, nem tenho como fazer isso, por falta de formação e de espaço; mas há um dado nas formulações de Curtius que é muito importante para se pensar o funcionamento da história da literatura e as maneiras de entender o passado literário. Pois a criação da ideia de Antiguidade como um bloco aparentemente coeso, ou mesmo, dando um enorme salto, a ideia de clássico/classicista/neoclássico através dos séculos é um desafio à nossa capacidade de ordenar, em termos diacrônicos, o passado. As duas passagens citadas de Curtius indicam com muita clareza um achatamento do sentido histórico da palavra para que "clássico" pudesse abarcar o maior número possível de manifestações artísticas ao longo de séculos, o que indica, ainda, seu sentido valorativo; e vejam que não levantei até agora nenhum dos parâmetros retóricos, ou melhor, estéticos, que definem uma obra como clássica.

Creio que muitos dos problemas discutidos na oposição "clássico X romântico" partem da compreensão rudimentar que temos do amplo universo dito clássico; mas isso é espelhado também na compreensão moderna que teremos do que, a partir de certo momento, se chamou romântico. O uso do termo clássico portanto se prestaria, contra as expectativas de Curtius, a definir coisas bastante diferentes, sim, mas seu aspecto mais evidente, na discussão que se propõe aqui, é de oposição ao romântico.

A partir de 1800, como diz o filólogo, ou mais ou menos por aí, na Alemanha, na Inglaterra também, percebe-se uma quebra inédita com o modelo mimético que ordena e define o universo clássico; a concepção do Romantismo como revolução é assim bem fundamentada, já que não há retorno possível ao sentido do clássico em sua inteireza, mesmo que essa seja construída retrospectivamente. Mas, se buscarmos as primeiras caracterizações de "romântico", feitas pelo grupo de Jena, veremos que aí também se confundem concepções da história da literatura proveitosamente, e de propósito, para que uma visão sincrônica do universo romântico alinhe autores e obras por características escolhidas e compartilhadas e não por sua posição em uma linha cronológica. Vejamos o que diz Friedrich Schlegel em sua "Carta sobre o romance", publicada em 1800:

> Apresentei uma característica precisa da oposição entre o antigo e o romântico. Peço-lhe, entretanto, que não pense imediatamente que para mim romântico e moderno significam exatamente o mesmo. Penso que são tão diferentes quanto, por exemplo, as pinturas de Rafael e Correggio são diferentes das gravuras agora em moda. Se quiser ver a diferença entre eles em toda a sua clareza, faça o obséquio de ler, por exemplo, a *Emilia Galotti*,[1] obra indizivelmente moderna e, todavia, nem um pouco romântica, e lembre-se então de Shakespeare, no qual eu gostaria de situar o verdadeiro centro, o núcleo da fantasia romântica. É aí que procuro e encontro o romântico, nos modernos mais antigos, em Shakespeare, em Cervantes, na poesia italiana, na época dos cavaleiros, do amor e das fábulas, de onde derivam a coisa e a própria palavra (SCHLEGEL, 2016, p. 535-536).

A primeira característica romântica apresentada, que não aparece na citação, diz respeito à presença do histórico na arte sentimental-romântica, em oposição às fontes mitológicas da arte clássica-antiga, o que já é em si uma dica da relação que o Romantismo mantém com a história e com a

1 *Emilia Galotti*, peça de Lessing, representada pela primeira vez em 1772.

tradição. A fantasia romântica, de base histórica, mesmo que história aqui seja a própria essência da individualidade, experiência, no sentido mais filosófico possível, marca a obra de arte com o selo do sentimental, da autorreflexividade: ela será espirituosa, irônica, crítica e metacrítica. Por isso o romântico não se prende a uma época, ou a um gênero delimitado – por isso, Shakespeare é o maior dos românticos. A citação acima centra-se exatamente no descolamento entre romântico e moderno, ou contemporâneo a Schlegel, que prefere localizar o núcleo da fantasia romântica em Shakespeare e Cervantes, ou nas histórias medievais de cavaleiros andantes. O índice diferenciador do romântico não seria, repito, temporal; o Romantismo dá-se a conhecer por aspectos intrínsecos à obra, como pode ser visto no teatro de Shakespeare: textos assentados na história, aproveitamento de material alheio, inserção na tradição pela via da emulação, mistura do elevado e do baixo, gêneros não aristotélicos (e estranhos às prescritivas mais comumente referidas), uso extremo da fantasia e da subjetividade, presença da paródia, entre várias outras coisas.

August Wilhelm Schlegel, o irmão mais velho de Friedrich, desenvolverá, também a partir da obra de Shakespeare, uma caracterização do drama moderno em oposição às velhas fórmulas clássicas. Para dar conta do teatro shakespeariano, e combater a acusação clássica de sua aparente desordem e amorfia, August Schlegel distinguirá entre forma mecânica e forma orgânica (as comparações com a biologia têm longa tradição na teoria literária alemã – não devemos esquecer que o gênio cria de maneira análoga à natureza). A forma mecânica é imposta de fora para dentro, a partir das poéticas e manuais normativos do cânone clássico. A forma orgânica nasce de si mesma, "ela vem de dentro e se define simultaneamente com o pleno desenvolvimento do germe" (August Wilhelm Schlegel citado por CARLSON, 1997, p. 174). Ela ignora, portanto, os pilares teatrais das unidades e da separação dos gêneros, e é nesse sentido que se deve aceitar um novo conceito de poesia, de teatro, de drama, pois há evolução tanto na natureza quanto na arte. Esta última responde ainda às transformações históricas, que incluem a mudança do gosto, dos temas, dos valores estéticos:

> Daí que seja tão incorreto quão enganoso impor velhos nomes a novas castas de poesia. Os termos comédia e tragédia não são aplicáveis à maior parte do drama moderno; há que chamá-lo simplesmente romântico. O poeta clássico separava rigorosamente os elementos dissimilares, enquanto o romântico se deleita nas misturas e contradições. O poeta clássico buscava a ordem eterna; o romântico busca o caos secreto no âmago do universo do qual surgem novas formas (CARLSON, 1997, p. 174 e 175).

O gênio bárbaro não reconhece limites prescritos – autor titânico, Shakespeare não aceitaria poéticas (em belo anacronismo romântico), ele criaria a sua própria poética. Na base da própria ideia de gênio romântico reside o cancelamento momentâneo da ideia de fluxo histórico e também da divisão de mundo entre clássico e romântico – o gênio supera, ou desconhece, tais limitações ou controles – e este é um indício importante para percebermos que a oposição "clássico X romântico" tem um problema de total assimetria, já que o âmago do Romantismo deseja a superação da dicotomia que o define. E, na bela leitura schlegeliana retomada acima por Carlson, o poeta romântico convive bem com o caótico, o híbrido, e com a criação de formas não previstas pelo código retórico clássico. Outro modo de caracterizar o romântico é, portanto, ironia, aqui visível nesse movimento incessante das formas.

Deixando de lado os possíveis anacronismos e mesmo as contradições, o que venho tentando demonstrar, de forma talvez não muito clara, é que a oposição "clássico X romântico" é algo que funciona muito bem em termos didáticos, para uma organização mental tanto do passado literário quanto de concepções sobre a criação e a crítica da obra de arte; mas é também uma oposição que se desmonta quando observamos as definições iniciais de seus termos, ou um exame menos rígido de suas características definidoras. Como disse Curtius lá atrás, não podemos nem vamos dispensar o conceito de clássico, do qual precisamos sem dúvida, assim como do conceito de romântico; mas podemos nos surpreender com a convivência entre as hostes inimigas em contextos insuspeitados.

Contribuição interessante para a querela, marcada pelo calor da hora, é a de Stendhal, em seu conhecido *Racine e Shakespeare*, ensaio panfletário que defende o drama romântico em plena França de 1823.[2] A partir de uma pergunta sobre a viabilidade de um teatro, naquele momento, à maneira de Shakespeare ou de Racine, o polemista Stendhal faz a defesa do desrespeito shakespeariano às unidades de tempo e de lugar, sacrossantas no teatro classicista francês. O mais interessante, porém, a meu ver, é sua definição de romanticismo (sic) e de classicismo:

2 Na verdade, trata-se de dois textos, publicados em 1823 e 1825, *Racine e Shakespeare I e II*. Vou retomar apenas alguns aspectos bem gerais dos textos, portanto não farei aqui a distinção entre eles. Conferir STENDHAL, 2008.

> Sófocles e Eurípides foram eminentemente românticos: deram aos gregos reunidos no teatro de Atenas tragédias que, segundo os costumes morais, a religião, os preconceitos deste povo sobre o que faz a dignidade do homem, deviam proporcionar-lhes o maior prazer possível.
>
> Imitar Sófocles e Eurípides atualmente, e pretender que essas imitações não farão bocejar os franceses do século XIX, é classicismo (STENDHAL, 2008, p. 73).

Assim como se pode depreender de Curtius e de Schlegel, o corte temporal que opõe clássico e romântico, paradoxalmente, relativiza a ideia de passado e de presente da arte: os textos que foram românticos podem se tornar clássicos, e o que determina essa classificação é o gosto, ou melhor, o prazer que deles se pode extrair em um dado momento. Apesar da quebra temporal e da alocação no passado – os atenienses no teatro assistindo a Sófocles, por exemplo –, pode-se deslocar o conceito de romântico do século XIX francês para o século V a. C. grego, pois o que determina o Romantismo é a sua plena fruição por dado público, em dado momento. "É preciso coragem para ser romântico, já que é preciso arriscar. O prudente *clássico*, ao contrário, nunca avança sem se apoiar, às escondidas, em algum verso de Homero, ou em uma observação filosófica de Cícero no seu tratado *Sobre a Velhice*" (STENDHAL, 2008, p. 75). Apesar da maldade do comentário, já que o clássico se apoia na tradição abertamente e por definição, está em jogo a defesa do risco, de um uso independente do passado, por isso, "Lord Byron, autor de algumas heroicas sublimes, mas sempre iguais, e de muitas tragédias mortalmente tediosas, não é em absoluto o chefe dos românticos" (STENDHAL, 2008,

p. 75).[3] A passagem lembra também Friedrich Schlegel, no desvinculamento que faz do contemporâneo e do romântico, em favor de um modo de fazer, e do impacto de leitura de um texto em seu momento de produção. Isso também reverbera na questão de uma supostamente possível definição de clássico e de romântico e de suas características, em teoria, opostas em tudo. Uma vez admitido que precisamos destas categorias para entendimento, seja didático seja cronológico, da arte, até que ponto elas se sustentariam na prática de um poeta romântico, por exemplo?

Eu chego enfim à obra de Álvares de Azevedo, que é objeto de minha pesquisa já há alguns anos, e quero enfatizar que se trata de um autor ligado ao Ultrarromantismo, e, mais ainda, ao Ultrarromantismo brasileiro, descentrado, fora mesmo da ideia europeia de tradição enquanto esteio do clássico. Ora, queiramos ou não, para bem ou para mal, Álvares de Azevedo

---

3 É interessante lembrar aqui a visão diversa de Machado de Assis, que parece sempre evitar o uso de rótulos históricos, ou de escolas literárias, para sua compreensão do fenômeno literário. Diz ele, em texto de 1878: "Que a evolução natural das coisas modifique as feições, a parte externa, ninguém jamais o negará; mas há alguma coisa que liga, através dos séculos, Homero e *Lord* Byron, alguma coisa inalterável, universal e comum, que fala a todos os homens e a todos os tempos. Ninguém o desconhece, decerto, entre as novas vocações; e o esforço empregado em achar e aperfeiçoar a forma não prejudica, nem poderia alterar a parte substancial da poesia, – ou esta não seria o que é e deve ser" (ASSIS, 1997, p. 914). Eu diria que nesse ponto Machado consegue, como sempre, manter sua ambiguidade: é classicista porque aponta um valor universal para a poesia; mas nega padrões estilísticos como norma para definição e integração das obras em seu tempo, sendo, ao mesmo tempo, anticlassicista.

é o mais "romântico" de nossos escritores,[4] com sua frequentação de temáticas e atmosferas noturnas, sombrias, satanistas, céticas. Também no aspecto formal, o autor tende à fragmentação romântica, privilegiando os gêneros mistos, híbridos e advogando, em geral, em seus textos literários, por uma liberdade estrutural um tanto ou quanto inigualada em meio ao Romantismo brasileiro, tendente à estabilidade dos gêneros. No entanto, e já aponto de cara o problema, o leitor de Álvares de Azevedo pode se espantar com algumas das posturas críticas do poeta, que pontualmente admira a bela forma clássica, ou um baluarte do Classicismo como Racine, lado a lado de sua defesa inconteste de Shakespeare. Seus modelos literários, questão que se reveste de importância decisiva em um autor de país recém independente, que luta ainda por descobrir sua vocação, oscilam entre irregulares e regulares.

Fausto Cunha já apontara o paradoxo azevediano: espelhando a rebeldia de Musset e de Byron, Azevedo defende uma prática poética do desregramento formal que não condiz com a sobriedade que advoga em seus textos críticos. Falácia romântica, pois Álvares de Azevedo parece ter uma inclinação mental para a forma, malgrado a obrigatoriedade romântica da disformia planejada – e, ao que parece, à revelia de sua inegável prática do inacabamento e da irregularidade,

---

4 Conferir em BOSI, 1994, p. 110: "Se romantismo quer dizer, antes de mais nada, um progressivo dissolver-se de hierarquias (Pátria, Igreja, Tradição) em estados de alma individuais, então Álvares de Azevedo, Junqueira Freire e Fagundes Varela serão *mais românticos* do que Magalhães e do que o próprio Gonçalves Dias; estes ainda postulavam, fora de si, uma natureza e um passado para compor seus mitos poéticos; àqueles caberia fechar as últimas janelas a tudo o que não sei perdesse no Narciso sagrado do próprio *eu*, a que conferiam o dom da eterna ubiquidade."

recorrente em vários de seus textos, seja em prosa seja em poesia. Desvela-se, assim, uma das formas da independência literária em Azevedo, que saberia ser romântico à sua maneira: "Sua personalidade como que se bipartia: metade permanecia fiel à matriz Byron-Musset e metade proclamava sua autonomia crítica. Isto é: metade o acadêmico romântico e metade Álvares de Azevedo" (CUNHA, 1971, p. 117). Mais do que isso, há pelo menos dois momentos de sua crítica (tomo como atividade crítica de Álvares de Azevedo seus prefácios e textos em geral nos quais apresenta reflexões sobre a escrita e a arte) em que ele enfileira clássicos e românticos como referências para o seu trabalho.

O primeiro é o famoso Prefácio à segunda parte de *Lira dos vinte anos*, um dos textos mais instigantes de nosso Romantismo, que se abre exatamente assim:

> Cuidado, leitor, ao voltar esta página!
>
> Aqui dissipa-se o mundo visionário e platônico. Vamos entrar num mundo novo, terra fantástica, verdadeira Ilha Baratária de D. Quixote, onde Sancho é rei, e vivem Panúrgio, Sir John Falstaff, Bardolph, Fígaro e o Sganarello de D. João Tenório: — a pátria dos sonhos de Cervantes e Shakespeare.
>
> Quase que depois de Ariel esbarramos em Caliban (AZEVEDO, 2002b, p. 139).

Estão aí Cervantes, Rabelais, Shakespeare, Beaumarchais e Molière; claro que seus personagens são escolhidos a dedo por suas características cômicas e/ou grotescas, que vão definir o tom dos poemas que se seguem na segunda parte da *Lira dos vinte anos* (na verdade, sempre me espanta ver como esta lista de personagens representa um *corpus* eminentemente carnavalizado, em leitura bakhtiniana *avant la lettre*). Mas, de novo, assim como em Friedrich Schlegel, temos, lado a lado, autores bastante díspares em termos de local e de momento de produção de suas obras, além de serem autores do passado convidados por Álvares de Azevedo para presidir a segunda parte de seu livro – livro romântico, do Romantismo tardio que se praticou no Brasil, o que nos permite, muitas vezes, vislumbrar o legado do Romantismo como um todo nesse longo caminho percorrido desde os fins do século XVIII até mais ou menos 1850.

A segunda parte da *Lira*, portanto, opta pelo tom rebaixado da comédia ou do grotesco (são muitos os matizes aí frequentados pelo poeta, que vão do melancólico tom autodepreciativo até o abjeto escancarado), em oposição à prática poética elegíaca, amorosa e sentimental da primeira parte. Teríamos uma configuração clássica, à primeira vista, já que se separam alto e baixo, sublime e grotesco, belo e feio? Creio que não, pois isso seria ler mal o projeto de livro de Álvares de Azevedo, que propõe a junção das duas faces da medalha (à maneira de Victor Hugo): "É que unidade desse livro funda-se numa binomia" (AZEVEDO, 2002b, p. 139). O que interessa ao poeta é a justaposição de ambas as partes como facetas integrantes de um todo, outra indicação de que uma separação entre mundos – clássico e romântico – não interessa a essa mentalidade mais que romântica. Um verdadeiro poeta carregaria dentro de si, em estado latente, a possibilidade do clássico e do romântico, assim como sua prática deve ultrapassar as regras que separam, com rigidez, os tons e formas adequados: "É assim. Depois dos poemas épicos, Homero escreveu o poema irônico. Goethe depois de *Werther* criou o *Faust*. Depois de *Parisina* e o *Giaour* de Byron vem o *Cain* e *Don Juan* – *Don Juan* que começa como *Cain* pelo amor, e acaba como ele pela descrença venenosa e sarcástica" (AZEVEDO, 2002b, p. 140).

O outro texto crítico de Álvares de Azevedo que lida com a oscilação entre modelos e formas românticos e clássicos é o prólogo ou prefácio, chamado "Puff", de *Macário*, seu drama romântico problemático[5] – e aí, por estarmos próximos das questões teatrais, a oscilação entre forma clássica e forma romântica ganha um destaque maior ainda: o drama é gênero central para o universo clássico, desde a Antiguidade, e, por isso, torna-se também valioso para a experimentação e a iconoclastia romântica. O texto é curto, mas há uma quantidade absurda de autores citados (pelo menos 23), por nome ou por suas obras, e mostra-se, de novo, um quadro de referências mistas, que vão do teatro grego clássico a Hoffmann, de Dante a Byron, passando por Milton e Swift. Vejamos sua abertura, e faço um esforço enorme para deixar de lado mil outras questões que poderia levantar:

> Criei para mim algumas ideias teóricas sobre o drama. Algum dia, se houver tempo e vagar, talvez as escreva e dê a lume.
>
> O meu protótipo seria alguma coisa entre o teatro inglês, o teatro espanhol e o teatro grego – a força das paixões ardentes de Shakespeare, de Marlowe e Otway, a imaginação de Calderón de la Barca e Lope de Vega, e a simplicidade de Ésquilo e Eurípides – alguma coisa como Goethe sonhou, e cujos elementos eu iria estudar numa

5 Remeto o leitor que tiver interesse maior sobre o drama ao meu trabalho anterior, no qual tento fazer uma leitura de *Macário*: WERKEMA, 2012.

> parte dos dramas dele – em *Goetz de Berlichingen*, *Clavijo*, *Egmont*, no episódio da Margarida de *Faust* – e a outra na simplicidade ática de sua *Iphigenia*. Estudá-lo-ia talvez em Schiller, nos dois dramas do *Wallenstein*, nos *Salteadores*, no *D. Carlos*: estudá-lo-ia ainda na *Noiva de Messina* com seus coros, com sua tendência à regularidade (AZEVEDO, 2002a, p. 3).

Começando, como deve ser, por Shakespeare, Álvares de Azevedo reivindica para seu protótipo dramático "a força das paixões" do teatro inglês (aí representado também por um autor do período da Restauração, Otway, além dos dois amados autores elisabetanos), indicando assim uma alternativa à separação rígida entre os tons adequados para a comédia e para a tragédia, como nas misturas estilísticas praticadas pelo teatro inglês dos séculos XVI e XVII. A "imaginação" dos autores dramáticos do Século de Ouro espanhol, com sua capacidade de fazer conviver comédia, sonho, aventura e incertezas cristãs, seu maneirismo formal expresso nos contrastes entre claro e escuro, aponta para a visão dualista que o Romantismo reassumirá com gosto. Contrabalançando a predominância da paixão e da imaginação, Ésquilo e Eurípides acrescentam ao protótipo dramático azevediano a "simplicidade" arquitetônica do teatro grego clássico. Começa aí a passagem do irregular para o regular, e vice-versa, e a busca de uma síntese entre clássico e romântico – algo "como Goethe sonhou". De fato, nas peças do autor alemão citadas a seguir por Azevedo, acompanhamos o percurso goethiano desde seu rebelde e fragmentado *Goetz von Berlichingen*, escrito na juventude do autor sob a influência direta de Shakespeare, até sua "ática" *Ifigênia em Táuris*, tentativa de retorno a um passado de simplicidade e beleza há muito perdidas. Tal percurso se repete nas obras listadas de Schiller, pois Azevedo sugere o estudo do protótipo dramático tanto na revolucionária *Os salteadores*, marco do pré-Romantismo alemão, quanto na tragédia classicista *A noiva de Messina*, experimentação schilleriana que buscava unir a forma clássica ao assunto moderno – "coros" trágicos e cristianismo. As outras peças nomeadas também mostram claramente que Azevedo percebera na obra dos dois autores alemães uma reflexão sobre as possibilidades do drama moderno, pois são todas tentativas variadas, com maior ou menor sucesso, de reatualizar o gênero dramático frente às preocupações de uma nova era – e/ou de uma nova literatura.

Parece-nos cabível afirmar que o autor brasileiro almejava, décadas depois, reeditar tal movimento crítico, ou melhor, inserir-se em tal círculo de reflexão, buscando um "protótipo", "um tipo talvez novo", discutido em suas "ideias teóricas sobre o drama". Se o contexto é muito diverso, permanecem porém algumas balizas: a presença de Shakespeare, colocado tanto em seu momento quanto trazido como modelo para o drama moderno; o equilíbrio almejado entre simplicidade e imaginação; e, o mais importante para nossa discussão aqui, a reflexão sobre formas possíveis entre dois universos estéticos não necessariamente antípodas.

Depois de uma longa peroração contra as tentativas francesas (Ducis, Vigny) de amordaçar ou de emendar Shakespeare, autor que funciona em "Puff" como metonímia – ou hipérbole – do romântico enquanto âmbito da liberdade formal, Álvares de Azevedo desenvolve seu apreço pela disformia que corresponde à torrente expressiva, e afirma entender que há assuntos grandes demais para a rigidez marmórea do clássico, caminhando assim bem perto de Victor Hugo em seu "Prefácio de *Cromwell*". O poeta brasileiro admite, desde então, que o seu modelo dramático é uma ideia – no sentido de que talvez não seja possível realizá-lo. É em meio a essa atmosfera idealista que nos dá testemunho de seu amor pela mais grotesca das tragédias do bardo, *Otelo*, que funciona também como um modelo para a escrita irregular, como a entendia a alma romântica:

> Se eu escrevesse, se a minha pena se desvairasse na paixão, eu a deixaria correr assim. (...) Otelo sufocaria sua Veneziana com o travesseiro, escondê-la-ia com o cortinado quando entrasse Emília: chamaria sua esposa – *a whore* – e gabar-se-ia de seu feito. (...)
>
> Se eu imaginasse o Otelo, seria com todo o seu esgar, seu desvario selvagem, com aquela forma irregular que revela a paixão do sangue. É que as nódoas de sangue quando caem no chão não têm forma geométrica. As agonias da paixão, do desespero e do ciúme ardente quando coam num sangue tropical não se derretem em alexandrinos, não se modulam nas falas banais dessa poesia de convenção que se chama – conveniências dramáticas (AZEVEDO, 2002a, p. 5-6).

Em sua adesão à tragédia do bardo, Álvares de Azevedo não se poupa a repeti-lo em hipotética troca de lugares: escreveria o *Otelo* como o *Otelo* é. E não apagaria, nunca, os termos chulos, o rebaixamento a que se força o nobre Mouro sob a influência do satânico Iago. Não, para Azevedo, o que torna a tragédia do Mouro de Veneza tão fascinante é exatamente sua *grotesquerie*. As imagens das manchas de sangue, irregulares, ardentes, opostas, em metonímia, aos versos alexandrinos, trazem, além do mais, o calor tropical – detalhe interessante, pois pode tanto sinalizar o sangue do Mouro, quanto a prática do poeta que ali fala, brasileiro. De qualquer maneira, a oposição entre o calor do sangue e da paixão e a frieza das conveniências dramáticas consegue transmitir, com clareza, a impossibilidade de se adaptar, de se emendar, o texto do gênio, ou Colosso de Gulliver, como chama Azevedo a Shakespeare (AZEVEDO, 2002a, p. 4).

O parágrafo imediatamente seguinte, no entanto, inverte todos os padrões até então realçados pelo autor de *Macário*: ficamos em dúvida, sem saber se se trata de uma impostura romântica, ou se fala aí um verdadeiro desejo por uma escrita que se desvencilhe de toda mitologia pessoal para perseguir um ideal de simplicidade formal, que sabemos falaciosa, mas que se coloca, como ideal impossível, no ponto mais distante do Romantismo:

> Mas se eu imaginasse primeiro a minha ideia, se a não escrevesse como um sonâmbulo, ou como falava a Pitonisa convulsa agitando-se na trípode, se pudesse, antes de fazer meu quadro, traçar as linhas no painel, fá-lo-ia regular como um templo grego ou como a Atália, arquétipa de Racine (AZEVEDO, 2002a, p. 6).

Não é que seja um caso isolado no Romantismo; sabemos que há um anseio romântico, mapeado desde Schiller pelo menos, por certa inteireza ou simplicidade associada ao *ethos* clássico, em sua identificação com a natureza.[6] Mas, em ter-

---

6 "*São* o que nós *fomos*; são o que *devemos vir a ser* de novo. Fomos natureza como eles, e nossa cultura deve nos reconduzir à natureza pelo caminho da razão e da liberdade. São, portanto, expressão de nossa infância perdida, que para sempre permanece como aquilo que nos é mais precioso; por isso, enchem-nos de uma certa melancolia. Ao mesmo tempo, são expressões de nossa suprema

mos formais, aqui, na letra de uma escrita tão irregular como a praticada por Álvares de Azevedo, o trecho se destaca – e talvez não devesse. Veja-se que o parágrafo é em si todo estruturado em paradoxo, pois o poeta admite (encena?) sua escrita "sonâmbula" e "convulsa", como seu estado natural. Temos uma imagem romântica em extremo de um poeta que escreve ao sabor de sua inspiração, como a Pitonisa, a que fala com a voz do deus. E o desejo, expresso desde a adversativa que abre o parágrafo, é por uma escrita planejada, pensada como artefato, regular, arquitetada, como o templo grego clássico, como a tragédia raciniana. Parágrafo antitético, resume e representa bem a postura de Álvares de Azevedo frente à oposição "clássico X romântico": "se eu imaginasse primeiro a minha ideia, se pudesse, fá-lo-ia como a Atália de Racine".

Arquétipo de classicismo, de regularidade, *Atália* é uma das tragédias bíblicas de Racine, na verdade, sua última tragédia, escrita em 1691 e considerada por muitos a sua grande obra-prima. Álvares de Azevedo deve ter lido a peça – não encontrei referências a uma representação de Atália no Brasil enquanto o poeta esteve vivo[7], e sua estrutura elegante gravou-se em sua mente como ideal. O poeta brasileiro repete assim a vocação muito mais anticlassicista do que anticlássica que é característica do Romantismo desde seus primórdios; mas, ao mesmo tempo, sua postura antes enaltece a tragédia classicista francesa, grande inimiga romântica eleita por necessidade de diferenciação, do que procura

---

completude no Ideal, transportando-nos, por isso, a uma sublime comoção" (SCHILLER, 1991, p. 44).

7 Conferir HESSEL et RAEDERS, 1979 e RACINE et CORNEILLE, 1970.

desfazer sua importância dentro de uma possível história da literatura dramática.

O que é necessário ainda lembrar, no entanto, é que "Puff" é um texto que antecede, e paradoxalmente, apresenta, o drama romântico problemático *Macário*. Já comentava Décio de Almeida Prado sobre o prólogo "Puff", indicando que estamos em águas ambíguas:

> Esse é o paradoxo que Álvares de Azevedo, morrendo tão moço, legou ao teatro. Escreveu um prólogo meio clássico, pelo menos sensível às qualidades clássicas, para uma peça que é a mais puramente romântica entre todas do teatro brasileiro (PRADO, 1996, p. 129).

Dentro do clima antitético que permeia todo o prólogo ou prefácio "Puff", o mais interessante paradoxo é a negação constante de *Macário*, que não chega perto nunca do que Álvares de Azevedo chamou de "seu protótipo" dramático. Não pretendo aqui fazer uma leitura do drama, que já indiquei ter feito alhures, mas lembro que *Macário* é irregular, tem ares inacabados, mistura gêneros sem o menor pudor, entra no terreno do grotesco, do rebaixado, elenca entre seus personagens o próprio Satã, desrespeita as regras teatrais e dramáticas em cada uma de suas páginas. Diz sobre seu drama o poeta, ainda em "Puff":

> São duas palavras estas, mas estas duas palavras têm um fim: é declarar que o meu tipo, a minha teoria, a minha utopia dramática, não é esse drama que aí vai. Esse é apenas como tudo que até hoje tenho esboçado, como um romance que escrevi numa noite de insônia – como um poema que cismei numa semana de febre – uma aberração dos princípios da ciência, uma exce-

> ção às minhas regras mais íntimas e sistemáticas. Esse drama é apenas uma inspiração confusa – rápida – que realizei à pressa como um pintor febril e trêmulo.
>
> Vago como uma aspiração espontânea, incerto como um sonho; como isso o dou, tenham-no por isso (AZEVEDO, 2002a, p. 6-7).

Sua "utopia dramática", de forma bem clara, não se faz possível; a repetição de uma afetação romântica de desvario, de descontrole – insônia, febre, inspiração confusa – marca, no entanto, uma oposição forte entre *Macário* e "os princípios da ciência", ou "regras mais íntimas e sistemáticas", sejam lá o que queiram dizer. O drama é romântico, não há dúvidas; seu prólogo, no entanto, almeja algo entre o clássico e o romântico, mas admite o fracasso envolvido na busca da forma perfeita. Daí essa possível dialética aberta que marca o Romantismo em suas expressões mais características: a compreensão da obra de arte romântica engloba em si o clássico, enquanto parâmetro, enquanto forma de fazer, enquanto ideal. No entanto, a marca na testa do Romantismo é o desencanto, a aceitação da impossibilidade da forma perfeita – o protótipo romântico, como diz Álvares de Azevedo, é utopia. Resta-nos admitir que a oposição entre clássicos e românticos, para esses escritores que flertavam com o ideal, é algo que se resolve, mas não efetivamente, em uma transposição dos anseios românticos para uma instância superior, a ideia das formas – abre-se mão do texto como ele deveria ou poderia ser. Mas o texto fragmentado, inacabado, defeituoso – esse vai se constituir como a forma romântica em si por excelência.

Álvares de Azevedo, portanto, em sua rápida passagem pela literatura nacional, foi nosso poeta mais autoconsciente, o mais romântico de nossos românticos. E isso se atesta por sua continuada admiração voltada aos clássicos, assim como por sua prática experimental e irregular.

Referências bibliográficas

ASSIS, Machado de. *Obra completa*. Vol. III. Rio de Janeiro: Nova Aguilar, 1997.

AZEVEDO, Álvares de. *Obra completa*. Rio de Janeiro: Nova Aguilar, 2000.

AZEVEDO, Álvares de. *Teatro de Álvares de Azevedo: Macário; Noite na taverna*. São Paulo: Martins Fontes, 2002a.

AZEVEDO, Álvares de. *Poesias completas*. Edição crítica de Péricles Eugênio da Silva Ramos. São Paulo: Ed. da Unicamp; Imprensa Oficial do Estado, 2002b.

BOSI, Alfredo. *História concisa da literatura brasileira*. São Paulo: Cultrix, 1994.

CARLSON, Marvin. *Teorias do teatro*. Trad. Gilson César Cardoso de Souza. São Paulo: Ed. da Unesp, 1997.

CUNHA, Fausto. Álvares de Azevedo ou a contradição criadora. In: *O Romantismo no Brasil*: de Castro Alves a Sousândrade. Rio de Janeiro: Paz e Terra, 1971. p. 113-117.

CURTIUS, Ernst Robert. *Literatura europeia e idade média latina*. Trad. Teodoro Cabral. São Paulo: EDUSP, 2013.

HESSEL, Lothar et RAEDERS, Georges. *O teatro no Brasil sob Dom Pedro II*. (1ª parte) Porto Alegre: Ed. URGS/IEL, 1979.

HUGO, Victor. *Do grotesco e do sublime* (Prefácio de *Cromwell*).Trad. e notas de Célia Berretini. São Paulo: Perspectiva, 1988.

PRADO, Décio de Almeida. *O drama romântico brasileiro*. São Paulo: Perspectiva, 1996.

RACINE et CORNEILLE. *Fedra, Esther, Atália, Polieucto*. São Paulo: Martins, 1970.

SCHILLER, Friedrich. *Poesia ingênua e sentimental*. Trad. Márcio Suzuki. São Paulo: Iluminuras, 1991.

SCHLEGEL, Friedrich. *Fragmentos sobre poesia e literatura (1797-1803)*: seguido de *Conversa sobre a poesia*. Trad. Constantino Luz Medeiros e Márcio Suzuki. São Paulo: Ed. UNESP, 2016.

STENDHAL. *Racine e Shakespeare*. Trad. Leila de Aguiar Costa. São Paulo: EDUSP, 2008.

WERKEMA, Andréa Sirihal. *Macário, ou do drama romântico em Álvares de Azevedo*. Belo Horizonte: Ed. da UFMG, 2012.

Um sopro republicano e de vingança escrava

Cilaine Alves Cunha

Em "Cantiga do sertanejo", inserida na primeira parte da *Lira dos vinte anos*, Álvares de Azevedo constitui o seu eu lírico de acordo com a identidade do tipo previsto no título e também como um violeiro. O sertanejo define a sua própria produção artística como aquela que guarda a capacidade de transmitir cantigas e lendas antigas próprias do sertão. Autoriza-se, com isso, a encarnar fontes imemoriais da cultura de sua região, ecoando estilemas do nostálgico exilado de Gonçalves Dias:

> [...]
> No deserto do sertão:
> Lá têm mais aroma as flores
> E mais amor os amores
> Que falam do coração!
>
> [...]
> Os olhos têm mais ternura
> E os ais da formosura
> Se embebem no coração!...
>
> [...]
> Mais fervoroso o desejo
> Vai sobre os lábios num beijo
> Enlouquecer, desmaiar!... (AZEVEDO, 2002, p. 26-28)

Para persuadir a amada quanto ao espetáculo sonoro, visual e sensual da paisagem natural, o eu lírico da cantiga, à maneira do de "Canção do exílio", se situa à distância para reestilizar a intensidade qualitativa dos traços naturais e dos sentimentos experimentados na vida sertaneja. No poema, a referência à modinha espanhola e à espécie lírica "cantiga" também trai a adesão do sertanejo ao medievalismo de Gonçalves Dias, especialmente à opção desse poeta por atualizar formas e temas típicos do trovadorismo, como em "Leito de folhas verdes", "Marabá", entre outros.

Em outro poema da parte inicial de *Lira dos vinte anos*, "Na minha terra" pinta aspectos de um ambiente montanhoso e sombrio, elogia a cantiga do tropeiro que circula em sua terra natal enquanto anota a monotonia e a melancolia por ela despertadas. Quase nada no poema particulariza essa região de origem como São Paulo, a não ser a biografia do autor e a figura do tropeiro, de resto também presente em outras regiões serranas e nevoentas do Brasil. Numa antítese já a caminho de se tornar rotina, o poema contrapõe a beleza melancólica de sua pátria à luminosidade dourada da paisagem italiana, símbolo romântico da beleza dita "clássica", regular e harmônica. Na contraposição, o eu lírico valoriza, em outro eco de "Canção do exílio", a supremacia do afeto ligado à sombria beleza de sua terra: "No italiano céu nem mais suaves/ São da noite os amores,/ Não tem mais fogo o cântico das aves/ Nem o vale mais flores!" (AZEVEDO, 2002, p. 77).

Em outro dado sobre o nacionalismo inicial de Álvares de Azevedo, Domingos Jaci Monteiro (1862, p. 548) – o primo de Álvares de Azevedo que editou as primeiras publicações de sua obra –, afirma que o poeta teria nomeado a coleção de poesias correspondentes à primeira parte de sua obra lírica inicialmente de "Brasileiras", em seguida de "Folhas secas da mocidade de um sonhador" para finalmente designá-la de "Lira dos vinte anos de um trovador sem nome". Já o conjunto de poemas da segunda parte dessa obra, Azevedo intitulou como "Lira dos vinte anos".

Em que pese essa tímida e esparsa reposição do nacionalismo gonçalvino, as objeções de Álvares de Azevedo ao tema são formuladas, entre outros, no estilo elíptico de "Literatura e Civilização em Portugal". Nesse texto e em seus discursos acadêmicos, o autor envolve o tema por um refinado humor e arrefece a tendência inicial de suas primeiras poesias para incorporar algumas tópicas e procedimentos poéticos próprios do nacionalismo em voga. O enunciador desse ensaio veste, como afirmei (AZEVEDO, 2001, p. 15-26) em outro lugar, a máscara de um poeta de extração portuguesa que observa o legado de autores e obras de diferentes culturas do mundo, registra sua percepção diante deles e vaza sua reflexões poéticas com relativa liberdade sintática. Analogamente ao poema "Ideias íntimas", frequentes passagens mais poéticas de "Literatura e civilização em Portugal" fazem parecer que suas reflexões são registradas imediatamente e à medida que brotam na consciência do poeta,[1] como se o texto resultasse de um conteúdo devaneado e imediatamente redigido. Numa enunciação performática, o autor, nesse texto, apresenta os efeitos que geram em sua imaginação a leitura de lendas, mitos, gêneros artísticos e obras consagradas da tradição ocidental e oriental. Trata-se de pôr em cena o juízo estético reflexionante de Kant, isolando-o no momento em que ele é

1 Sobre o uso desse procedimento em "Ideias íntimas", cf. CAMILO, 1997, p. 77.

acionado, fingindo que a reflexão sobre os espetáculos da história literária mundial coincide com a composição do texto. O poeta se desloca por seus devaneios prolixos, anotando o sentimento, as sensações e as reflexões sobre obras, tempos, lugares, autores, estilos e gêneros poéticos de diferentes regiões do mundo.

Nesse texto de Álvares de Azevedo, um número acentuado de citações acompanha outros tipos de excesso e articula-se à compreensão poética que procura se distanciar do poeta então dito "antigo", compreendido como ingênuo. Com essas citações, Azevedo aciona o procedimento que a teoria estética do romantismo recuperou do Anônimo, dito "Longino", estimulando que uma obra procure se igualar aos mestres e se singularize mediante o estabelecimento de um conflito com eles.

Em uma das formulações de Schlegel sobre a relação do escritor com a tradição, emerge o fundamento da teoria romântica da ironia, propondo que as práticas artísticas problematizem o consenso literário e filosófico, formulando um discurso que inclua e corra paralelamente à *doxa:*[2]

> Acredita na tradição, e sempre se empenha em novas sandices; ávida de imitação e orgulhosa de sua independência, desastrada naquilo que é superficial e hábil até a destreza naquilo que é profunda ou tristemente pesado; trivial por natureza, mas transcendente pelo esforço, nos sentimentos e visões; resguardada em severa comodidade por sagrada aversão ao chiste e à malícia: à grande massa de que literatura poderiam corresponder esses traços? (SCHLEGEL, 1997, p. 55-56).

2 "Ironia é a forma do paradoxo. Paradoxo é tudo aquilo que é ao mesmo tempo bom e grande" (SCHLEGEL, 1997, p. 28).

Numa obra singular, a interpretação crítica de algum modelo canônico é procedimento adequado para que o poeta capte, em sua leitura, os sentidos infinitos dos pensamentos ali inscritos, supostamente melhor que o próprio autor pôde prever (SUZUKI, 1998, p. 139-164). Nessa relação hermenêutica, Friedrich Schlegel pressupõe que uma obra consagrada, independentemente de seu gênero, "sabe mais do que ela diz e quer mais do que sabe" (1999, p. 57). Em sua leitura, o artista pode querer representá-la novamente, remodelá-la em uma nova forma, proporcionando que sua individualidade irrompa "em diferentes raios". O pressuposto de que "poetar como Goethe o faz chama-se poetar segundo ideias: no mesmo sentido de Platão quando se exigia que se vivesse segundo ideias" (SCHLEGEL, 1999, p.58) implica não uma cópia do modelo, antes uma nova oportunidade de desenvolver outra formulação do assunto. O modelo é "apenas estímulo e meio para individuar os pensamentos daquilo que pretende criar" (SCHLEGEL, 1999, p. 75).

Em "Literatura e civilização em Portugal", a reação do autor contrária à obediência a regras objetivas da arte e ao racionalismo imperante comparece nos longos períodos desprovidos de pontos, às vezes ocupando um parágrafo de quase uma página. Amontoam-se ali referências aleatórias e dispersas que sobrepõem imagens e conteúdos recolhidos da tradição. Aliada a isso, a imprecisão espaço-temporal produz, na leitura, a indeterminação do significado. A forma difusa do texto de Álvares de Azevedo, o aparente desleixo no tratamento da forma resulta de uma retomada do narrador dito "demoníaco", o que toma suas próprias divagações como impulso do andamento da narrativa. O excesso de significação do texto resulta, assim, do que Antonio Candido (1987,

p. 21) nomeia, a propósito do romantismo e da obra azevediana, de "estética da multiplicação". Para representar a variedade ilimitada dos eventos da história mundial e literária, o autor romântico evita restringir a seleção de argumentos, pluralizando-os. A desarticulação lógica da argumentação e a fragmentação formal forjam uma composição retorcida e inacabada, nomeada por muitos românticos de "arabesco".

Em outro aspecto de "Literatura e civilização em Portugal", ao regular a representação da história e da história da literatura mundial pelos sentidos e pela reflexão, Álvares de Azevedo imita o modo kantiano de descrever a apreensão do objeto sublime e sem forma. A imaginação contemplativa do poeta brasileiro representa, tal como proposto na reconfiguração teórica do sublime por Schiller (2011, p. 68), os espetáculos da história com substância extensiva e conflituosa. "Sem utopias ou progresso, o movimento da história [de Portugal] é apresentado como caminho da ruína" (GINSBURG, 1999, p. 23). Assim o narrador azevediano pode expressar a sua avaliação sobre a grandeza do objeto e registrar a dificuldade de apreender seu caráter infinito, ou ameaçador.

Em outro fator que acentua a complexidade do texto, Azevedo também mobiliza os princípios da teoria romântica da ironia. Em "Literatura e Civilização em Portugal", o autor cita August Schlegel e Schiller. Em seus discursos, recomenda a leitura de Kant, Fichte, Abicht, Klopstock e Hegel. Em *Macário*, Penseroso refere-se ao "hino de morte sem esperança do céu, como o dos fantasmas de João Paul Richter". *Noite na taverna* cita Schelling e tantos outros filósofos. Ainda que essas indicações não atestem leitura direta da fonte, tampouco evidenciam desconhecimento do assunto. A filosofia estética do romantismo teve hora e local para ser formulada pelo idealismo alemão que se dissemina como um *corpus* teórico e estético na passagem para o século XIX. Em Portugal, a invasão napoleônica desperta sentimentos francofóbicos que levam letrados, como Almeida Garret, a se aproximarem de ingleses e alemães. Leitor fluente do francês e do inglês, assíduo frequentador da *Edinburgh Review*, entre outros periódicos estrangeiros, Azevedo pode ter entrado em contato com aquelas fontes pelas traduções da obra deles que aqui se faziam, como o *Curso de literatura dramática*, de August Schlegel, ou por sua circulação no circuito europeu.

Produzido num momento de forte nacionalismo, o recurso irônico de "Literatura e civilização em Portugal" também[3] se evidencia na constituição do narrador, como disse, como poeta de extração portuguesa e na nomeação dessa literatura como "nossas letras pátrias". Nas passagens explicitamente irônicas do texto, o narrador desce da linguagem enfática e grandiloquente e inverte máximas do sublime alheio. Naquela interminável cadeia de origens da história e da literatura portuguesas, Azevedo hiperboliza axiomas, dizendo o muito que se pode afirmar para que se pense o que é. A aplicação da ironia na disposição geral do texto dissolve o princípio de que uma literatura deriva de uma essência primordial. O autor nega, por exemplo, a possibilidade de remontar o início da literatura portuguesa à poesia trovadoresca, assim como a unidade e a organicidade pura de sua origem:

> O romanceiro do Cid, essa trova de jograis que deram à Provença os *lais de amor*, e o romance da Rosa (de

3 Sobre a incorporação da ironia no fluxo do tempo histórico em "Literatura e civilização em Portugal", cf. GINSBURG, 1999, p. 22-23.

> Meung) — e os Cancioneiros de Rezende e D. Diniz, são numa língua irmã toda: ou antes a língua é a mesma. E ainda muito depois a literatura portuguesa corava-se de escrever no dialeto por ventura mais bárbaro dos Hispânico-Lusos, mas inçado talvez das línguas estrangeiras, de vestígios Árabes deixados pela invasão, de mistos franceses trazidos pelos cavaleiros de D. Henrique: e Montemor escrevia em castelhano a sua Diana, Bernardes, Sá de Miranda, Camões, mesmo Camões, trovaram muitas de suas inspirações na língua da mãe-pátria.
>
> Da epopeia de Camões, perdoe-se-nos o erro, se é que o há em dizê-lo, é que data a inteira separação de literaturas (AZEVEDO, 1862, p. 141-142).

No excerto, Azevedo dialoga com o historicismo proposto por Herder,[4] para o qual, até a queda do Império Romano, a humanidade persistia em um mesmo tronco histórico e cultural comum e restrito, remontando ao Oriente bíblico. Mas na metáfora da copa de uma árvore, o filósofo figura o período posterior à queda desse Império com a multiplicação da cultura europeia em diferentes povos, culturas e línguas (HERDER, 1995, p. 32). Transferindo o conteúdo dessas metáforas para as relações históricas entre a Espanha e Portugal, Álvares de Azevedo compreende que, durante a voga da

4 A evidência de que Herder circulava no século XIX, no Brasil, pode ser observada em um artigo de *Annaes* da *Academia Philosophica* que cita do filósofo o título *Philosophie de l'histoire de l'humanité*. Cf. MONTADON; CÂMARA, 1858, p. 102. Na França, o livro de Herder, *Ideen zur Philosophie der Geschichte der Menschheit* (*Idées sur la philosophie de l'histoire de la humanité*), foi traduzido em 1825, por Edgar Quinet.

poesia galego-portuguesa e provençal, haveria unidade linguística entre esses dois países, sendo que, apenas a partir de Camões, a literatura e a língua portuguesa diversificam-se da espanhola, constituindo a nacionalidade literária, mas guardando contaminações com esta, com árabes e franceses.

O recurso que hiperboliza as origens e as fontes com que uma literatura nacional se forma é procedimento próprio da ironia estrutural. A multiplicação dessas origens figura a proposição de teóricos da ironia dizendo que o humor resulta do sublime invertido (RICHTER, 1979, p. 115-119). Como em discursos polemicamente compostos, em que o autor simula acreditar no que diz o seu interlocutor, levando a proposição deste ao absurdo e dissimulando o seu próprio pensamento, o leitor, caso queira, pode acompanhar a amplificação da tese do Prólogo de "Literatura e civilização em Portugal", efetivada na seção "Portugal. Duas Palavras".

Pelo rápido Prólogo, uma dada literatura pode resultar da imitação de outra ou das relações de causa e efeito entre costumes, hábitos, paisagem, aspirações do espírito e acontecimentos históricos dos povos:

> A literatura, quer a entendam como Bonald, quer não: ou encarem-na como o traslado, ou como o efeito ou a causa de usanças e vezos, dos misteres históricos dos povos – tendências físicas e aspirações empíricas do espírito; é inegável que há aí, entre ela e esse panorama de fatos uma conexão muito vizinha, um grande elo de união (AZEVEDO, 1862, p. 123-124).

Nessas cinco linhas que formam o Prólogo, Azevedo afirma todas essas possibilidades. Mas não explicita se por "misteres históricos dos povos" refere-se à determinação de toda a história da humanidade em uma dada literatura, ou se aos eventos históricos constitutivos de cada uma das nações. A frase final do excerto sustentando o tautológico "elo de união" entre uma literatura e "esse panorama de fatos" reforça a possibilidade da ação de todas as outras determinações, mas mantém a ambiguidade a respeito da interferência da história da humanidade, ou de uma nação numa literatura singular.

A seção "Duas palavras", por sua vez, localiza-se, no conjunto do texto, numa passagem posterior àquelas em que o narrador tratou da literatura nórdica, arábica e indiana, antes de ele se deter na literatura espanhola e portuguesa. Logo no início, "Duas palavras" retoma os objetivos do Prólogo e os redireciona para a história da Espanha, evidenciando, com isso, a natureza dessa seção também como um proêmio:

> Quando estatuímos ao encetar deste opúsculo que a literatura de um povo era influída, como um líquido n'outro, em sua civilização, foi-nos alvo ao perpassar daquele exórdio irmo-nos a uma tendência nossa, alentada fundamente de há muito. Quisemos tresmalhar uma olhada asinha sobre o espírito dessas nossas letras pátrias, tão aluziadas dos clarões dos céus espanhóis, e samblar em moldura engrinaldada esses visos de umas letras tão ricas, dessa praia tão derramada de pérolas e corais pelas marés que aí haviam passado no seu fluxo, das civilizações púnicas, greco-romanas, góticas e arábicas: essas sementeiras de poesia para a qual concorreram: quatro vezes o Oriente e a África, nas navegações fenícias e colônias cartaginenses, na invasão mourisca de 712, e no roçar da civilização peregrinante da raça hebraica; duas vezes a grega, no comércio da Magna Grécia das costas da Sicília e na conquista romana (civilização mais rude e bélica, é fato, mas sempre doirada das luzes de Atenas); e até a barbárie das

> raças das hordas da *grande invasão* que assinala o anoitecer da Antiguidade e a madrugada nevoenta da Idade Média (AZEVEDO, 1862, p. 136-137).

No início do excerto, Azevedo esclarece que pretendeu, nas partes anteriores em que tratou dos nórdicos, árabes e indianos, deixar escapar ou "tresmalhar" uma rápida olhada pelo espírito das letras "pátrias" e pela presença aí da cultura espanhola, acrescentando que a literatura de um povo se insere em sua *civilização* e emprestando, a esse termo aqui grifado, um largo sentido, conforme se verá. Se comparado ao Prólogo, essa seção especifica o seu tema no fluxo histórico das culturas presentes nas letras espanholas e portuguesas, amplificando os propósitos iniciais. Nesse caldo de culturas que atravessam o mundo espanhol e português, Azevedo cria uma longa linearidade temporal que recua aos fenícios e cartagineses e avança pela Idade Média, pluralizando a variedade de fontes à disposição da "imaginação espanhola". A seção se encerra com a metáfora de que a vista afrouxa-se nos vestígios de monumentos arquitetônicos da cidade indiana Mahabalipuram, presentes no lençol oceânico do "gênio" espanhol. Ao propor que "letras tão ricas" de diversas civilizações marcam presença nos "clarões dos céus espanhóis" e em "nossas letras pátrias", Azevedo expande os determinantes com que o Prólogo define uma literatura. Ao lado da paisagem, hábitos, costumes e aspirações espirituais de um povo, destaca também a multiplicidade de fatores históricos e culturais de povos diversos ali presentes.

No excerto acima, o termo "civilização" implica a ideia de "cultura" e refere-se a povos ou nações que se desenvolveram a ponto de perpetuar, mas, sobretudo, superar, antigas estruturas sociopolíticas e tecnológicas, fundando uma nova ordem mundial e legando à humanidade, após sua queda, algum bem intelectual, artístico, político, social ou material, mas sempre em uma troca dinâmica com outros povos. Álvares de Azevedo assim manifesta a sua adesão a esse princípio herderiano:

> A humanidade não morre. As gerações se sucedem herdadas da riqueza do passado. A civilização europeia é hoje o ecletismo (perdoe-se-nos a expressão) de todas as antigas, desde a Egípcia desenvolvida na Grega e acrisolada na Romana, e da Romana fundida nas crentes hordas pagãs do Norte e dos Agarenos Mosselemanos que aí se ergueram dos desertos da Ásia e da África, como os areais de sua pátria às lufadas do simum (AZEVEDO, 1862, p. 12).

Analogamente a Herder, Azevedo remonta a história da Europa à queda do Império Romano pelos povos nórdicos, desde quando se pluralizam suas diferentes culturas, designadas de "modernas" pelo século romântico. No fluxo horizontal e vertical com que figura o tempo histórico, o autor de *Macário* acrescenta, à história espanhola e portuguesa, egípcios, fenícios, cartagineses, árabes, hebraicos, gregos, romanos, nórdicos, africanos etc. para ressaltar a riqueza de fontes herdadas do passado à disposição da produção artística.

A tese de que, como parte da civilização europeia moderna, a Espanha guarda o legado das "hordas da grande invasão" pode também ser observada na disposição dos assuntos pelo sumário de "Literatura e civilização em Portugal", tal como organizado por sua primeira (AZEVEDO, 1855) e segunda edição:

LITERATURA E CIVILIZAÇÃO EM PORTUGAL
Prólogo
Literaturas do Norte
    – Árabes
    – Índia
    – Portugal – Duas Palavras
                    – Hispânia
                    – Lusos e Portugueses
– *Fase heroica* – Ferreira
                    – Camões
– *Fase negra*
– Bocage

Essa disposição gráfica oferece uma lógica distributiva própria, inserindo árabes, indianos, espanhóis, lusos e portugueses no conjunto maior constituído pelas "literaturas do norte". Nessa interpretação do manuscrito pelo organizador da primeira edição da obra de Álvares de Azevedo, a herança cultural e poética de cada um dos povos com os quais a Espanha e Portugal tiveram contato, bem como a comunicação daqueles povos com outros, transmite-se e guarda vestígios nos costumes e na história literária e cultural desses dois últimos países.

Ao se concentrar, em "Duas palavras", na cadeia de culturas diversas presentes na história da Espanha, "Literatura e civilização em Portugal" aponta para a "variedade dos acidentes de civilização" que se transmitiu ao mundo português. Na prática analítica concretizada nos tópicos "Literaturas do Norte", "Árabes" e "Índia", a amplificação da tese inicial pode impelir o leitor, caso perceba a legalidade irônica do texto, a transferir prospectivamente essa cadeia de povos e culturas para o Brasil e inseri-lo, retrospectivamente, entre os demais povos antes citados. Como ocorre nos procedimentos silogísticos desse recurso irônico, se há entre Portugal e Espanha uma cadeia de origens que remonta a tempos e culturas remotos, assim também o laço que liga o Brasil a Portugal, à Espanha etc. Com isso, Azevedo reforça o redirecionamento que opera em sua tímida incursão inicial pelo regionalismo, estendendo-a da cultura luso-brasileira para a história da humanidade.

Em sua obra, a impossibilidade de delimitar, naquele momento, a brasilidade da literatura seria conjuntural, apresentando-se como uma tarefa em devir, conforme propõe um de seus discursos. "Literatura e civilização em Portugal" polemiza, entre outros, com *O parnaso brasileiro,* de Januário da Cunha Barbosa, que se pretendida uma reunião de obras que considerava nacionais. Mas o poeta da *Lira dos vinte anos* contesta a nacionalidade da poesia árcade, alegando que a obra dos escritores setecentistas prende-se ao sistema cultural português, sem que seus heróis, nem os próprios autores, tivessem emitido qualquer grito de independência da colônia:

> José Basílio da Gama e Durão não foram tão poetas brasileiros como se pensa. Não há nada nesses homens que ressumbre brasileirismos; nem sequer um brado de homem livre da colônia – nada – até ao canto entusiasta da mocidade ardente de Antonio Pereira de Sousa e Caldas – até as gritas livres de insurreição de Tiradentes, esse prelúdio sublime de uma orquestra dos clamores de guerra ao brilhar das palmas (AZEVEDO, 1862, p. 144).

O irreverente exercício crítico de "Literatura e civilização em Portugal" opera um desmonte da normatividade do nacionalismo oficial que codificou o gênero "história da literatura" sob o fundamento de que o sentimento de pertencimento à nação, pela literatura e desde a colônia, manifesta-se em germe em um passado remoto e evolui até o presente. Para desorganizar o consenso, o texto de Álvares de Azevedo sacrifica a clareza, a objetividade e a coesão da linguagem. Seus longos e retorcidos períodos, embaralhando épocas e espaços diversos, seu estilo em tumulto e sua natureza digressiva não derivam apenas da falta de revisão do autor para publicação. Essa circunstância não elimina a natureza do estilo sublime que procura imitar a extensividade infinita ou a força dinâmica de um objeto apreendido como um caos que escapa à síntese intelectiva. Tampouco apaga o traço misto da sátira irônica que, no caso de "Literatura e civilização em Portugal", funde, de modo joco-sério, reflexão estética e histórica com a crítica ao nacionalismo vigente, quando hiperboliza a escrita da história iluminista e etapista, dissolvendo a lógica interna própria desse discurso. A representação da história como um caos de razões inapreensíveis e múltiplas dialoga com o antirracionalismo de Herder (1995, p. 46).

Para imitar a vertigem interior com que o narrador apreende o fluxo histórico, "Literatura e civilização em Portugal" justapõe associações livres e digressões parentéticas, compondo metáforas sobre metáforas, acumulando epítetos, fundindo termos e conceitos opostos no trabalho comparativo de autores, obras, regiões e povos. Algumas dessas metáforas, como "brumas", "lagos bravios", "invernos", "crepúsculos rubros", "desertos" "florestas colossais" são signos do sublime romântico, tornaram-se hoje kitsch, posteriormente empregados por Castro Alves, Fagundes Varela, entre tantos, até que naturalistas reescrevessem essas tópicas à sua maneira pretensamente científica, ainda que a terra de *Os sertões*, de Euclides da Cunha, os revigore a seu modo próprio. Em "Literatura e civilização em Portugal", a imitação vigorosa do espetáculo incomensurável e caótico da história, a ênfase conquistada por vocábulos e expressões graves e encomiásticas e por jorros de exclamações procuram adequar a forma ao conteúdo. O texto azevediano às vezes grafa mais de uma dupla de travessões no interior de um único e longo período.

Romanticamente esses sinais gráficos são, no dizer de Coleridge, expressão do infinito e do fragmentário. Tratando desse autor, Charles Rosen comenta que os travessões são obstáculos para muitos editores de textos do século XIX. Poucos deles não têm, conforme o crítico, medo desses sinais de separação, como a editora Kathleen Coburn que, ao publicar as cartas de Byron, reproduziu os originais quase fielmente, embora não tivesse tido o mesmo cuidado com a obra de Coleridge ao eliminar vários de seus travessões. Analogamente, há românticos que optam por uma linguagem extravagante e não aceitam a divisão e distribuição lógica dos pensamentos, nem uma rígida ordenação das orações em subordinadas e principias. Na forma do ouriço-cacheiro com que Schlegel define o fragmento, o uso de travessões permite, conforme a análise de Rosen (2004, p. 88), enrolar a linguagem: "à maneira de uma bola, projeta seus espinhos no mundo que o rodeia" para assim representar a fluidez da realidade.

Embora toda a obra de Álvares de Azevedo seja póstuma, as duas primeiras partes de *Lira dos vinte anos* que hoje se conhecem resultaram, conforme testemunho de Domingos Jaci Monteiro, do plano do autor de publicá-las, inserindo-as num caderno à parte. O conflito que Azevedo estabelece entre os prefácios da primeira e da segunda parte, da *Lira* dos *vintes anos*, aponta para o trabalho de preparação do texto pelo autor.[5] No conjunto da obra do poeta, um caso peculiar agrupa-se com *Macário* e *Noite na taverna*. Especialmente esta última apresenta relativo esmero formal quando cotejada com as demais peças artísticas do autor. O gesto crítico que hoje permite designar de "gótica" essa novela é evidência do maior preparo que ela recebeu do autor. Quanto a *Macário*, a declaração de Puff, no prefácio que o acompanha, de que o drama a ser lido não é um, mas poderia ser chamado de "drama, comédia ou dialogismo", atesta as intenções do autor de desorganizar os limites do gênero.[6]

Mas em "Literatura e Civilização em Portugal", em textos teóricos e críticos de Azevedo sobre Lucano, Byron, Shelley, Musset e George Sand, em *O conde Lopo*, *O livro de Fra Gondicário* e *O poema do frade* observa-se um acentuado inacabamento, provavelmente de origem dupla, tanto programática, quanto devido à falta de preparação pelo autor. A natureza fragmentária e o caráter provisório do estilo parecem até mais radical nesses dois poemas. Ressalte-se, porém que, em sua militância antirracionalista, Azevedo preza a imaginação, o sonho, o mistério, a polissignificação e pinta, em sua obra, cenas em que o uso de narcóticos e do álcool anseia pela perda dos limites da consciência. Para Macário, o desenvolvimento da técnica não melhorou as condições de vida da espécie e degenerou a vida espiritual. Meras ilusões, a filosofia e as ideias, nessa ótica, fascinam

5 A maior fidedignidade da primeira e da segunda edição da obra de Álvares de Azevedo, por Domingos Jaci Monteiro, deriva do fato de que foram as únicas baseadas em manuscritos. Cf. RAMOS, 2002, p. 23-48.

6 Para uma discussão sobre a composição dialógica de *Macário*, cf. WERKEMA, 2012, p. 61-163.

o ser humano, mas nada esclarecem (AZEVEDO, 1862, p. 264).

No conjunto da obra, a recorrência com que o autor embaralha e quebra a ordenação lógica das partes do discurso manifesta-se, entre outros, no poema "O Editor". Aí o sujeito lírico veste a máscara de um poeta-editor mercenário, afirmando que o poema que se lê é cópia de Torquato Tasso. Forjando a máscara do apressado autor mercantil ávido pelo produto de sua venda, Azevedo embaralha as partes do texto, joga a conclusão para o início e a introdução para o fim. Em "Boêmios", em que se dialoga com uma passagem de *Nossa Senhora de Paris,* de Victor Hugo, surge inesperadamente, ao final, um Prólogo, que personifica, na lição herdada provavelmente de Kleist, um crítico da história trágica anteriormente relatada por Nini ao amigo Puff.

Em que pese, por outro lado, a tendência universalizante do historicismo de Álvares de Azevedo, seu pressuposto, formulado no Discurso de 11 de agosto de 1849, de que a constituição da literatura como brasileira seria uma tarefa a ser futuramente concretizada, seu esforço para ampliar o horizonte de leituras no Brasil para além dos limites da tradição local e portuguesa, tudo isso é compatível com seu singular nacionalismo. Embora negue que "sem língua à parte não há literatura à parte" e que aquela que se produzia no Brasil já tivesse, naquele momento, conquistado a diferenciação da literatura portuguesa, ele também manifesta a utopia de queda da monarquia portuguesa.

Para esse poeta irreverente e com consciência marcante de seu artesanato poético, não seria impossível, antes um desafio iniciar o processo de diferenciação de sua linguagem artística da europeia. Em certos aspectos, Azevedo a renovou quando introduziu em sua poesia elementos prosaicos e desprovidos até então de dignidade poética, glorificando objetos do mundo cotidiano e doméstico, como o cachimbo, o candeeiro, o colarinho e o quarto de dormir (CORREIA, 1998). Também exerceu o espírito crítico do romantismo, no divertido conjunto de poemas satíricos da segunda parte de *Lira dos vinte anos* e em outros momentos da obra. Além disso, Azevedo pratica liricamente a implosão dos limites tradicionais de gêneros poéticos e ficcionais, como no caso, entre outros, da subjetivização da natureza objetiva da espécie balada, em "Meu sonho" (CANDIDO, 1989, p. 38-53.), assim como da racionalidade então constitutiva do soneto.

A posição de Álvares de Azevedo sobre as relações entre o Brasil e Portugal pode ser observada em seus dois discursos. O autor de *Noite na taverna* documentou sua negativa avaliação sobre os acontecimentos políticos de seu tempo.

Em seu discurso proferido no dia 11 de agosto de 1849, destinado à comemoração dos cursos jurídicos no Brasil, o orador se concentra na "missão civilizadora" de acadêmicos e letrados em favor da construção do porvir nacional, literário e filosófico. O texto define o fluxo da história de uma nação como resultado de conflitos e da fusão de diferentes povos locais no palco do drama da história. Procurando traçar o papel da filosofia da história no conhecimento de uma nação, o Discurso de 1849 se vale de Victor Hugo para pontuar duas fases na crônica do desenvolvimento humano: na primeira, as famílias formam um povo que vive isoladamente, preparando-se para um segundo momento, quando diversas "raças" tendem à comunicação entre si e ao desenvolvimento em uma única nação:

> A esse máximo alvo é que tem tendido todas as grandes evoluções sociais: indiretamente quando elas têm tido por fim a unidade das raças, como essa grande comoção de 89 que, do mosaico de povos tão diversos por legislações e costumes que se chamava o Reino de França e Navarra, fez uma verdadeira Nação – uma – se assim me é dado exprimir; diretamente quando tenderão à comunicação dos povos, e à unidade numa grande ideia (AZEVEDO, 1862, p. 11).

Azevedo absolutiza o pressuposto quando afirma que não teria havido um único acontecimento do progresso e da civilização que não resultasse do embate e da fusão de diferentes povos em direção à constituição nacional e cujo modelo eleito mais célebre é a assimilação entre "bárbaros" e romanos. Num gesto ousado, propõe alargar uma ideia de "Como se deve escrever a história do Brasil". Nesse texto, Martius, como se lembra, acredita na superioridade cultural e intelectual do europeu e anuncia, em forma de profecia, a futura assimilação das culturas africanas e indígenas pela portuguesa. Com isso, naturaliza e sacraliza esse processo, não só por recorrer ao discurso profético, mas também por compará-lo a um grande rio que absorve os seus afluentes (MARTIUS, 1956, p. 443)[7]. Azevedo, por sua vez, sugere que o estudo da história de um povo deve avaliar não a assimilação, antes os conflitos entre as etnias, ou melhor, as tensões e as reações de "civilizações parciais entre si" rumo àquela suposta unificação e num processo em que, durante o período de luta, umas se desenvolvem e outras são tolhidas (AZEVEDO, 1862, p. 12).

---

7 Sobre esse texto de Martius cf. GUIMARÃES, 2011.

Nesse discurso, o moderado entusiasmo do orador com a ideia de desenvolvimento do Brasil em civilização pode ser observado na passagem em que o autor discorda de previsões que afirmavam que a América no futuro seria a condutora da humanidade (AZEVEDO, 1862, p. 13). Ainda assim, o autor projeta para o futuro um momento em que ela produziria uma cultura e uma literatura mais belas.

Com esse contido entusiasmo, o Discurso de 11 de agosto aborda a possibilidade de sistematizar a nacionalidade da literatura produzida no Brasil, ressaltando que a isso "não pode cifrar-nos o porvir". Para ele, mesmo após a fundação, em 1827, da primeira Faculdade de Direito, "temos sido reflexos das práticas e usanças europeias. Literatura, ciências, artes, tudo isso aprendemos lá. As letras nacionais ainda não se enriqueceram de um livro que não fosse bebido no outro hemisfério" (AZEVEDO, 1862, p. 9). O texto também louva os *Primeiros Cantos*, de Gonçalves Dias, que já teriam, segundo Azevedo, marcado época e regenerado "a rica poesia nacional de Basílio da Gama". Nesse segmento de frase, aparentemente o adjetivo "nacional" identifica-se ao contexto brasileiro. Mas se assim fosse, perderia sentido a ideia antes formulada sobre a dominante presença da cultura europeia na literatura produzida no Brasil. A compreensão de que a produção letrada brasileira permanecia presa ao sistema cultural português enfraquece a possibilidade de que Álvares de Azevedo compreenda a obra de Basílio da Gama como produto brasileiro. É mais provável que o adjetivo "nacional" identifique-se com a tradição portuguesa em que o poeta insere a produção local de até então. Como afirma o outro Discurso, o Brasil como nação nova ainda não possuía experiência do passado (AZEVEDO, 1862, p. 102). Na metáfora do "sentimento íntimo" que Azevedo lega a Machado de Assis, "Literatura e civilização em Portugal" não nega a nacionalidade da categoria "poesias americanas", subtítulo de *Primeiros cantos*, de Gonçalves Dias. Questão que considera secundária, para Azevedo crie uma obra o cenário de suas cenas em terras estrangeiras, compondo exotismos, ainda assim ela guarda o sentimento de seu tempo e espaço. Apenas não vê sentido em exigir que as produções artísticas deixem de dialogar com a riqueza poética acumulada na tradição das civilizações.

Numa célebre carta ao pai (AZEVEDO, 1862, p. 95), o poeta avalia que seu Discurso pronunciado durante a instalação da Sociedade Acadêmica do Ensaio Filosófico, em nove de maio de 1850, não seja "mais que o desenvolvimento da ideia esboçada no de 11 de agosto". Característico, no entanto, do estilo encomiástico inerente a um evento de celebração, contando provavelmente com a presença de professores e outras autoridades acadêmicas, o entusiasmo do primeiro deles com a possibilidade de desenvolver a vida espiritual no país e com o futuro das letras locais é amenizado no segundo Discurso, substituído por um tom mais aguerrido e cético[8]. Nessa segunda peça de oratória, Azevedo analisa a conjuntura política de seu tempo e diagnostica como problema a preservação da monarquia, regime incompatível, como destaca, com o desenvolvimento da nação. Nessa ótica, sem progresso político não há progresso científico.

No primeiro Discurso recitado em 1849, Azevedo minimiza o caráter político de suas observações, quando finge, numa preterição, que não tratará da missão política dos es-

8 A respeito do sentimento patriótico de Álvares de Azevedo e sobre esse Discurso, cf. CAMILO, 2011, p. 84-88.

tudantes. Enquanto isso aborda, em quase uma página, aquilo que afirma que não seria dito, ao louvar o protagonismo de sociedades secretas germânicas e italianas no abalo do Estado absolutista, assim como de corporações estudantis francesas na disseminação do grito republicano por praças e ruas de Paris. Mesmo da perspectiva desse Discurso, em que o orador declara que irá se concentrar apenas na missão civilizadora dos estudantes e letrados, os acadêmicos seriam "homens do Povo" que "nunca renegaram as ideias do Povo; membros da verdadeira aristocracia – a da ciência, malgrado seu, teve a nobreza feudal de ombrear com eles. Foi então essa instituição [a academia] o reconhecimento dos direitos populares representados pelo saber".

Já no Discurso de 1850, Azevedo explicita o que havia contorcido na preterição do primeiro deles, ressaltando a natureza política da ação de acadêmicos e intelectuais. Nesse ano, o poeta acusa a hostilidade do regime monárquico e das ações governamentais para com a soberania popular e o desinteresse deles em estimular o enriquecimento da cultura local, incrementar a arte, a filosofia e o estudo científico. Indignando-se com a recusa do governo a cumprir a Constituição – deixando de oferecer instrução primária às "classes baixas" e colégios públicos –, o orador traça um desalentador cenário político e social. Nele articula uma relação de causa e efeito entre despotismo, febre de licença generalizada de forças "reversivas" e embrutecimento dos habitantes da jovem nação, lamentando a ausência no país de iniciações seculares:

> [...] quando, nação nova e sem experiência do passado, acordada ao sol das ideias livres, sem as iniciações seculares, como o Adão Bíblico no Éden, deslumbrada ainda ao lampejar das revoluções de além-mar, perple-

> xa entre as aspirações reversivas de uma febre de licença, e as tendências selvagens de uma parte da nação inda bruta, ao bramir sufocado do povo que se dói da mordaça que o açaima e enjeita o reléo do absolutismo, tendendo à objetivação dos princípios livres, a pátria desacoroçoa e abate no peito a fronte suarenta, como o sublime *Misérrimus* do poeta contemporâneo (AZEVEDO, 1862, p. 102).

O Discurso de instalação da Sociedade Acadêmica do Ensaio Filosófico conclama os acadêmicos a estudarem a variedade múltipla dos sistemas filosóficos, mas também os incita a reagirem em favor das utopias que estavam negadas, participando de toda sorte de associação, seja entre os acadêmicos ou deles com as vozes populares em praças públicas, já que a "chaga do povo é funda" (AZEVEDO, 1862, p. 102).

Nos dois Discursos, Azevedo pinta, com maior ou menor prudência, imagens recorrentes da queda do Império Romano, da Revolução de 1789 e da de 1830 para ressaltar que, na eclosão de algum grande cataclismo, brotam as sementes que darão nascimento a um novo tempo. Do passado o autor da *Lira dos vinte anos* seleciona motivos relacionados à luta, morte, decadência e barbárie como ponto inicial da história de uma nação, quando, para ele, são impulsionadas ações dos jovens em favor de um novo tempo: "dessas comunidades de mancebos resvala muita luz de esperança, muito auréola de claridão" (AZEVEDO, 1862, p. 100). Adotando a ideia cíclica herderiana de história como apogeu, ruptura e decadência, mas sempre recortando esta última como impulso da formação das nações, o poeta afasta-se, com isso, de românticos, como Gonçalves Dias, que em suas obras mantiveram a ideia cristã do passado como mestre da vida.

Nos discursos e na prática artística de Álvares de Azevedo, não emerge o princípio de que a escrita da história deve recuperar o passado como exemplo do presente, nem glorificar heróis pregressos da história oficial, tal como orientava o Instituto Histórico e Geográfico Brasileiro. O autor evita buscar "palmas de glória nos feitos de um passado remoto" (AZEVEDO, 1862, p. 2), procurando antes as diferenças entre o que foi e o que é. O fluxo do tempo orienta-se, nessa ótica, por situações de conflito e transformação, com vetor voltado não para repor o que se foi, mas para modificar o presente e construir o futuro[9]. Seus textos tampouco pressupõem, como se observa em outros nacionalistas, que o tempo transcorre para aperfeiçoar progressivamente a capacidade racional da humanidade. Antes reivindicam a formação espiritual dos habitantes da nação. Sua obra veicula o princípio de que as lendas, o misticismo, as epopeias nacionais e a produção literária em geral permitem compreender, tanto quanto o discurso histórico e filosófico, os eventos principais que marcam a história de um povo. O progresso nacional implica, para ele, uma campanha de formação cultural secular que fortaleça o grau de civilidade de seus habitantes.

Por fim, desconheço qualquer palavra de Álvares de Azevedo em favor da preservação da escravidão ou da abolição, assunto quase inexistente em sua obra, não fossem versos rápidos de seus poema *Rex Lugebit*, dedicado à morte do filho infante de Pedro II. Aí o eu lírico compreende que essa morte pode ter sido resultado de um "anátema de Deus" ou de "Um

9 Sobre as diferenças entre a teoria da história *magistra vitae* com o historicismo moderno, cf. KOSELLECK, 2006, p. 22-60. E tb. LIMA, 2006.

bafejar de vingança escrava,/ Que sacudir os seus grilhões desperta,/ Com beijos de veneno" (AZEVEDO, 2002, p. 536).

Referências bibliográficas

AZEVEDO, M. A. Álvares de. *Obras de*. Org. Domingos Jaci Monteiro. Rio de Janeiro: Typographia Universal de Laemmert, 1855, vol. II.

AZEVEDO, Manoel Antônio Álvares de. *Obras de*. Org. Domingos Jaci Monteiro. 2ª. edição. Rio de Janeiro: Livraria B. L. Garnier, 1862, vol. II.

< https://digital.bbm.usp.br/handle/bbm/5029> Acesso em 14/07/2019.

______. *Obras completas de*. Org. Homero Pires. 8ª. ed. Rio de Janeiro: Cia. Editora Nacional, 1942.

______. *Poesias completas*. Ed. crítica de Péricles Eugênio da Silva Ramos. Org. de Iumna Maria Simon. Campinas: Editora da Unicamp; São Paulo: Imprensa Oficial do Estado, 2002.

CAMILO, Vagner. *Risos entre pares*. São Paulo: Edusp; Fapesp, 1997.

________. "Álvares de Azevedo, o Fausto e o mito romântico do adolescente no contexto político-estudantil do Segundo Reinado". In Revista *Itinerários*, Araraquara, n. 33, jul/dez 2011, pp. 61-108 <file:///C:/Users/Mivi/Downloads/4862-11853-1-SM%20(1).pdf> Acesso 25 de julho de 2019.

CANDIDO, Antonio. *A educação pela noite & outros ensaios*. São Paulo: Ática, 1987.

________. *Na sala de aula*. São Paulo: Ática, 1989.

CORREIA, Marlene de Castro. "A poesia de Álvares de Azevedo". In Revista *Poesia sempre*, ano 6, n. 9, março 1998.

CUNHA, Cilaine Alves. "Palpites dissonantes de brasileirismo em 'Literatura e civilização em Portugal'". In *Literatura e autoritarismo*. Santa Maria, n. 4, 2001, p. 15-26.

GINZBURG, Jaime. "História e melancolia em 'Literatura e civilização em Portugal'". In Revista *Estudos Portugueses e Africanos*. Campinas (33/34), jan/dez. Unicamp: Instituto de Estudos da Linguagem, 1999.

GUIMARÃES, Manoel Luís Salgado. *Historiografia e nação no Brasil*. 1838-1857. Rio de Janeiro: EdUERJ, 2011.

HERDER. *Também uma filosofia da história da humanidade*. Trad. José M. Justo. Lisboa: Antígona, 1995.

KOSELLECK, Reinhart. *Futuro passado. Contribuição à semântica dos tempos históricos*. Trad. Wilma Patrícia Maas e Carlos Almeida Pereira. Rio de Janeiro: Contraponto; PUC-Rio, 2006.

LIMA, Luiz Costa. "Perguntar-se pela escrita da história". In *Vária história*, Belo Horizonte, vol. 22, n. 36, Jul/Dez 2006.

MARTIUS. "Como se deve escrever a história do Brasil". In *Revista de Historia de América*, n. 42 (Dec., 1956), pp. 433-458. <file:///C:/Users/Mivi/Desktop/VON%20MARTIUS,%20Como%20se%20deve%20escrever%20a%20história%20do%20Brasil-Martius.pdf> Acesso 28/07/2019

MONTADON, S. da Fonseca; CÂMARA, Raposo da. "Qual a origem das sociedades? sua utilidade em relação à ciência". In *Annaes da Academia Philosophica*. Rio de Janeiro, março de 1858, ed. 1. http://memoria.bn.br/DocReader/docreader.aspx?bib=071599&pesq=> Acesso em 26/07/2019.

MONTEIRO, Domingos. "Notas às poesias" *in* AZEVEDO, Manoel Antônio Álvares de. *Obras de*. Org. Domingos

Jaci Monteiro. 2ª. edição. Rio de Janeiro: Livraria B. L. Garnier, 1862, vol. II.

< https://digital.bbm.usp.br/handle/bbm/5029> Acesso em 18/07/2019.

PAUL, Jean (Frédéric Richter). *Cours préparatoire d'esthétique*. Trad. Anne-Marie Lang et Jean-Luc Nancy. Lausanne : Éditions l'Age d'Homme, 1979.

RAMOS, Silva. Introdução. AZEVEDO, Álvares. *Poesias completas de*. Ed. crítica de Péricles Eugênio da Silva Ramos. Org. de Iumna Maria Simon. Campinas: Editora da Unicamp; São Paulo: Imprensa Oficial do Estado, 2002.

ROSEN, Charles. *Poetas, românticos, críticos e outros loucos*. Trad. José Laurenio de Melo. São Paulo: Ateliê Editorial/ Editora Unicamp, 2004.

SCHILLER, Friedrich. *Do sublime ao trágico*. Trad. Pedro Sussekind e Vladimir Vieira. Belo Horizonte: Autêntica, 2011

SCHLEGEL, August. Fragmento 58 (*Pólen*) *apud* SCHLEGEL, Friedrich. *O dialeto dos fragmentos* (*Lyceum*, Fragmento 48). Trad. Márcio Suzuki. São Paulo: Iluminuras, 1997.

________. *O dialeto dos fragmentos* (*Lyceum*, Fragmento 48). Trad. Márcio Suzuki. São Paulo: Iluminuras, 1997.

________. *Sur le Meister*, de Goethe. Trad. par Claude Hary-Schaeffer. Paris: Editions Hoëbeke, 1999.

RAMOS, Péricles Eugênio da Silva. Introdução a *Poesias completas*. Ed. crítica de Péricles Eugênio da Silva Ramos. Org. de Iumna Maria Simon. Campinas: Editora da Unicamp; São Paulo: Imprensa Oficial do Estado, 2002.

SUZUKI, Márcio. *O gênio romântico*. São Paulo: Iluminuras, 1997.

WERKEMA, Andréa Sirihal. *Macário ou do drama romântico em Álvares de Azevedo*. Belo Horizonte: Editora UFMG, 2012.

Álvares de Azevedo ou o fetiche de Solfieri

Gilberto Araújo

O romance *A pata da gazela* (1870), de José de Alencar, constitui um dos capítulos mais emblemáticos da presença do fetiche em nossa ficção romântica. Seu protagonista, Horácio, persegue apaixonada e obsessivamente um pé que caiba em mimoso sapato achado numa rua do centro do Rio. Em busca do pé perdido, desdenha das representações artísticas em favor da experiência concreta da vida: "Literatura e arte são plágios; quem pode fazer poesia e romance ao vivo, não se dá ao trabalho de reproduzi-los; nem contempla estátuas, quem lhes admira os modelos animados e palpitantes" (Alencar, 1953, p. 175). Essa opinião traduz um juízo que, extrapolando o âmbito textual, recaiu sobre alguns escritores românticos: a ideia de que eles têm medo de amar, preferindo idolatrar belezas etéreas a se deitar com alguém (ANDRADE, 1978, p. 201). Uma comprovação: em um dos livros mais maliciosos do Brasil, *A vida amorosa dos poetas românticos*, Vicente Azevedo afirma que contar a trajetória afetiva de Álvares de Azevedo é "narrar batalha que não houve" (AZEVEDO, 1971, p. 45). Munido de cartas do poeta a mãe, o ensaísta pinça uma em que o remetente designa certas damas paulistas de "bestas xucras" (AZEVEDO, 1971, p. 57). Se voltarmos da vida à obra, a polêmica se mantém, embora em tom menos acintoso. Um travesseiro aqui (parte X de "Ideias íntimas"), um cochilo ali ("Quanto à noite no leito perfumado"), um rol de roupa suja acolá ("É ela! é ela! é ela! é ela!"), sempre há uma barreira entre amante e amada. A alternativa é, com grande frequência, transferir o desejo da pessoa para o item que obsta a aproximação do par, o que caracteriza a tendência fetichista da obra de Álvares de Azevedo.

Para examinar a questão, optamos pelo texto em prosa mais conhecido do escritor, *Noite na taverna*, a fim de propormos uma leitura do fetiche em "Solfieri", segundo capítulo do volume. Em seguida, teceremos algumas considerações acerca da estrutura do livro, a qual, em nosso entender, se correlaciona à temática investigada no conto selecionado. Cabe ressaltar que boa parte de nossa argumentação poderia se fundamentar em outros títulos de Álvares de Azevedo: sua vasta produção em verso e, sobretudo, *Macário*, *O livro de fra Gondicário* ou *O conde Lopo*. Entretanto, o propósito não é o recorte transversal na obra, e sim a interpretação verticalizada de um único texto, para nele aprofundar aspectos relevantes e extensíveis a outras criações, buscando avaliar em que medida o conto funciona de mote à arquitetura inquieta de *Noite na taverna*. Passemos, então, a "Solfieri", nome do primeiro narrador a apresentar aos confrades de copo uma aventura macabra que protagonizou.

O texto se inicia sob a marca do hibridismo e da simulação, ao apresentar Roma como a cidade da perdição, em que o crucifixo adorna o quarto da prostituta, e o sacerdote se deita com a amante. Ambientando a narrativa nesse espaço, Solfieri contamina-a de perversão e ambiguidade, deixando em dúvida a plausibilidade do que conta. Afinal, não bastasse estar encharcado de vinho, reporta-se a um local marcado pelo intercâmbio insidioso entre vício e virtude, desejo e espiritualidade, verdade e fantasia, componentes refletidos na figura feminina que vislumbra na cidade:

> – Era em Roma. Uma noite a lua ia bela como vai ela no verão por aquele céu morno, o fresco das águas se exalava como um suspiro do Tibre. A noite ia bela. Eu passeava a sós pela ponte de... As luzes se apagaram uma por uma nos palácios, as ruas se faziam ermas, e a lua de sonolenta se escondia no leito de nuvens. Uma sombra de mulher apareceu numa janela solitária e escura. Era uma forma branca.– A face daquela mulher era como a de uma estátua pálida à lua. Pelas faces dela, como gotas de uma taça caída, rolavam fios de lágrima (AZEVEDO, 1942, p. 94-5).

Assim como em outros contos de *Noite na taverna* e em grande parte da literatura romântica, "Solfieri" cria espelhamentos entre a caracterização do espaço e do personagem, azeitando as fronteiras entre sujeito e objeto. Na cena acima, a aparição feminina ecoa a nebulosa Roma noturna. Tudo começa com o pretérito imperfeito, que acena a certa atemporalidade (próxima do "Era uma vez"), ferindo a noção da narrativa centrada no transcurso de um evento específico no espaço e no tempo. Não obstante se indiquem certas coordenadas geográficas (Roma, rio Tibre), elas, por demasiado genéricas, impedem a localização precisa do episódio. O elemento potencialmente especificador, o nome da ponte, é dissipado em reticências que preservam a obscuridade. Desse modo, a ponte funciona mais como um signo de passagem, de acesso ao mundo fantasioso de Solfieri. Não à toa, após cruzá-la, aparece-lhe a mulher, encarnação da miragem.

Para legitimar seu discurso perante os amigos na taverna e fazer-se acreditar como vítima da senhora fatal, o narrador sugere que as insinuações provieram dela, colocando-se na posição de espectador condicionado a segui-la. Como esse processo de elaboração mental é concomitante à enunciação, Solfieri emprega certos recursos para, no calor da hora, aprimorar a persuasão. Um deles é repetir informações ("a noite ia bela"), como quem estica o tempo para formular a próxima sentença. É bem verdade que essas reincidências e digressões podem ser atribuídas à embriaguez, mas nem por isso são menos argumentativas. Outra estratégia é, conforme apontamos, definir parcialmente o espaço da narrativa, impedindo, por exemplo, que algum colega mais desconfiado procurasse a tal ponte e o tal palácio onde a dama noturna teria emergido. Destacam-se ainda as comparações excessivas – típicas, é claro, da praxe romântica, e oportunas no sentido de espichar o tempo da narração.

Desenvolvendo a imbricação entre espaço e personagem, as luzes da cidade se apagam e a lua se acolchoa entre nuvens, funcionando como holofote para destacar a forma branca na escuridão. Do mesmo modo, o silêncio das ruas, levemente quebrado pelas águas do Tibre, potencializa a escuta de qualquer som proveniente da figura misteriosa, que, em dueto com o rio, cantará "um como choro de frenesi, um como gemer de insânia" (AZEVEDO, 1942, p. 95). Apesar da pouca luminosidade, a mulher vai ganhando nitidez progressiva aos olhos de Solfieri, no mesmo passo em que seu contorno se lhe vai desvelando: inicialmente, é apenas uma sombra na janela; depois, é uma face para, na sequência, aparecer inteira à porta e ganhar a rua. Ou seja, da compleição vaga e algo espectral, encastelada no palácio, transforma-se no corpo com rosto e pés que se oferta, qual uma prostituta ao passante.

É justo nessa fisicalidade crescente que se entrevê o comportamento fetichista de Solfieri, empenhado em reduzi-la a artigo de sua satisfação. Devemos lembrar que, em "Uma noite no século", capítulo inicial de *Noite na taverna*, o homem se revelava materialista inveterado, e sua historieta, em último grau, tem o objetivo de comprovar tal convicção. Naquela primeira conversa com os amigos, ele sentenciava: "Como Schiller o disse, o átomo da inteligência de Platão foi talvez para o coração de um ser impuro. Por isso eu vo-lo direi: se entendeis a imortalidade pela metempsicose, bem! talvez eu a creia um pouco; pelo platonismo, não!" (AZEVEDO, 1942, p. 90).

Seu ceticismo só lhe permite acreditar na imortalidade via transferência de matéria. Daí a romana rapidamente romper o confinamento palaciano, lançar-se no "labirinto das ruas" (AZEVEDO, 1942, p. 95) até chegar ao cemitério, campo maior do espetáculo do corpo, mesmo que putrefato. Daí também os tantos símiles: a face da dama é "como uma estátua pálida", suas lágrimas, "como gotas de uma taça caída", signos de concretude intensa, indicativos da índole analógica do narrador. Essas comparações integram a retórica fetichista, pois substituem a pessoa por artefatos imóveis e suscetíveis de dominação: se a estátua modela e paralisa a passante noturna, a taça pode ser manipulada ao bel-prazer do bebedor.

Todavia, é curioso o fato de o discurso aparentar a supremacia de Solfieri, enquanto suas ações, ao contrário, indiciam sua total submissão à mulher. Afinal, é por ela que ele redireciona a caminhada e acaba dormindo no cemitério, onde acorda febril, sem saber como chegara ali. Da figura misteriosa ficam apenas rastros: urzes e cicutas quebradas junto a uma cruz, vestígios que evidentemente não satisfazem a obsessão do noctâmbulo. Se o conto insiste na genuflexão masculina perante a *femme fatale*, transparece, colateralmente, o esforço de Solfieri de submetê-la a si. Em compensação, seu interesse não estaria no contato direto com o indivíduo, mas com seus simulacros substitutivos, numa espécie de metempsicose afetiva, segundo a qual se cultua parcialmente no objeto aquilo que o corpo ofereceria na íntegra. Daquele ente crescentemente inteiriço (sombra>face>corpo) o *voyeur* acessa apenas as marcas deixadas no campo-santo, farejando sua passagem no ambiente. O contato com ela deu-se até aqui pela visão e audição, sentidos que, reconhecendo a existência da carne, podem mantê-la distanciada.

Freud argumentou que "o fetiche é um substituto do pênis da mulher (da mãe) em que o menininho outrora acreditou e que – por razões que nos são familiares – não deseja abandonar." (FREUD, 1996, p. 59). Relativizando o sexualismo freudiano, Agamben estende o conceito a outras carências menos categóricas: "como presença, o objeto-fetiche é, sem dúvida, algo concreto e até tangível; mas como presença de uma ausência, é, ao mesmo tempo, imaterial e intangível, por remeter continuamente para além de si mesmo, para algo que nunca se pode possuir realmente." (AGAMBEN, 2007, p. 60-2). Agregando ao debate o argumento de gênero, Valerie Steele observa que "apesar de o fetichismo estritamente definido parecer distintamente uma prática minoritária, um certo *grau* de fetichismo parece ser extremamente comum entre os homens – normativo, em outras palavras, se não 'normal'" (STEELE, 1997, p. 20). Haveria os homens-pernas, homens-peitos, homens-sapatos, evidências de que "fetichizar é a norma para homens, não para as mulheres" (idem).

Ora, até o momento, apesar de reportar-se ao rosto, aos pés e à indumentária branca, Solfieri não se fixa em nenhuma parte específica da observada, tampouco se excita com alguma peça usada por ela; à primeira vista, admira um todo de carne e osso. Então, em que consiste seu fetichismo? Do que ou de quem essa mulher é a ausência?

Para levantarmos possíveis respostas a essa pergunta, devemos retornar a Roma um ano depois do ocorrido. Flagramos Solfieri no leito da condessa Bárbara, com quem passara noite de amor. Infere-se daí que não é saciedade sexual o que lhe falta. Seguindo a eterna busca, e de novo sem saber como, ele topa com a mulher do ano anterior, velada dentro de uma igreja que, por acaso, estava aberta. Não temos garantia de que é a mesma pessoa, nem que o encontro tenha de fato ocorrido, mas isso pouco importa à atração de Solfieri:

> Quando dei acordo de mim estava num lugar escuro: as estrelas passavam seus raios brancos entre as vidraças de um templo. As luzes de quatro círios batiam num caixão entreaberto. Abri-o: era o de uma moça. Aquele branco da mortalha, as grinaldas da morte na fronte dela, naquela tez lívida e embaçada, o vidrento dos olhos mal apertados... Era uma defunta!... e aqueles traços todos me lembraram uma ideia perdida... – Era o anjo do cemitério? Cerrei as portas da igreja, que, ignoro por que, eu achara abertas. Tomei o cadáver nos meus braços para fora do caixão. Pesava como chumbo (AZEVEDO, 1942, p. 96).

Se na ocasião anterior a mulher figurava inapreensível, agora se revela mais disponível ao homem, não apenas por estar em ambiente fechado e menos poroso aos acasos da rua, mas sobretudo por encontrar-se desfalecida no caixão. Antes a lua era um projetor que mal podia acompanhar a trajetória da andarilha, problema cênico que ora se resolve pela distribuição dos pontos de luz: os raios das estrelas juntam-se aos círios para destacar ainda mais o corpo que praticamente clama por Solfieri, nos olhos mal fechados, no caixão entreaberto e na porta da igreja semicerrada. Tudo o convida a profanar a defunta, tal como o facho luminoso atravessa eroticamente a vidraça do templo. Em oposição à nudez óbvia da condessa Bárbara, a morta é um torso de mortalha e grinalda, tecidos que dificultam o contato direto com sua pele. No percurso de aproximação, em que o tato substituirá a hegemonia visual-auditiva de antes, se sobressai o discurso da constatação por parte de Solfieri: ainda que eventualmente se mostre duvidoso em relação à coincidência ("Era o anjo do cemitério?"), segue convicto de que "era uma defunta", o que, logo veremos, não é verdade.

O que o leva a cobiçá-la não é tanto a possibilidade de ser a romana do ano pregresso; o estopim do contato se dá quando descobre tratar-se de um cadáver cujos traços evocam uma "ideia perdida". Ou seja, o objeto de desejo é justo essa ideia, que, irrecuperável, só pode encontrar incorporações imperfeitas, no vulto fugidio de antes ou no cadáver de agora. Somente depois de sobrepor as duas mulheres – a aparição e a defunta –, fazendo-as coincidir, Solfieri parte ao intercurso sexual, amando uma na outra, ou talvez, uma pela outra, já que ambas remetem ao que não são. De fato, o excitante é ser a defunta o depositário de uma instância imaterial, a concretização de uma ideia, enfim, a presença de uma ausência, nas palavras de Agambem. Nisso ela se difere da fisiologia desimpedida da condessa.

Materialista declarado, Solfieri precisa de balizas palpáveis para as pulsões que não visualiza ou desconhece. Por isso, o defunto lhe parece tão pesado: é o excesso de matéria correlato ao excesso de ideal. A grinalda, adereço fúnebre, é também matrimonial, visto que o invasor a desvirgina como o marido a cônjuge, em gesto que, mais uma vez, reverbera a atmosfera pervertida da cidade de Roma.

O fetichista insiste na dicção confirmatória, segundo a qual inquestionavelmente "isto é aquilo". Assim, os símiles cedem passo a metáforas mais assertivas: "Era mesmo uma estátua: tão branca era ela" (AZEVEDO, 1942, p. 97). Convencido disso, Solfieri se espanta ao perceber que a moça não estava morta, mas cataléptica. Isto é, nota que a mulher é uma mulher, e não o vácuo inconsciente sobre ela replicado. A pureza da estátua se esvai no instante em que ela revive, irmanando-se ao físico fácil e acessível (portanto, indesejado) da condessa Bárbara. A necrofilia seria capaz de satisfazer o transgressor, porém, no contrassenso imperante em Roma, a mulher viva só o hostiliza: "No aperto daquele abraço havia contudo havia qualquer coisa de horrível" (AZEVEDO, 1942, p. 97). Para tentar devolvê-la à condição de corpo-objeto, o primeiro expediente de Solfieri é escondê-lo na capa e levá-lo para sua casa, como *bibelot* que se toma da vitrine. Retirada da rua e do caixão, é doravante sua boneca.

Entre a igreja e a residência, o personagem é interceptado por um guarda que o supõe ladrão de cadáveres. Solfieri retruca: "É minha mulher que vai desmaiada" (AZEVEDO, 1942, p. 98). Se o coveiro ébrio dormindo à entrada da igreja, "esquecido de fechar a porta" (AZEVEDO, 1942, p. 97), franqueara-lhe o princípio do prazer, o rebote vem com a patrulha, agente coercitivo e convocação da realidade, sinalizando que o corpo desfilado não é uma encarnação, e sim um sujeito civil, submetido ao mesmo conjunto de regras que o assaltante. Esse bloqueio regulatório ameaça Solfieri a ponto de ele desembainhar o punhal temendo um eventual assédio do guarda à cataléptica, que, assim, deixaria de ser exclusividade sua. Onde o fetichista queria o outro (a ausência, a mulher ideal), o guarda impunha o mesmo (a presença, a mulher morta). Essa tarefa unificadora da polícia colide com a base mesma do fetichismo, alicerçado na transferência e na transformação, conforme sintetiza Agamben:

> o fetichista tende infalivelmente a colecionar e a multiplicar os seus fetiches. (...) o sujeito perverso ficará igualmente satisfeito (ou, caso se quiser, igualmente insatisfeito) com todos os objetos que apresentem as mesmas características. Precisamente por ser negação e sinal de uma ausência, o fetiche não é um *unicum* irrepetível, mas, pelo contrário, é algo substituível ao infinito, sem que nenhuma das suas sucessivas encarnações possa algum dia esgotar completamente o nada de que é a cifra. Por mais que o fetichista multiplique as provas da sua presença e acumule um harém de objetos, o fetiche lhe foge fatalmente entre as mãos e, em cada uma de suas aparições, celebra sempre e unicamente a própria mística fantasmagórica (AGAMBEN, 2007, p. 62).

Prova desse efeito multiplicador é, após o falecimento da mulher parágrafos à frente, Solfieri encomendar estátua sua e trazer amarrada ao pescoço a grinalda que a adornava no caixão. Antes, porém, de examinarmos tais elementos, convém acompanhar como se dá a morte da moça. Ao cruzar a porta da casa do sequestrador, ela acorda quase magicamente, reconquistando a vitalidade. É para ele que ela parece viver, ratificando o discurso da ratificação que viemos demonstrando. Quando enfim a enclausura em sua morada,

Solfieri é novamente interrompido, desta vez por amigos beberrões, que ele abandona na sala e segue para quarto onde fechara a mulher.

Essa visita inesperada se liga a outros episódios em que se interpusera algum empecilho entre homem e mulher: o primeiro remonta ao sono incontrolável de Solfieri no cemitério, impedindo-o de consumar o contato físico; depois o guarda na rua e agora os amigos, cuja libertinagem é de todo avessa ao perfil ordeiro do policial. Instalado no próprio sujeito ou provocado pelo outro, o interdito é onipresente, emulando a incompletude do fetichista. Por isso, é no território em que supostamente ele teria o máximo de intimidade e de controle, o quarto, que a hóspede padece de febre fatal, atestando a incompatibilidade do anfitrião com a entidade concreta, mesmo em condições propícias e confortáveis. É ali, onde não há cemitério, rua, chuva, patrulha, que ela se desmaterializa para logo se desdobrar em simulacros que solidifiquem sua ausência. Disso decorre a marca ostensiva do duplo na passagem: a donzela teve febre por "*dois* dias e *duas* noites" e "morreu depois de *duas* noites e *dois* dias de delírio" (AZEVEDO, 1942, p. 99, grifos nossos), e o amante vai duplicá-la no quarto, pois, além da estátua fúnebre com que decorará o cômodo, decide enterrá-la sob sua cama. A sequência que desemboca nesse desfecho – entrada na igreja, sexo com a mulher de grinalda e vestido branco, depois carregada no colo, e o derradeiro abrigo do casal no quarto – parodia e inverte etapas do ritual de casamento cristão, até converter a lua de mel em sepultamento, e o leito de núpcia, em câmara fúnebre.

Transformada a cama em lápide, e o quarto, em cemitério, lança-se mais uma pá sobre o corpo feminino, encimado pelo leito de Solfieri, assim repousado sobre o defunto, eco do ideal perpétuo. A réplica em mármore branco se esconde no véu do cortinado, outro índice da barreira entre ambos. Nesse sentido, é interessante observar a peculiaridade do fetichismo de Solfieri: ao contrário dos casos repertoriados por Valerie Steele, em que o homem se compraz em ver a mulher e/ou ele próprio fantasiados ou portando algum objeto, o protagonista de *Noite* não se estimula ao adornar a mulher com algo, tampouco se anima com uma parte específica do corpo dela. Isso se diferencia inclusive de outras manifestações do fetiche na obra de Álvares, a exemplo do poema "Meu desejo", marcado pela focalização libidinosa:

> Meu desejo? era ser a luva branca
> Que essa tua gentil mãozinha aperta;
> A camélia que murcha no teu seio,
> O anjo que por te ver no céu deserta...
>
> Meu desejo? era ser o sapatinho
> Que teu mimoso pé no baile encerra...
> (...)
>
> (AZEVEDO, 1942, p. 215)

O barato de Solfieri é ver a mulher no, e não com o objeto, *et pour cause* transforma-a em escultura e adereço. Ele pode até perseguir uma pessoa, mas está realmente atrás de uma abstração. Não por acaso, apesar da violenta relação sexual que tem com ela sobre a lájea na igreja, supõe preservar sua virgindade, designando-a "estátua dessa virgem", "virgem que dormia" (AZEVEDO, 1942, p. 99). A forma violada durante a catalepsia era imitação imperfeita da ideal, sempre imaculada. Sequer ocorre a Solfieri praticar necrofilia quando ela já estava de fato morta e dentro de seu quarto; a defunta valia enquanto remissão à entidade perdida, presumivelmente flagrada no ano precedente, mas em verdade anterior, atemporal. A aparição em Roma realmente não constitui a mulher primeira, o grau zero de que proviriam as cópias posteriores; na verdade, já era um plágio do grande vazio, que tem nela a primeira manifestação visível, conquanto evasiva, para ir depois se reduzindo até o colar de Solfieri. Nesse sentido, a misteriosa romana não é a representante de uma criatura (des)conhecida, mas ela mesma um simulacro, o que justifica seu anonimato ao lado da condessa Bárbara.

Ao opor representação e simulação, Jean Baudrillard pondera que a primeira "parte da equivalência do signo e do real", e a imagem seria "o reflexo de uma realidade profunda" (BAUDRILLARD, 1991, p. 13). Já a simulação considera o "signo como reversão e aniquilamento de toda referência", isto é, "não tem relação com qualquer realidade: ela é o seu próprio simulacro puro" (idem). Sob essa perspectiva, a italiana não é o signo de uma realidade, remotamente personificada na mulher perfeita; a rigor, ela é o constructo primário de uma eterna ausência (por isso tantas alusões a taças vazias?), do espectro que, a princípio, se manifestaria em forma humana e feminina. Em função disso, dentro da alcova de Solfieri, ela perde o atrativo e logo precisa se transformar em reproduções do fantasma primordial.

Consequentemente, o ato necrófilo também é simulação, visto que, crendo violar a morta, ele no fundo gozava o próprio devaneio. O fetichista praticou necrofilia, mas o homem não. Um amou a morta, o outro, a cataléptica, embora, para variar, um seja o simulacro do outro. Sim, porque o enunciador precisa exibir aos ouvintes seu apego aos resíduos da mulher, que, no entanto, sabemos ser a máscara da esfinge. Conta peripécias lúgubres para escamotear o vácuo que não se verbaliza; encena à plateia bêbada a fábula de que tudo pode ser reduzido ao estrato orgânico e tátil. Tanto assim que Solfieri conclui a narrativa mostrando a "grinalda de flores mirradas", "murcha e seca como o crânio dela" (AZEVEDO, 1942, p. 100), último adereço do ilusionismo que, agora colado ao corpo, torna portátil a efígie certa vez perambulante nas ruelas de Roma. Considere-se, por fim, que a estátua, vista por Bertram no quarto do amigo, e a grinalda seca, testemunhada pelos presentes na taverna, são dois objetos que, segundo Solfieri, comprovariam a existência da dama, mas, em última instância, eles não desempenham efetiva função avalizadora, já que a escultura pode ter sido encomendada a partir de outro ou nenhum modelo, e o cordão de flores secas é fácil de se obter. Desse modo, os itens expostos correspondem a objetos de seu oco colecionável, sem obrigatoriamente reportarem a pessoa alguma. São os filhos do matrimônio tétrico.

Ao fim da história, os ouvintes indagam sobre a identidade e o nome da figura enigmática, e Solfieri tergiversa, alegando não se importar com detalhes: "quem pergunta o nome da prostituta com quem dormia e que sentiu morrer a seus beijos, quando nem há dele mister por escrever-lho na lousa?" (AZEVEDO, 1942, p. 99). Fosse-nos dado responder, diríamos: você mesmo! Se a condessa com quem se deitou não é necessariamente cortesã, sabemos que se chama Bárbara. Entretanto, de sua "amada", nenhuma informação, sequer o nome. Além disso, causa espécie ele recorrer à prostituição para exemplificar seu argumento, tendo em vista que, parágrafos antes, cultuara a virgindade da defunta, mesmo depois do sexo. Essa é mais uma das imprecisões do enredo que despertam a dúvida da audiência:

> – Solfieri, não é um conto isso tudo?
>
> – Pelo inferno que não! por meu pai que era conde e bandido, por minha mãe que era a bela Messalina das ruas – pela perdição que não! Desde que eu próprio calquei aquela mulher com meus pés na sua cova de terra – eu vo-lo juro – guardei-lhe como amuleto a capela da defunta. – Eis-la! (AZEVEDO, 1942, p. 100).

Amparado na família corrupta, o juramento sai pela culatra. E é intrigante a mãe, "bela Messalina das ruas", assemelhar-se à *flânerie* da romana. Em todo caso, trata-se de outra hesitação experenciada pelos ouvintes de Solfieri e por nós, leitores, e que poderia inserir o texto na categoria do fantástico, na conhecida concepção todoroviana do termo. Aliás, os "contos fantásticos – como Hoffmann" (AZEVEDO, 1942, p. 92) são mencionados no primeiro capítulo do livro. Não nos compete avaliar a pertinência ou não dessa abordagem, tampouco investigar as matrizes intertextuais de Álvares de Azevedo, assunto complexo e incompatível com a dimensão deste estudo e competentemente esmiuçado por uma larga parcela da fortuna crítica do autor. Conquanto nosso objetivo maior tenha sido a construção do fetichismo no plano diegético, finalizaremos com algumas achegas ao nível da enunciação, sondando em que frequência "Solfieri" também lança luz metalinguística sobre a composição da obra *Noite na taverna*. E começamos justo pela pergunta dos convivas de Solfieri.

Na impossibilidade de agora repertoriar o intricado conceito de conto em meados do século XIX (basta dizer que, em 1864, Joaquim Norberto publicou *Flores entre espinhos: contos poéticos*, um livro de poemas...), registramos a opinião de Fábio Lucas de que "o primeiro marco da contística brasileira foi *A noite na taverna* [sic]" (LUCAS, 1982, p. 113).[1] No mesmo ensaio, o crítico relativiza a assertiva e declara ser o livro de Azevedo tanto uma "novela em sete episódios" quanto "uma coletânea de sete contos", inaugurando "uma tradição em nossa literatura (...), ao estabelecer uma unidade de personagens, de tema ou de atmosfera, formada por agregados narrativos de relativa autonomia." (Lucas, 1982: 114). O entendimento de Lucas sumariza a dificuldade da crítica: na antologia *O conto romântico* (1961), Edgard Cavalheiro e Mário da Silva Brito incluem um episódio da *Noite*, "Gennaro", e reputam Álvares o "único grande nome do conto romântico" (BRITO, 1961, p. 3), sem problematizar a classificação genológica. Em contrapartida, na recente coletânea *O sino e o relógio: uma antologia do conto romântico* (2020), Hélio de Seixas Guimarães e Vagner Camilo optaram por excluir *Noite da taverna*, apresentando a seguinte justificativa: "se há uma relativa autonomia de tais histórias azevedianas, não se pode esquecer que elas se articulam numa narrativa de moldura, à maneira do *Decameron* de Boccacio. Há, além disso, a hipótese de uma suposta continuidade entre *Macário* e *Noite na taverna* (...)" (CAMILO & GUIMARÃES, 2020, p. 22-3).

As diferentes posturas dos antologistas espelham a elasticidade constitutiva da obra, entre urdidura e fragmentação, novela e conto, coesão e dissolução. Se podemos ler cada capítulo de *Noite* como narrativas autônomas, não devemos ignorar que elas também se emparelham pelo espaço de enunciação (taverna) e pelo intercâmbio de certos nomes que transitam entre as histórias, ora em forma de persona-

1 Para estudo do assunto, imprescindível consultar Sobrinho (1960).

gens, ora na condição de narradores/narratários (no caso específico de Solfieri vamos encontrá-lo até fora do livro, transmutado no Conde Solfier, *persona* depositada na parte V do poema "Um cadáver de poeta", da *Lira dos vinte anos*) .

Na maioria das peças literárias publicadas em jornais e revistas do século XIX, indecisões desse tipo são frequentes (SOBRINHO, 1960, p. 10), pela própria natureza fascicular incentivada pelos folhetins, em que cada episódio vale isoladamente, para conquistar o leitor, devendo ao mesmo tempo integrar um conjunto. Ademais, a dispersão é inerente ao periodismo. No entanto, no domínio específico do *livro*, a convivência de estratégias textuais e gêneros verificada em *Noite na taverna* talvez seja mesmo inédita na literatura brasileira. Vejamos por quê.

Álvares de Azevedo faleceu em 1852. A primeira edição autônoma do livro em tela saiu apenas em 1878, pela Maia & Ramos, intitulada *A noite na taverna*, com o artigo definido à frente e biografia do autor escrita por Joaquim Manuel de Macedo. Nela, aparece o subtítulo "contos fantásticos", ausente da edição *princeps*, constante do segundo volume das *Obras* (1855), a primeira coletânea da prosa azevediana, lançada pela Laemmert. Nessa compilação, não havia artigo algum antes da palavra "noite", tampouco subtítulo. Como se vê, embaralhar as coisas era típico da época.

Surgida postumamente em livro – embora não de maneira independente – em 1855, *Noite na taverna* seria, salvo engano, antecedida apenas por uma outra obra constituída somente de formas breves: *Romances e novelas* (1852), de Joaquim Norberto, que, malgrado o título, é composta, aos olhos de hoje, por contos e novelas. Outra indecisão... Uma das peças do livro de Norberto, "As duas órfãs", ganhara um folheto in-separato em 1841, prefigurando moda da época de lançar plaquetes com apenas uma pequena narrativa, a exemplo de *Fany ou o modelo das donzelas* (1847), de Nísia Floresta, com nove páginas. De qualquer modo, *Romances e novelas* não apresenta as peculiaridades estruturais da *Noite*, pois inexistem elos explícitos entre suas narrativas, que, lidas solitariamente, nada perdem. Ademais, a despeito de não podermos precisar se Álvares faleceu antes ou depois da publicação de Norberto, o ano coincidente dos dois eventos reforça o pioneirismo azevediano.

Em período de franca ascensão do romance (*O guarani*, de Alencar, sairia em 1857), constata-se a originalidade de Azevedo, mesmo ao pesquisarmos livros de formas breves lançados nas décadas vizinhas às suas *Obras* (1855). Evidentemente, o assunto demandaria pesquisa exaustiva, porém rápida amostragem pode sinalizar aspectos relevantes. Descontemos o material disperso em jornais, traduções e seletas de autores variados. Consideremos apenas obras de um mesmo escritor contendo unicamente textos curtos.

Dos decênios de 1840 a 1860, tudo indica que a tendência seja a compilação de gêneros variados, mais preocupada em alcançar a extensão de livro do que propriamente em atribuir unidade à coleção. O critério de recolha parece antes editorial do que efetivamente literário. Em 1845, por exemplo, a gaúcha Ana Eurídice Eufrosina de Barandas lançou *Filósofa por amor* e *O ramalhete ou flores escolhidas no jardim da imaginação*. O primeiro abrigava contos, crônicas e poemas; o segundo, sonetos, odes, quadras, endechas, textos em prosa, entre outros. Obviamente, esse afã da edição livresca desempenhava função legitimadora, mormente na produção de autoria feminina, em geral privada de circulação mais ampla. Entretanto, se migramos aos escritores, homens, da década de 1860, apuramos quadro similar. Em 1861, Zoroastro Augusto Pamplona editou *Poesias e contos*, cuja primeira parte contém 33 poemas e a segunda, contos, fragmentos íntimos e um romance (BLAKE, 1902, p. 414). No ano seguinte, saem dois tomos de *Obras literárias e políticas*, de João Manuel Pereira da Silva; no primeiro, a seção "Variedades literárias" traz contos publicados separadamente na década de 1830, entre outros gêneros. Um pouco mais tarde, vem a lume *Prosa e verso* (1865), de Francisco de Paula Barros, com uma novela, contos e poesias. Encerrando a década, Gentil Homem de Almeida Braga imprime *Entre o céu e a terra: reminiscências, fantasias, contos e pontos e traços e meias tintas* (1869).

Paralelamente a essas miscelâneas, existiam as coleções de narrativas populares ou em enredos nelas inspirados. Nesse filão, fundamental para a consolidação do regionalismo nos anos subsequentes, o termo "conto" era tomado quase como sinônimo de "causo" interiorano, conforme se lê em grande parte da produção de Juvenal Galeno e em livros como *Contos do serão* (1862), de Leandro Barbosa de Castilhos, *Contos brasileiros* (1868), de Oscar Jagoanharo (pseudônimo de Araripe Júnior), *Contos da roça* (1868), de Augusto Emílio Zaluar, e tantos mais. Havia aí certa parecença espacial entre as tramas; todavia, ao contrário da *Noite* paulistana, inexistiam os elos entre as parte do volume, tampouco o compartilhamento local de enunciação, como a taverna azevediana.

Não por coincidência, é na legião de textos derivados ou imitados de *Noite na taverna*, indexados por Homero Pires (apud AZEVEDO, 1942, p. 87), que porventura se repete o consórcio entre enredos simultaneamente autônomos e interligados, seja pelo traço gótico, ou pelo *locus* enunciativo, como se Álvares de Azevedo fosse efetivamente um inaugurador. Assim *A trindade maldita* (1861), de Franklin Távora, para citarmos um entre tantos exemplos que alcançaram o formato livresco.

Pela breve amostragem, para a qual foram imprescindíveis as contribuições de Blake (1902), Paranhos (1937) e Aguiar & Gomes (1968 e 1969), pode-se depreender que, tirante a coletânea de Álvares e algumas delas desdobradas, apenas nos anos 1870 o livro de narrativas curtas se consolidaria em nossa literatura, abandonando a aleatoriedade em prol de organização mais homogênea. Não queremos atribuir a isso qualquer valoração evolutiva, o que não nos impede de inferir que a coerência de obras desse jaez torna-se uma questão de monta quase vinte anos depois de *Noite na taverna*. Lembremos que datam de 1869 *As vítimas-algozes*, de Joaquim Manuel de Macedo, e de 1871 as *Lendas e romances*, de Bernardo Guimarães. Bem a propósito, é a partir daí que, em títulos *Contos fluminenses* (1870), *Papéis avulsos* (1882), *Várias histórias* (1896), *Páginas recolhidas* (1899), Machado de Assis passa a jogar com as forças de costura e dispersão. Indiscutivelmente, esse pêndulo já era aferível no código romântico, pródigo em obras oscilantes entre inacabamento e unicidade, processo de que o próprio Álvares de Azevedo e Sousândrade são provas cabais. Sem falar, é certo, em *Childe Harold*, de Byron, citado na *Noite*, entre outras tantas fontes estrangeiras da incompletude romântica.

Uma das mais relevantes, apontada por Brito Broca (1971, p. 215), é *Noches lugubres*, do espanhol José Cadalso, traduzidas por Bernardino Ribeiro na revista *Minerva Bra-*

siliense: Jornal de Sciencias, Lettras e Artes, n.º 16, volume II, 15 de junho de 1844[2] (Broca equivocadamente registra fevereiro). Na narrativa, acompanhamos três noites do protagonista Tediato, que fornece a Álvares a forma dialogada, a profanação de cadáveres, os desfechos trágicos e outras ressonâncias facilmente verificáveis no livro paulistano. Não nos compete aqui o exercício da literatura comparada; pontuemos somente que *Noite na taverna* se diferencia do possível intertexto em dois pontos fundamentais: no espanhol, temos três noites; em Álvares, uma, a ponto de Macedo a ter antecedido com o artigo definido na edição de 1878. No brasileiro, a cada capítulo, um protagonista; no europeu, Tediato sempre está na ribalta. Ou seja, ainda que válida a hipótese de Álvares ter se inspirado em Cadalso, ele radicaliza o projeto do modelo, uma vez que intensifica o embate entre fragmento e unidade, multiplicando narradores e protagonistas, mas, em direção oposta, restringindo o espaço da enunciação.

Extremando a maleabilidade formal da obra, Álvares de Azevedo torna-a intrinsecamente híbrida, em meio à polifonia narrativa e à univocidade dos protagonistas, a meio caminho da isonomia e da interdependência das partes, equidistante do verossímil e do fantástico, entre o sortido e o uno. Com efeito, *Noite na taverna* é, até pelo temário transgressor, livro avesso a qualquer castidade ou purismo. Estrutural, inclusive. Donde se faz possível divisar no capítulo "Solfieri" não apenas a pulverização da mulher via fetiche, mas também, em escala menos saliente, o drible à forma

2 Fonte: Hemeroteca Digital da Biblioteca Nacional. Disponível em http://memoria.bn.br/DocReader/DocReader.aspx? bib=703095 &pesq=cadalso&pasta=ano%20184&pagfis=559. Acesso em 18 de agosto de 2020.

pura e acabada. Assim, as várias reproduções do ideal de Solfieri, estrategicamente apresentadas logo no conto inaugural, mimetizariam isomorficamente o esfacelamento da unidade estrutural do livro. Tal como o vácuo se personifica precariamente na mulher romana, na defunta na igreja, na estátua, no leito fúnebre e no colar seco, a obra se desmembra em narrativas que, em alguns aspectos convergentes, não se coligam a ponto de erigirem um romance ou novela. Remetem sempre a um todo ausente, como o fetichista Solfieri. Em perspectiva literária, a sombra desse todo é o que impede o livro de Azevedo de deslizar para o catálogo das seletas atabalhoadas de seu tempo, não compactuando com a aleatoriedade, tampouco com o enquadramento rigoroso de gêneros como o romance ou a novela. Ao permitir esse desdobramento metalinguístico, a primeira narrativa de *Noite da taverna* (lembremos que "Uma noite no século" não conta uma história) pode funcionar como princípio organizacional do volume, que, eivado dessas aparentes incongruências, diferencia-se do horizonte editorial e literário das letras brasileiras a ele contemporâneas, descriro sumariamente parágrafos acima.

No capítulo dedicado a Álvares de Azevedo naquele *A vida amorosa dos poetas românticos*, o ensaísta cita uma carta em que o jovem, desta vez, se refere a uma "mulher para se colocar dentro de uma redoma de vidro e adorar-se de joelhos" (AZEVEDO, 1971, p. 57). A postura não traz grande novidade em relação à galeria feminina dos versos azevedianos. Em "Solfieri", ocorre algo similar, com a diferença de que, no conto, a índole substitutiva do fetiche como que fura a bolha sacra, seccionando a dama em vários objetos. Equacionando em termos benjaminianos, preserva-se o "valor de culto" à figura feminina, conjugando-o, na prosa, ao "valor de exposição" (BENJAMIN, 1994, p. 172), aferível em objetos concretos, encomendados (estátua) ou garimpados (grinalda seca). Não parece ser o outro o motivo que leva Solfieri a *exibir* aos ouvintes a peça que traz ao pescoço.

Feita a analogia entre mulher e obra de arte, continua válido o dilema entre autenticidade e reprodução, exclusivo e comunitário, original e cópia. Como a mulher se fraciona, o texto literário se desintegra em partes obliquamente cosidas, evoca e rasura suas eventuais matrizes, como as *Noches lúgubres*. Destarte, atinge outro nível a declaração final de Solfieri: afirmar que o narrado não é um conto deixa de ser problema de verdade ou mentira, para, queremos crer, se tornar um debate extensivo à estrutura do livro. Assegurando não ser um conto, o texto se chancela destoante dos sentidos mais frequentes do termo no período, tanto porque não se configura como narrativa de base folclórico-popular, quanto porque não se enquadra no modelo multifário e algo caótico das coletâneas de formas breves impressas na época, e também por não se restringir às edições in-separato de cada um dos textos. Por outro lado, o teor profano do juramento de Solfieri nos leva a descrer de sua sentença, hipótese segundo a qual a aventura ainda seria um conto, todavia atípico, uma vez que sua narratividade é engasgada, constantemente interrompida pelos amigos embriagados, quando não ameaçada pelo sono e pelos pedidos de mais vinho à taverneira. Cambaleando entre o linear e o descontínuo, *Noite na taverna* se lança à segunda história, mantendo até o fim a irresolução que o permeia desde o início.

Referências bibliográficas

AGAMBEN, Giorgio. "Freud ou o objeto ausente". *In*: _______. *Estâncias: a palavra e o fantasma na cultura ocidental*. Trad. Selvino José Assmann. Belo Horizonte: Editora da UFMG, 2007, p. 59-65.

AGUIAR, Thereza da Silva & GOMES, Celuta Maria. *Bibliografia do conto brasileiro (1841-1967)*. Tomos I (A-L) e II (M-Z). Rio de Janeiro: Divisão de Publicações e Divulgação, 1968 e 1969.

ALENCAR, José de. *Cinco minutos / A viuvinha / A pata da gazela: romance brasileiro / Encarnação: romance*. 2.ª edição. Rio de Janeiro: Livraria José Olympio Editora, 1953.

ANDRADE, Mário de. "Amor e medo". In: ______. *Aspectos da literatura brasileira*. 6.ª edição. São Paulo: Livraria Martins Editora, 1978, p. 199-229.

AZEVEDO, Álvares de. *Obras completas*. 2 vol. Organizada e anotada por Homero Pires. 8.ª edição. São Paulo; Rio de Janeiro; Recife; Porto Alegre: Companhia Editora Nacional, 1942.

AZEVEDO, Vicente de Paulo Vicente de. *A vida amorosa dos poetas românticos*. São Paulo: Imprensa Oficial do Estado, 1971.

BAUDRILLARD, Jean. *Simulacros e simulação*. Trad. Maria João da Costa Pereira. Lisboa: Relógio D'Água, 1991.

BENJAMIN, Walter. *Obras escolhidas, Volume I: Magia e técnica, arte e política*. Trad. Sergio Paulo Rouanet. 7.ª edição. São Paulo: Brasiliense, 1994.

BLAKE, Augusto Victorino Alves Sacramento. *Dicionário bibliográfico brasileiro*. 7 vol. Rio de Janeiro: Typographia Nacional, 1883-1902.

BROCA, Brito. "Uma fonte d'*A Noite na Taverna*". In: ______. *Românticos, pré-românticos e ultrarromânticos: vida literária e Romantismo brasileiro*. São Paulo: Polis; Brasília: INL/MEC, 1979, p. 215-7.

CAMILO, Vagner & GUIMARÃES, Hélio de Seixas. (orgs.) *O sino e o relógio: uma antologia do conto romântico*. São Paulo: Carambaia, 2020.

CAVALHEIRO, Edgard. (seleção); BRITO, Mário da Silva (introdução e notas). *O conto romântico*. Rio de Janeiro: Civilização Brasileira, 1961.

FREUD, Sigmund. *Fetichismo*. Rio de Janeiro: Imago, 1996.

LUCAS, Fábio. "O conto no Brasil moderno". In: *Livro do Seminário de Literatura Brasileira*. São Paulo: LR Editores, 1982, p. 105-64.

PARANHOS, Haroldo. *História do Romantismo no Brasil (1830-1850)*. Vol. 2. São Paulo: Edições Cultura Brasileira, 1937.

SOBRINHO, Barbosa Lima. *Os precursores do conto no Brasil*. Rio de Janeiro: Civilização Brasileira, 1960.

STEELE, Valerie. *Fetiche: moda, sexo & poder*. Trad. Alexandre Abranches Jordão. Rio de Janeiro: Rocco, 1997.

Ainda sobre o Gótico no Brasil: o caso de *Noite na taverna*

Júlio França

Aqueles que iniciam seus estudos de literatura brasileira pela leitura de nossa historiografia – e nesse grupo incluímo-nos quase todos, uma vez que o modelo histórico segue predominante em nosso ensino – aprenderão que *Noite na taverna* [1855], obra póstuma de Manuel Antônio Álvares de Azevedo (1831-1852), é um ponto fora da curva em nossa tradição literária.[1] Sua peculiaridade está relacionada àquilo que Luiz Costa Lima (1986) chamou de a propensão documental de nossa literatura, referindo-se à íntima proximidade entre o fazer literário e a atividade intelectual em sentido amplo. No Brasil de meados do século XIX, a indiferenciação entre políticos, pensadores e escritores pouco espaço concedeu à ficção comprometida com a imaginação.

Os escritores brasileiros dos anos que se seguiram à nossa Independência estiveram sempre empenhados na discussão de problemas gerais do Brasil. No incipiente panorama intelectual do império, homens que eram simultaneamente

1 Um bom exemplo deste entendimento está expresso em um dos primeiros estudos de fôlego dedicados à *Noite na taverna*, o de Edgar Cavalheiro, que, em 1940, dizia "[...] não há no seu gênero, dentro da nossa literatura, nada que se lhe possa comparar. Livro ímpar, árvore exótica que não sazonou frutos" (apud OLIVEIRA, 2010, p. 34).

literatos, políticos e historiadores promoveram a fusão entre questões literárias e políticas. Aqueles protagonistas de nossa emancipação de Portugal foram também os desbravadores de um movimento a favor de uma literatura brasileira autêntica. As ideias de nação independente e de autonomia literária eram indissociáveis. Nesse cenário, eram distinguíveis dois projetos concorrentes:

> Colocados no princípio de nossa vida literária autônoma, Álvares de Azevedo como José de Alencar – de maneira especial com *Noite na Taverna* e *Iracema* – representam os dois caminhos que ainda hoje se abrem para a literatura brasileira. Eles se acham nos pontos iniciais de duas tradições distantes, mas confluentes. Ambos se identificam com a independência mesma da literatura brasileira. Álvares de Azevedo imaginou essa independência através de uma larga comunicação com a vida estrangeira; José de Alencar enfrentou o mesmo problema voltando-se para o que havia de mais primitivo na sua terra e na sua gente. [...] ambos procuravam um sentido nacional para a literatura brasileira. [...] Álvares de Azevedo simbolizava o ponto de vista de que não é o isolamento, mas a liberdade de se comunicar em todas as direções, o que faz a independência de uma literatura (LINS, 1942, p. 52-53).

Como bem observou Álvaro Lins, as ideias de José de Alencar e de Álvares de Azevedo, apesar de aparentemente antitéticas, eram muito semelhantes em seus fundamentos, uma vez que ambos apostavam em poéticas literárias vigentes na Europa do início do XIX – o Indianismo e o Gótico. Apenas a primeira, porém, foi considerada aclimatável ao nosso país, e deu origem a um programa de literatura brasileira que se tornaria hegemônico. A segunda, prejudicada pela morte do poeta ainda tão jovem, foi marcada com o estigma da incompletude e da inadequação.[2]

O presente ensaio tem por objetivo defender que o projeto de Álvares de Azevedo, que rompia tanto com o classicismo quanto com o modelo de romantismo hegemônico (cf. ALVES, 1998, p. 25), embora vencido, não foi um mero rascunho inacabado ou simples desvio em nossa literatura: a poética gótica se estabeleceu no Brasil, mesmo à margem da corrente literária principal, e tem sim em *Noite na taverna* seu simbólico marco de origem.

Breves considerações sobre o projeto vencedor: o indianismo

Uma das razões para o sucesso do projeto indianista alencariano repousa no fato de que a figura do índio já estava presente na atividade literária em terras brasileiras como elemento importante das manifestações nativistas. Nesse sentido, o Indianismo foi uma continuidade de esforços – de elaboração estética da figura do indígena como nosso antepassado mítico – que remontavam a Santa Rita Durão e a Basílio da Gama.

Nossos primeiros autores românticos, contudo, tematizaram o índio não mais apenas como parte da valorização da exuberância da terra e da natureza local. A representação da figura nobre e heroica do índio nas obras tributárias da poética indianista é orientada no sentido da criação de uma tradição nacional capaz de substituir a memória de nossa

2 Para um estudo aprofundado das particularidades desse embate entre "entusiasmo Indianista e ironia Byroniana", ver a tese de doutorado de Cilaine Alves (2000).

violenta história colonial por um idílico passado mítico. As obras indianistas constituem um esforço em ressaltar o índio como o habitante original da terra que, embora vítima de um processo de colonização violento, se faria presente como fonte do substrato cultural diferenciador da nova nação.

Para a consciência nacional em formação, inventava-se o elo perdido entre natureza e colonizador, e o princípio do acolhimento da ideia de que a aculturação dos nativos fazia parte de um processo de evolução do país. Ao mesmo tempo, a visão do índio como o habitante original da terra apontava para a possibilidade de uma reinvenção da própria história humana, por caminhos diversos dos trilhados pelo europeu. O indianismo buscou assim fazer com que o índio, encarado como nosso antepassado comum, como um protobrasileiro, pudesse ser visto como nós, não como eles, e assim não mais integrando um terceiro grupo além dos "brasileiros" e dos "europeus". A valorização do índio implicava tornar o português como o outro que precisava ser superado.[3]

Desde o período áureo da poética indianista, em meados do século XIX, os detratores acusavam-na de artificialismo, em virtude da figuração idealizada do índio. Apontava-se também a falta de representatividade do indígena

---

3 É obviamente gritante a falta de representatividade dos negros nesse modelo indianista, mas não é objetivo desse ensaio fazer uma crítica ampla ao indianismo. Ainda assim, cabe ressaltar que um dos desdobramentos da poética gótica, o gótico colonial, vai se notabilizar justamente por endereçar as questões humanas, culturais e políticas relacionadas ao escravismo, que funcionaram como molduras e motivações para a criação de obras que exploravam o terror e a violência produzidos pelo racismo e pela estrutura social escravocrata.

para a formação nacional, dada a dificuldade de integrá-lo no processo civilizatório, opinião de Varnhagen endossada por José Veríssimo (1954, p. 177), que via um falso critério sociológico e um desvairado sentimentalismo no desejo de querer fazer do índio um elemento demasiado interessante da nossa nacionalidade. Todavia, a despeito das clamorosas incoerências históricas, a idealização do índio representou um princípio de transformação de nossa visão etnocêntrica. A mescla entre as características do *bon sauvage* rousseauniano e as virtudes cavalheirescas medievais apreciadas pelo romantismo exerceu um papel importante em um momento histórico de etnocentrismo feroz, ao tentar tornar aceitável a ideia de nossa mestiçagem.

Uma outra crítica ao indianismo – e essa nos interessa mais, por ressaltar a semelhança nos fundamentos dos projetos de Alencar e Álvares – dirigia-se ao fato de que se tratava da importação de um modelo europeu de utilização estética das populações indígenas. A crítica baseava-se no entendimento de que se buscava a essência brasileira em um diferencial encontrado justamente naquilo que o europeu identificava como sendo diferente. Acatava-se, pois, as "sugestões" de alguns escritores europeus, como Ferdinand Denis e Almeida Garrett, que, extasiados com a exuberância natural do país, viam no elemento indígena e na natureza as condições de definição da individualidade e de autonomia de nossa literatura. Se o Indianismo foi, de fato, uma manifestação artificial, é inegável que tenha sido um artifício útil à utopia romântica de lançar as bases de uma nação, sobre a ausência de uma tradição brasileira. Era o texto literário, nas palavras de Silviano Santiago (1982, p. 90), assumindo no Brasil a função de "estabelecer, desenvolver e codificar" os "novos valores

[...] que serão finalmente determinantes da estrutura social do país e da hierarquia entre os seus habitantes".

O (suposto) fracasso do projeto gótico

O projeto de Álvares de Azevedo, embora também almejasse a conexão de nossa literatura com tradições poéticas europeias, investiu em outro polo do espectro do ideário romântico. *Noite na taverna*, *Macário* e *O Conde Lopo* são exemplos de obras concebidas por uma concepção poética que se valia de técnicas e procedimentos de composição literária voltadas para representar e expressar aspectos sombrios da existência humana. Desde meados do século XVIII, um modo narrativo destacava-se por sua produção de efeitos estéticos negativos – o horror, o terror, a repulsa, o trágico, o grotesco, o sublime. A esta poética do mal, os alemães chamavam de *Schaeurroman*; os franceses, de *roman frénétique*; e os ingleses deram-lhe o nome pelo qual viria a ser mais conhecida: Gótico.

O projeto gótico de Álvares de Azevedo foi podado em suas raízes não porque se baseava em uma poética estrangeira – a de Alencar também o fazia, como vimos. Talvez a explicação para seu malogro esteja diretamente na visão de mundo pessimista que lhe dava forma, incompatível com as aspirações de uma nação que precisava apostar no futuro. Fato é que, enquanto o projeto literário alencariano tornava-se hegemônico, em sua busca obsessiva por encontrar caminhos para o Brasil a partir da consolidação de uma identidade nacional, as poéticas negativas enfeixadas pela literatura gótica foram tratadas como frutos exóticos, meras importações de gostos e sensibilidades estrangeiras, sem possibilidade de frutificar em nossa terra. Nas palavras pouco elogiosas de Massaud Moisés (2001, p. 443), "palmeiras isoladas no deserto de nosso imaginário fantástico [...], os textos em prosa de Álvares de Azevedo não escondem as raízes infecundas."

Outro dos muitos autores que contribuíram para o insucesso crítico do projeto azevediano foi José Veríssimo (1954, p. 273), que, ao tratar dos epígonos de *Noite na taverna*, afirmava que já não havia, na década de 1860, espaço para o "romantismo byroniano" em nossa literatura – consequentemente, seu influxo sobre a literatura nacional teria sido episódico e superficial. Trata-se de um comentário sintomático, por duas razões: a primeira porque indica como, nos estudos literários brasileiros, havia uma insistência em classificar como "byroniana" toda e qualquer poética romântica que explorasse o pessimismo e o *spleen* da época, mesmo no caso de obras em prosa – gênero pouquíssimo cultivado pelo autor de *Childe Harold*. Mesmo trabalhos mais recentes, como os brilhantes ensaios de Cilaine Alves sobre Álvares de Azevedo, optam pelo termo "byronismo", e não "gótico". Ainda que, no caso específico de *Noite na taverna*, a ironia mordaz, as excentricidades e as transgressões de Solfieri e seus amigos apontem para o fascínio que a obra e a vida do lorde inglês exercia sobre os jovens do século XIX, a historiografia literária brasileira nunca dimensionou adequadamente o quanto a própria obra de Byron era tributária da tradição gótica, cujas raízes, por sua vez, remontam às tragédias shakespearianas e a poesia de cemitério (cf. PUNTER, 1996). Perdia-se assim a oportunidade de compreender Álvares e seus ditos "epígonos" como continuadores de uma tradição literária que antecedia e ultrapassava o poeta de *Don Juan*.[4]

4 Afrânio Peixoto (1931) é, provavelmente, o primeiro crítico a se referir à *Noite na taverna* como pertencente à tradição "gótica".

O comentário de Veríssimo também revela como o projeto azevediano foi vítima do que chamamos, em outro ensaio, de o sequestro do gótico no Brasil (cf. FRANÇA, 2017). A perspectiva assumida pela crítica literária brasileira – a de que a literatura gótica possuiria temas e ambientações estranhos ao nosso país – amparava-se na crença, bastante disseminada na primeira metade do XIX, de haver uma necessária relação entre literatura, geografia e temperamento de um povo. A "cor local", então alçada à condição de critério essencial para a valoração estética das literaturas nacionais,[5] foi responsável por estabelecer uma suposta incompatibilidade radical entre ficção gótica e literatura brasileira. Tal perspectiva baseava-se, contudo, em uma concepção de Gótico limitada às suas formas e fórmulas primevas, isto é, tomava-o apenas como um estilo de época da literatura do final da segunda metade do século XVIII. Ignorava-se que a narrativa gótica vinha se consolidando em uma linguagem artística própria, resultante de uma visão de mundo plenamente afinada com os desafios do mundo moderno.

A literatura gótica, vale a pena insistir, é um fenômeno artístico moderno. Pode-se identificar nela as marcas profundas que o Iluminismo e seus detratores imprimiram no pensamento ocidental. Estão lá, elaboradas em figuras e imagens literárias, as fissuras que a razão criou nas concepções teológicas de mundo; os velhos terrores que as Luzes não conseguiram eliminar; os novos horrores produzidos pela ciência e pela tecnologia. No século XVIII, quando começava a tomar

5 Ecoava nessa ideia a distinção proposta por Madame de Stäel (2011, p. 82), entre a luminosa poesia das nações meridionais comparadas à sombria poética das nações do norte, cuja melancolia seria uma exclusiva "marca do espírito nacional".

forma o que hoje reconhecemos como "discurso científico", a ficção gótica se pôs, cética, do outro lado do espectro. Enquanto o racionalismo desalojava as crenças religiosas da condição de modo preponderante de explicação do mundo, e a literatura europeia ia se tornando cada vez mais realista e obcecada pelas minúcias da vida burguesa, os escritores góticos operaram uma resistência – que já então parecia anacrônica e ultrapassada –, explorando as ambivalências da razão e dos sentidos. Ao permitir o voo da imaginação e preencher com mistérios e elementos sobrenaturais as lacunas do Iluminismo, o gótico representou uma contraparte à "ordem natural das coisas conforme definida pelo realismo" (BOTTING, 2014, p. 22).[6]

Uma profunda desilusão com os rumos da humanidade é o efeito mais perceptível da relação complexa, ambígua e tensa entre o ser humano moderno e nossas capacidades de conhecer a realidade – e de transformá-la, para melhor. O que se chama de literatura gótica é, pois, a consubstanciação dessa visão de mundo sombria – cética, em alguns casos; francamente pessimista, em outros – em narrativas cujo traço definidor maior é a produção de efeitos estéticos negativos.

Ainda que sejam indissociáveis de seu tempo, as narrativas góticas não produzem representações realistas do mundo. A tematização de grandes questões políticas e culturais é frequente, mas se dá por meio de figurações, convenções estilísticas, recursos simbólicos e outros processos de ficcionalização. A verossimilhança é alcançada não pelo respeito estrito às leis da probabilidade, mas por meio de técnicas

6 Todos os trechos em língua inglesa sem tradução para o português foram por nós traduzidos.

narrativas complexas, em que se destaca, por exemplo, o mecanismo de mútua corroboração de narrativas emolduradas (cf. PUNTER, 1996, p. 137), capaz de gerar tanto a legitimação dos eventos metaempíricos[7] no plano da diegese quanto o embate dialógico entre visões de mundo discordantes.

Contudo, como os principais modelos de descrição de narrativas são fundamentados por teorias miméticas, a tradição dos estudos literários tende a identificar os textos realistas como o modo paradigmático e exclusivo de representação da realidade. Consequentemente, tudo aquilo que não segue esse modelo implícito corre o risco de ser entendido como alienado ou escapista. A força da literatura gótica, porém, está justamente em sua violação de parâmetros do realismo literário ao privilegiar eventos, enredos e personagens que desafiam o conhecimento de mundo do leitor.

Ao romper com as convenções realistas e investir no desconhecido e nas facetas sombrias da mente humana, a literatura gótica tornou-se uma tradição artística que codificou modos de figurar os medos e de expressar os interditos de uma sociedade –inclusive os tabus que o decoro realista não podia endereçar. Longe de ser uma fuga da realidade, portanto, o Gótico e seus prazeres estéticos negativos são resultados diretos da visão de mundo crítica – eivada por um

---

7 Proposto por Filipe Furtado, o termo metaempírico procura caracterizar uma vasta esfera de eventos ocorrentes no domínio específico da ficção. Reporta-se não apenas ao sobrenatural, mas a todas as ocorrências radicadas no imaginário, sustentadas por crenças nunca sujeitas ao ônus da prova, e que, assim, "eximem-se por completo ao veredito das percepções sensoriais ou a qualquer outro tipo de verificação intersubjetiva, não sendo a alegação da sua eventual existência comprovável de forma universalmente válida" (FURTADO, 2019).

sentimento avassalador de degradação e de ruína civilizacional – que lhes enforma.

A resistência à literatura gótica, que levaria ao consequente malogro do projeto de Álvares de Azevedo, é resultado direto das tendências de nossa historiografia literária, que sempre esteve mais interessada em descrever a literatura brasileira como uma prática cultural destinada a tratar, de modo explícito e direto, de nossos problemas civilizacionais. A enorme atenção dada a aspectos temáticos e ideológicos de nossa literatura fez com que o estudo das formas e estratégias de representação e expressão por ela empregadas ficasse em segundo plano. Perdeu-se de vista, assim, que as mazelas de nosso país podiam estar sendo endereçadas mesmo naquelas obras que não pareciam abordá-las diretamente.

Em consequência desse "enviesamento" de nossos estudos literários, uma parte expressiva de nossa literatura nunca recebeu um tratamento crítico adequado. Por lidar com um imaginário mais universal, em que os males e os medos enfrentados não podiam ser caracterizados como típica e exclusivamente brasileiros, ou por não atender à expectativa de arte realista e documental dominante, as narrativas ficcionais de influxos góticos foram julgadas, *a priori*, como esteticamente pobres, e postas à sombra dos holofotes críticos. São todas, de certo modo, herdeiras do projeto de Álvares de Azevedo, e de *Noite na taverna* em particular – um livro tantas vezes descrito como um caso de imitação imatura de modelos literários feita por um escritor ainda em formação.[8]

---

8 Antonio Candido (1975, p. 180), por exemplo, em sua apreciação de Álvares de Azevedo no *Formação da literatura brasileira*, menciona "os dramas de adolescente" presentes em suas obras, adotando a adolescência como um fator interno dos escritos azevedianos. Vale

O caso *Noite na taverna*

Apesar de ser tomado como singular, *Noite na taverna* não é um acidente sem continuidade em nossa literatura. Trata-se de um livro influente, seja pelo grande número de paródias, pastiches e *homages* que gerou; seja pelo interesse renovado que despertou e ainda desperta em leitores, observável em suas incontáveis reedições; ou seja ainda por ter dado origem, no Brasil, a uma prosa ficcional muito mais fundada nos jogos da imaginação do que no desejo obsessivo de representar, direta e fielmente, a realidade nacional – desejo este tão característico de nosso romantismo e, a bem dizer, da maior parte de nossa literatura.

Álvares de Azevedo foi um dos primeiros escritores brasileiros em cujas obras podemos perceber o uso explícito e recorrente de estratégias narrativas para a produção do medo como efeito estético – tais como a construção de espaços narrativos lúgubres (*loci horribiles*); a figuração de personagens transgressivos; o emprego de vocabulário e de figuras de linguagem que exploram um campo semântico macabro; as tramas que envolvem crimes e tabus sociais etc. Tendo ele conhecido a língua inglesa desde a infância,[9] não é uma especulação temerária supor que a presença, tão bem anotada pela crítica literária brasileira, de temas "mórbidos" e

aqui lembrar, com David Punter (1996, p. 87), que se era convencional também na crítica ao romantismo inglês descrever a produção gótica dos grandes poetas – Blake, Shelley, Byron, Coleridge, Keats – como expressões imaturas de jovens artistas, sem que se leve em consideração que as formas e os temas góticos não tenham jamais desaparecido de suas produções maduras.

9 O diretor do colégio onde Azevedo estudou dos 9 aos 13 anos escreveu, em carta ao pai do jovem, que o futuro escritor falava inglês "admiravelmente" (cf. CORREIA, 2010, p. 27).

"crepusculares" em sua prosa possa estar relacionada ao seu contato com a literatura gótica.[10]

Dizer, contudo, se *Noite na taverna* é uma obra plenamente gótica ou apenas uma obra com traços góticos é matéria aberta ao debate. O termo "gótico" pode significar tanto estabelecer relações com um momento artístico e histórico muito específico, a Inglaterra do final do século XVIII, quanto referir-se a uma poética da modernidade que persiste, *mutatis mutandis*, até nossos dias. Essas sutilezas terminológicas, porém, nunca chegaram a compor as preocupações de nossa historiografia, para quem os aspectos góticos da literatura de Azevedo tinham causas extraliterárias: sua personalidade melancólica e sua instabilidade psicológica.[11]

Como bem observou Cilaine Alves (1998, p. 50), o gênio que se vê em Álvares de Azevedo é muitas vezes um sinônimo de uma patologia psicológica, legitimado pela influente leitura psicanalítica de Mário de Andrade (1974). Os exemplos são muitos, e seleciono alguns pequenos trechos de críticos de gerações distintas – Joaquim Norberto (1820-1891), Sílvio Romero (1851-1914); Eugênio Gomes (1897-1972) e Massaud Moisés (1928-2018):

> Supõe-se que fingia, que imitava os gênios que tomara por mestres; mas não foi assim. O seu temperamento

10 Pesquisas como a de Sandra Guardini Vasconcelos (2002), sobre a circulação de romances ingleses no Brasil na primeira metade do XIX, revelam não ser temerário afirmar que nossos escritores se formaram como leitores de obras com fortes influxos góticos.

11 Esse tipo de apreciação faz lembrar o tipo de recepção que Hoffmann teve, a princípio, na Inglaterra. Walter Scott, por exemplo, via menos o trabalho de uma mente poética do que a de um louco, opinião semelhante à que Goethe tinha sobre seu conterrâneo (cf. OLIVEIRA, 2010, p. 140).

> levava-o a essa *melancolia negra* que tocava as raias da *misantropia*, e por fim a leitura de tão prediletos poetas acabou por lhe transformar o cérebro (SILVA, 2005, p. 153, grifo nosso).

> [...] uma natureza inteligente e idealista, porem *mórbida, desequilibrada de origem*, e ainda mais enfraquecida pelo estudo e agitada pela leitura dos sonhadores de seu tempo (ROMERO, 1943, p. 270, grifo nosso).

> Esse cândido libertinismo, tão inocente que só grupava anjos em torno de suas fantasias, não passava na verdade de um fenômeno de *ninfomania*, que teve em Edgar Poe um de seus paradigmas mais representativos entre os românticos do século passado. [...] Era, enfim, uma fantasmagoria lunar, à margem da realidade da vida (GOMES, 1969, p. 138).

> [...] uma genialidade febricitante, devorada pelas chamas antes de recolher da experiência direta e viva os motivos para retratar as torpezas, apenas vislumbradas no horizonte dos livros que consumia sem digerir e hipertrofiava *paranoicamente*. [...] ainda hoje sentimos crepitar as labaredas em que ardia, mas também verificamos que o tempo é seu maior inimigo (MOISÉS, 2001, p. 443, grifo nosso).

A relação de causalidade direta entre autor e obra encontrada pelos historiadores da literatura brasileira não nasce *ex nihilo*: ela decorre da leitura de grande parte dos biógrafos do autor de *Lira dos vinte anos*, que o retratam como um indivíduo melancólico, possuidor de uma visão de mundo sombria e desencantada.[12] Ainda que extremamente redutoras, essas

---

12 Tome-se como exemplo Hildon Rocha (1982, p. 69): "No tempo que lhe foi dado viver, o jovem poeta viu o mundo com a visão recolhida dos desesperados do Romantismo pessimista [...]"

críticas de caráter biografista não seriam suficientes para cancelar o projeto azevediano; contudo, ao se somarem às críticas de caráter político, deram corpo ao que João Adolfo Hansen (1998, p. 9) chamou de os "protocolos de leitura" (HANSEN, 1998, p. 9) aplicados a escritores como Álvares de Azevedo. Ambos os critérios expurgariam sua obra da corrente principal da literatura brasileira, fosse pelo parâmetro nacionalista – "modismo, importação de ideias, ornamento oco, artificialismo que não reflete o próprio do lugar" (p. 10) –, fosse pelo moralista – Azevedo é ora "uma recalcada casta diva, ora um depravado Don Juan" (p. 10).

Tais pressupostos românticos de nossa crítica deram forma à expectativa de arte, já por nós mencionada, que exige de nossa literatura uma explícita e contínua reflexão direta sobre as questões da realidade imediata brasileira. Parte do entranhado repúdio crítico ao Gótico é explicável, portanto, pelo desequilíbrio entre perspectivas nos estudos literários no Brasil. Tomemos a esquematização de M. H. Abrams (2010), que categorizou as abordagens críticas da literatura em quatro tendências fundamentais: a mimética, a expressiva, a pragmática e a objetiva. Cada uma delas focaliza, respectivamente, um dos quatros aspectos essenciais da obra literária – sua relação com o mundo; o autor; a recepção; e a materialidade linguística e textual. Se fizermos convergir as observações de João Adolfo Hansen com o modelo de Abrams, descreveremos a crítica brasileira como apresentando forte tendência a abordagens miméticas e expressivas. Em consequência dessa ênfase nos atributos políticos e biográficos das obras literárias, as narrativas góticas foram compreendidas ou como algo estrangeiro e alheio à realidade brasileira, ou como sintomas de distúrbios emocionais e psicológicos de seus autores.

Esses dois protocolos de leitura dominantes – responsáveis por dar aos estudos literários brasileiros seu caráter eminentemente sociológico e psicologizante – poderiam fornecer instrumentos adequados para abordar a literatura gótica, uma vez que a maior parte da fortuna crítica do Gótico é composta por trabalhos que se baseiam em pressupostos marxistas e/ou psicanalíticos. Contudo, a pouca importância dada às outras duas perspectivas críticas impossibilitaram o reconhecimento da presença da tradição gótica em nossa literatura. Uma abordagem de cunho pragmático, fundamentada no entendimento de que a obra literária é um artefato cultural produtor de efeitos sensoriais de recepção, teria percebido que *Noite na taverna* integrava um conjunto de narrativas que se caracteriza justamente por produzir o horror, o terror e a repulsa como prazer estético. Uma abordagem de cunho objetivo teria percebido que tais obras, embora não afinadas com o programa artístico nacionalista romântico, não eram, necessariamente, alienígenas e alienadas, mas se constituíam a partir de outras convenções literárias.

Lida e interpretada pelo viés dos protocolos de leitura biografista e política, *Noite na taverna* tornou-se incapaz de contemplar à expectativa de arte da crítica literária brasileira oitocentista e novecentista. O macabro, o grotesco, as perversões, a degradação humana e todos os outros elementos característicos do imaginário gótico foram tratados como reflexo direto de uma personalidade sorumbática, como sintomas de suas "fobias sexuais" (ANDRADE, 1974, p. 210), ou como manifestações de puro mau gosto,[13] mas raramente pensadas

13 Tome-se como exemplo dessa incompreensão generalizada que toma forma de repúdio radical a crítica impiedosa de Massaud Moisés (1983, p. 150): "Definitivamente datadas, *Noite na taver-*

como parte de um programa estético bem-sucedido, se avaliado nos seus próprios princípios e de acordo com a visão de mundo que o sustinha.

Karin Volubuef (2005, p. 136) já chamou atenção para como, em *Noite na taverna*, a recusa em fornecer uma representação fiel e objetiva do real, a ênfase em crimes e a continuada afronta à moral vigente podem ser lidas como uma atitude de negação da sociedade por parte de Álvares de Azevedo. A inverossimilhança realista e o desenraizamento nacional, que atraem as recorrentes críticas de alienação das coisas do Brasil,[14] seriam efeitos "góticos" do profundo desencanto do escritor diante da realidade brasileira, formada, por um lado, por um povo imerso na pobreza e ignorância, e, por outro, por um Estado repressivo:

> [...] embora a realidade concreta não seja retratada e descrita (tal como um José de Alencar ou um Visconde de Taunay fariam), ela é o verdadeiro impulsionador

---

na e *Macário* não dissimulam a cosmovisão ingênua do autor: espécie de histórias infantis às avessas, desfraldam o estandarte do sadomasoquismo em lugar de ocultá-lo no recesso dos símbolos e alegorias. A rigor, encontra-se mais perversidade no Chapeuzinho Vermelho, pois no conto infantil os estereótipos do Bem e do Mal guardam carga semântica, que nos escritos de Álvares de Azevedo, onde as perversões quase chegam a deflagrar o sorriso, não pelo humor, e, sim, pelo exagero que beira o grotesco à *grand-guignol*, pela afetação e desprezo às realidades do mundo. Seu conteúdo, em suma, envelhecido para sempre".

14 Exemplo desse tipo de crítica encontra-se em Letícia Malard (1981, p. 92): "É uma alegoria de situações conflitantes, não humanistas mas egocêntricas, tipicamente burguesas, do indivíduo voltado para si mesmo e sem a menor identidade com os semelhantes, esmagado por problemas pessoais e frustrações, a despeito da cultura filosófica que possui".

> de *Noite na taverna*, que contém em seu âmago a revolta contra essa realidade. Em suma, o texto de Álvares de Azevedo não é acerca do mundo real mas contra ele, tal como está constituído e é experimentado pelo poeta no seu dia a dia (VOLOBUEF, 2005, p. 139).

Se o plano temático de *Noite na taverna* está intimamente relacionado à mundivisão de seu escritor – Álvares seria alguém que compartilhava da revolta contra a hipocrisia moral burguesa, que encobre, com sua rigidez de costumes, tudo "o que de sórdido e bárbaro" no homem (VOLOBUEF, 2005, p. 132) –, e se o plano formal da obra é tributária da tradição literária das poéticas negativas, devemos concordar com Alcides Vilaça (1997, p. 10) para quem a "apropriação por Azevedo de modelos da chamada tendência gótica [...] revela não simplesmente falta de originalidade do escritor, mas antes a força desses modelos universais". E esse comentário nos levará à última reflexão de nosso ensaio.

Noite na taverna: "gótico no Brasil" ou "gótico brasileiro"?

A distinção entre "gótico no Brasil" e "gótico brasileiro" vem sendo objeto de discussão entre os pesquisadores que se dedicam a essa tradição literária em nosso país. De modo geral, podemos entender o primeiro termo como se referindo à influência das grandes narrativas góticas sobre autores e obras nacionais, ao passo que o segundo aponta para as peculiaridades e traços característicos do gótico em nossa literatura (cf. FRANÇA, 2018). Essa diferenciação crítica nos interessa aqui por ela retomar, nas apreciações feitas à *Noite na taverna*, o embate em torno da questão da "cor local". Tomemos, como exemplo, o comentário de

Roberto de Souza Causo sobre as obras em prosa de Álvares de Azevedo:

> Álvares de Azevedo [...] [escolheu] *personagens e ambiência alienígenas ao contexto social brasileiro de* sua época. Mais que isso, sua narrativa foi enfraquecida pelos *índices imitativos* nela presentes, que remetem não só a *outra realidade*, mas a outro ideário não dominado pelo autor, tornando-o *apenas um imitador das convenções góticas* (CAUSO, 2003, p. 107-108, grifos nossos).
>
> [...] *a carência da cor local* [...] é um fato a apontar para uma postura detectável de *negação da realidade brasileira*, e de qualquer intenção de agir sobre ela (CAUSO, 2003, p. 109, grifos nossos).

Se aceitamos o juízo de Causo, precisamos entender Álvares de Azevedo como um representante do "gótico no Brasil". Mas, antes de fazê-lo, devemos nos perguntar sobre em que consistiria, afinal, o "gótico brasileiro"? Façamos, a princípio, uma analogia: quando, na primeira metade do século XIX, Edgar Allan Poe utilizou-se da maquinaria gótica para escrever o seu *Tales of Grotesque and Arabesque* (1840), tampouco nos parece adequado falar em "gótico estadunidense". Isso porque não é tarefa fácil identificar o autor de *Morella* como um escritor de temas tipicamente norte-americanos – ao contrário do que ocorre, por exemplo, nas obras de dois de seus admiradores mais famosos, H. P. Lovecraft e Stephen King, cujas obras lidam, de maneira muito mais explícita, com males, medos e interditos específicos daquele país.

Para a maior parte da tradução crítica, uma literatura gótica caracteristicamente dos EUA – um "gótico estadunidense", portanto – ocorreria apenas com o surgimento e descrição do que se chama de *Southern Gothic* (o Gótico sulista),[15] termo empregado – a princípio, pejorativamente – para denominar obras de autores como William Faulkner e Flannery O'Connor. Tais obras eram ambientadas, como o nome sugere, na região Sul dos Estados Unidos, e caracterizavam-se por ter como *loci horribiles* as comunidades rurais que se seguiram ao fim das *plantations* do período escravista. Nelas, observa-se a mescla de representações realistas e fantásticas – loucura, feitiçaria, tensões raciais, fantasmagorias e violência –, criando atmosferas macabras, situações grotescas e personagens monstruosos, a figurar as relações conflituosas entre aristocratas decadentes e o mundo moderno que a eles se impunha.

O exemplo de Allan Poe e do "gótico estadunidense" ajuda-nos a iluminar o caso de *Noite na taverna*. Álvares de Azevedo não era um entusiasta da ideia de que uma literatura nacional se construía por meio de rompimentos radicais com a literatura universal, nem mesmo com a literatura portuguesa – o que fazia do poeta uma voz dissidente das posições antilusitanas que dominavam o debate literário em sua época.[16] Ele bebia das fontes europeias, como quem mergulhava, conscientemente, em uma tradição à parte de questões nacionalistas: uma tradição puramente literária. Nesse sentido,

---

15 Adoto aqui uma posição que não é consensual entre os pesquisadores do gótico, uma vez que é possível identificar Nathaniel Hawthorne como um possível marco original do Gótico estadunidense. Meu entendimento, contudo, é o de que as narrativas do autor de *The Scarlet Letter* não apresentam diferenças estruturais significativas em relação às narrativas góticas britânicas que as antecedem.

16 Sobre esse tema, vale a pena a leitura de "Literatura e civilização em Portugal" (AZEVEDO, 2000a).

as narrativas de Gennaro, Solfieri e Bertram seriam fundadoras do "gótico no Brasil" – a denominação genérica dada a autores e obras que, de algum modo, absorveram elementos da tradição gótica em seus escritos.

Mas poderia haver, em nossa literatura, algo que pudesse ser descrito como "gótico brasileiro" a partir de elementos que lhe são inerentes e exclusivos? Em outro ensaio (cf. FRANÇA, 2018), procurei demonstrar que a comparação entre um suposto "gótico brasileiro" presente em obras de escritores ditos "intimistas" pela historiografia – como Cornélio Pena e Lúcio Cardoso – e o *Southern Gothic* revelava que ambos eram, efetivamente, encarnações do "gótico Colonial" e do "pós-colonial", nomes que se dão à apropriação da estrutura narrativa gótica em contextos correspondentes. Mais uma vez, a analogia com o escritor de *The Raven* pode nos ajudar. Uma análise de elementos da prosa de Allan Poe revela que alguns aspectos considerados como caracteristicamente poeanos[17] são amplamente partilhados pela chamada literatura gótica em sentido lato, o que nos leva a supor que o escritor de Baltimore tenha

17 Poderíamos aqui enumerar alguns: (I) a personagem monstruosa – entes, sobrenaturais ou não, que encarnam algum comportamento transgressivo ou alguma alteridade radical; (II) o *locus horribilis* – espaços narrativos que são caracterizados como "lugares maus", e que determinam o comportamento das personagens ou são por elas determinados; (III) a fantasmagoria do passado – eventos pretéritos traumáticos que interferem e condicionam o comportamento das personagens no presente; (IV) os narradores autodiegéticos, paranoicos, não confiáveis e donos de uma sensibilidade mórbida, que narram, muitas vezes, em modo de fluxo de consciência; (V) os focos narrativos que enquadram o mundo narrado por detrás de um filtro de culpas, remorsos e arrependimentos, desrealizando e distorcendo mesmo os fenômenos mais corriqueiros; (VI) os enredos labirínticos que reforçam a atmosfera de clausura, de perse-

entendido que o gótico, justamente pela força de suas convenções, é um *template*, uma estrutura narrativa vazia a ser preenchida com os medos, com as angústias e os horrores de cada local e de cada momento histórico.

Assim como Allan Poe, *Álvares de Azevedo* reconheceu a potência das formas e convenções góticas, amplamente disseminadas à época, e se deu conta de que elas poderiam ser artisticamente manipuladas, oferecendo-se tanto à emulação quanto à paródia. Ele viu o gótico como uma linguagem artística, maleável, uma matéria prima a ser trabalhada, uma oportunidade de conectar a literatura brasileira à uma tradição literária universal.

T. S. Eliot (1989) lamentava que elogiássemos em um artista os aspectos de sua obra nos quais ele menos se assemelhava a qualquer outro. A busca pelo que é essencialmente individual, pelo que separa o artista de seus antecessores, seria então um preconceito que, se superado, poderia revelar que as passagens mais individuais e mais artísticas de uma obra podem ser aquelas em que os escritores ancestrais revelariam mais vigorosamente sua imortalidade. Surge, deste ponto, o papel decisivo das convenções de gênero para a obra literária:

> [...] qualquer obra, por mais inovadora que se pretenda, constitui predominantemente uma reformulação de elementos utilizados, limitando-se de fato a adotar

---

guição e de desorientação experimentada pelos personagens; (VII) o emprego persistente de campos semânticos ligados à escuridão, ao fantasmagórico, ao lúgubre, à morte etc.; (VIII) as temáticas que exploram a imanência do Mal, seja presente em personagens específicas ou disperso entre todas as personagens e espaços narrativos.

> esquemas combinatórios e organizativos um pouco diferentes. Poderá mesmo dizer-se que, na maioria dos casos, a quota parte de "originalidade" e a eventual pedrada no charco desejadas pelo autor corresponderão a uma percentagem relativamente diminuta do efeito final. No fundo, a pretensão de fuga total aos ditames dos gêneros ignora completamente a influência do enquadramento social sobre a produção artística e literária, desde logo consubstanciada em inúmeros códigos de teor linguístico, formal e semântico que condicionam a urdidura de qualquer texto, tornando-se um produto muito mais coletivo do que individual. (FURTADO, 2018, p. 23).

Ao renunciar à originalidade e se valer das convenções e símbolos do Gótico, Álvares de Azevedo propunha uma percepção da literatura como linguagem, como um campo discursivo profundamente intertextual – "Enredo, personagens, narrador evoluem em torno de um centro que é a própria poesia. Pensamos que é a orgia da carne, mas na verdade é a orgia do verbo" (VOLUBEUF, 2005, p. 143) –, e vislumbrava uma possibilidade de desancorar nossa literatura da obrigação da fatura documental.

Arlenice de Almeida (1993), em sua leitura de *Noite na taverna*, vê o livro como um manifesto de repúdio à vida ocidental. Onde a tradição crítica leu afetação e alienação, há o espírito do tempo, há uma historicidade profunda de quem não deseja "copiar", mas compactuar com uma mesma visão de mundo. Como também observou Cilaine Alves (1998, p. 78), a respeito do Satã de *Macário*, no projeto azevediano estamos diante da ideia de que "a representação poética ideal deve retratar as angústias e as degradações da alma através dos aspectos sórdidos e macabros da vida humana" (ALVES, 1998, p. 116).

Estorvado desde seu nascimento pela crítica, o projeto literário azevediano persistiu, clandestino, às margens do projeto alencariano, sem jamais ser considerado uma possibilidade estética legítima para a literatura brasileira. A história da tradição gótica no Brasil – dos pálidos *epígonos* de um poeta *doente* e *avesso ao seu país*; dos nossos monstros humanos, demasiadamente humanos e cotidianos; das narrativas dessas "paragens [onde] o meio-dia é mais silencioso e lúgubre que a meia-noite" (CUNHA, 2002, p. 648); dos fantasmas de um passado que se recusa a ser passado; desses horrores inomináveis que esconde a cordialidade – ainda precisa ser contada.

Referências bibliográficas

ABRAMS, M. H. *O espelho e a lâmpada:* teoria romântica e tradição. São Paulo: Editora UNESP, 2010.

ALMEIDA, Arlenice. Uma noite contra o espírito burocrático. *In*: ALMEIDA, Arlenice *et al. O Banquete de Caliban.* São Paulo: Selinute, 1993, p. 109-116.

ALVES, Cilaine. *O belo e o disforme*: Álvares de Azevedo e a Ironia Romântica. São Paulo: EDUSP-FAPESP, 1998.

______. *Entusiasmo Indianista e Ironia Byroniana.* 2000. Tese (Doutorado em Literatura Brasileira) – Faculdade de Filosofia, Letras e Ciências Humanas, Universidade de São Paulo, São Paulo, 2000.

ANDRADE, Mário de. Amor e medo. *In*: ______. *Aspectos da literatura brasileira.* 5. ed. São Paulo: Martins, 1974, p. 199-231.

AZEVEDO, Álvares de. Literatura e civilização em Portugal. *In*: ______. *Obra completa.* Rio de Janeiro: Nova Aguilar, 2000a, p. 706-724.

______. Noite na taverna. *In*: ______. *Obra completa*. Rio de Janeiro: Nova Aguilar, 2000b, p. 563-608.

BOTTING, Fred. *Gothic*. 2nd. ed. Londres: Routledge, 2014.

CANDIDO, Antonio. *Formação da literatura brasileira*; momentos decisivos. v. 2. 5. ed. Belo Horizonte: Itatiaia, 1975.

CAUSO, Roberto de Souza. *Ficção científica, fantasia e horror no Brasil*: 1875 a 1950. Belo Horizonte: Editora UFMG, 2003.

CUNHA, Euclides da. *Os sertões*; campanha de Canudos. Edição, prefácio, cronologia, notas e índices de Leopoldo M. Bernucci. 2. ed. São Paulo: Ateliê Editorial, 2002.

ELIOT, T. S. Tradição e talento individual. *In*: ______. *Ensaios*. São Paulo: Art Editora, 1989, p. 37-48.

FRANÇA, Júlio. "Gótico no Brasil", "Gótico Brasileiro": o caso de *Fronteira*, de Cornélio Pena. *In*: *Anais eletrônicos do XVI Encontro ABRALIC*, 2018, p. 1097-1103.

______. O sequestro do Gótico no Brasil. *In*: COLUCCI, Luciana; FRANÇA, Júlio. *As nuances do Gótico:* do Setecentos à atualidade. Rio de Janeiro: Bonecker, 2017, p. 111-124.

FURTADO, Filipe. *Demônios íntimos*; a narrativa fantástica vitoriana (origens, temas, ideias). Rio de Janeiro: Dialogarts, 2018.

______. Metaempírico. *In*: REIS, Carlos *et al*. *Dicionário Digital do Insólito Ficcional (e-DDIF)*. Rio de Janeiro: Dialogarts. Disponível em: http://www.insolitoficcional.uerj.br/site/m/metaempirico/. Acesso em: 17 jan. 2019.

GOMES, Eugênio. Álvares de Azevedo. *In*: COUTINHO, Afrânio (dir.). 2. ed. *A literatura no Brasil*. v. 2. Rio de Janeiro: Sul Americana, 1969.

HANSEN, João Adolfo. Forma romântica e psicologismo crítico. *In*: ALVES, Cilaine. *O belo e o disforme:* Álvares de Azevedo e a Ironia Romântica. São Paulo: EDUSP--FAPESP, 1998, p. 9-24.

MALARD, Letícia. Álvares de Azevedo e a Noite. *In*: ______. *Escritos de Literatura Brasileira*. Belo Horizonte: Comunicação, 1981, p. 87-92.

MOISÉS, Massaud. *História da Literatura Brasileira:* das origens ao romantismo. v. 1. São Paulo: Cultrix, 2001.

LIMA, Luiz Costa. *Sociedade e discurso ficcional*. Rio de Janeiro: Guanabara, 1986.

LINS, Álvaro. Notas sobre o Romantismo Brasileiro. *Atlântico – Revista Luso-Brasileira,* Lisboa, Rio de Janeiro, n. 1, p. 51-53, 23 maio 1942.

OLIVEIRA, Jefferson Donizeti de. *"Um sussurro nas trevas":* uma revisão da recepção crítica e literária de *Noite na taverna,* de Álvares de Azevedo. 187 f. Dissertação (Mestrado em Literatura Brasileira) – Faculdade de Filosofia, Letras e Ciências Humanas, Universidade de São Paulo, São Paulo, 2010.

PEIXOTO, Afrânio. A Originalidade de Álvares de Azevedo. *Revista Nova,* São Paulo, ano 1, n. 3, p. 338-345, 15 set. 1931.

PUNTER, David. *The literature of terror:* a history of gothic fictions from 1765 to the present day. v. 1. Essex: Longman, 1996.

ROCHA, Hildon. *Álvares de Azevedo*: anjo e demônio do Romantismo. Rio de Janeiro: Livraria José Olympio Editora, 1982.

ROMERO, Sílvio. *História da literatura brasileira*. v. 3. Rio de Janeiro: Livraria José Olympio Editora, 1943.

SANTIAGO, Silviano. *Vale quanto pesa*. Rio de Janeiro: Paz e Terra, 1982.

SILVA, Joaquim Norberto de Sousa. *Crítica reunida*: 1850-1892. Porto Alegre: Nova Prova, 2005.

STAËL, Mme. de. Sobre as literaturas do norte e do meio-dia. *In*: SOUZA, Roberto Acízelo de (org.). *Uma ideia moderna de literatura*: textos seminais para os estudos literários (1666-1922). Argos: Rio de Janeiro, 2011, p. 81-83.

VASCONCELOS, Sandra Guardini. *A Formação do Romance Brasileiro*: 1808-1860 (vertentes inglesas). [*S.l.*]: Site Caminhos do Romance Unicamp, 2002. Disponível em: http://www.caminhosdoromance.iel.unicamp.br/estudos/ensaios/formacao.pdf. Acesso em: 23 nov. 2020.

VERÍSSIMO, José. Álvares de Azevedo. *In*: ______. *Estudos de Literatura Brasileira*. Belo Horizonte: Itatiaia, 1977, p. 26-32.

______. *História da Literatura Brasileira*; De Bento Teixeira (1601) a Machado de Assis (1908). Rio de Janeiro: José Olympio, 1954.

VILAÇA, Alcides. Apresentação. *In*: AZEVEDO, Álvares de. *Noite na taverna*. São Paulo: Nova Alexandria, 1997, p. 7-10.

VOLOBUEF, Karin. Álvares de Azevedo e a ambiguidade da orgia. *Organon*, Porto Alegre, n. 38/39, p. 127-145, jan./dez., 2005.

Emulação e paródia no fragmento IX de "Ideias íntimas"

Natália Gonçalves de Souza Santos

Ses inspirations n'avaient rien de factice, car chez lui, le poète c'était l'homme; il écrivait, parce qu'il avait senti : sa poésie était dans son cœur.

C. Louvet

A recepção da obra de Álvares de Azevedo no Portugal oitocentista ainda pode ser mais bem rastreada e analisada, sobretudo no que período que corresponde aos meados do século, quando o romantismo ainda dava seus frutos aqui e lá. Se, na altura de 1877, a sua reputação aparece consolidada, haja vista o longo estudo que António Xavier Rodrigues Cordeiro lhe dedica no *Novo almanaque de lembranças luso-brasileiro*,[1] e a sua presença em coletâneas importantes do período, como as de Teófilo Braga (1877) e Camilo Castelo Branco (1879), na passagem da década de 1850 a 1860, o registro dessa recepção mostra-se lacunar, embora ela tenha certamente contribuído para a posterior visibilidade do poeta.

Os parcos registros iniciais dessa lenta caminhada podem ser observados numa publicação de referência daquela época, o *Dicionário bibliográfico português*, organizado por Inocêncio Francisco da Silva. No verbete dedicado a Azevedo, ele

1 Para uma leitura desse estudo, ver CHAVES (2015).

recupera a recepção produzida até 1860, quase toda ela brasileira, arrolando também dois exemplos portugueses. O primeiro deles é António Pedro Lopes de Mendonça, jornalista que muito contribuiu para o conhecimento do autor da *Lira dos vinte anos* do outro lado do Atlântico. Nas suas *Memórias de literatura contemporânea* (1855), ele esboçou um primeiro perfil poético de Azevedo, perfil este que aparece resumido no *Almanaque de lembranças luso-brasileiro* para o ano de 1856, vindo depois a ser consideravelmente aprofundado na análise publicada na revista *Arquivo pitoresco*, em 1858.[2]

Já o segundo exemplo é uma recepção algo inusitada, mas não menos significativa. Trata-se de alguns comentários expedidos por José Feliciano de Castilho Barreto e Noronha (1810-1879), conhecido, no meio jornalístico, como Castilho José, irmão do célebre António Feliciano de Castilho. Chegando ao Rio em 1847, ele aí se estabelece, vivendo nessa cidade por mais de trinta anos e constituindo-se como um elo entre os meios intelectuais dos dois países. É quase ao final do verbete de Silva que se lê aquilo que disse o sr. conselheiro Castilho:

> As folhas diárias do Rio de Janeiro, e das outras províncias do império, comemoraram todas honrosamente o nome do malogrado poeta, a cujo respeito e de outro já acusado no presente volume, pag. 300, se exprime nos termos seguintes o sr. conselheiro Castilho, na sua *Grinalda Ovidiana,* pag. 287: 'Pouco há que o Brasil perdeu dois estros, que se revelavam portentosos. Azevedo e Junqueira Freire, arrebatados aos vinte anos d'idade, ou talvez antes, devorados prematuramente por essa

2 MOREIRA (2013); FRANÇA (2014) e SANTOS (2020) discutem a recepção de Lopes de Mendonça à obra de Azevedo.

> chama abrasadora que se denomina 'o gênio"! (1860, t. V, p. 358).[3]

Considerando-se apenas o recorte apresentado no *Dicionário bibliográfico português*, parece que a manifestação de Castilho José não passa de um lamento fúnebre, cujo tom era comum no que diz respeito aos comentários em torno de Álvares de Azevedo. No entanto, a leitura integral dessa referência, inserida na *Grinalda ovidiana* (1858, t. VII, pp. 285-294), permite saber que ela vai além disso, dando margem a considerações sobre *Lira dos vinte anos* e, mais pontualmente, sobre o poema "Ideias íntimas". Portanto, a proposta deste capítulo é discutir e ampliar as sugestões de intertextualidade dadas por Castilho na sua obra, com vistas à reflexão acerca da composição não apenas do poema "Ideias íntimas", mas do todo da *Lira dos vinte anos* e sua notável constituição binômica. Por fim, retornando ao ensejo que deu início a essas reflexões, propõe-se algumas observações sobre a recepção crítica da obra de Azevedo, extrapolando o limite dos primeiros registros lusos oitocentistas, rumo às contribuições da crítica brasileira mais recente acerca do poema "Ideias íntimas".

Porém, antes de tudo, torna-se pertinente retomar, de forma breve, o projeto da *Grinalda ovidiana*, uma vez que ela pode não ser muito conhecida nos dias de hoje, bem como tentar reconstituir a linha de raciocínio que faz com que o seu autor cite, num determinado momento de seus escritos, não apenas o nome de Azevedo, mas também o de Junqueira Freire.

---

3 A grafia dos textos foi atualizada quando se fez necessário.

A Grinalda ovidiana: *uma obra de erudição literária*

A *Grinalda ovidiana* é um conjunto de notas, comentários críticos e interpretações, elaborado por Castilho José e aposto à tradução parafrástica d'*Os amores*, de Ovídio, feita por António Feliciano de Castilho. Esse projeto coletivo começou a ser gestado quando esse último esteve no Brasil, em 1855, vindo a lume em 1858, no Rio de Janeiro. O caráter licencioso da obra, que rende à tradução uma interessante advertência,[4] motiva a produção da *Grinalda*, que visava justamente aparelhar o leitor para o entendimento de uma obra antiga, cujo padrão moral seria tão estranho ao do século XIX. Tratava-se, num certo sentido, de resguardar os poemas de Ovídio daquilo que poderia ser anacronicamente entendido como práticas condenáveis da dita libertinagem romana, preservando, assim, um distanciamento em relação ao contexto de produção d'*Os amores* (VIEIRA, 2009, p. 78).

Essa empreitada parece ter dado a Castilho José um trabalho considerável, tendo em vista que, se a tradução propriamente dita compreende três volumes, o comentário da tradução ocupa nada menos do que cinco volumes, perfazendo um total de mais de mil páginas. Porém, como o próprio comentador e organizador da tradução esclarece, a sua tarefa extravasa as funções iniciais:

---

4 ADVERTÊNCIA IMPORTANTE. ADOLESCENTES DE UM E OUTRO SEXO! Sob um título que vos poderá atrair, este livro contém mistérios de iniquidade. Se o abrísseis, depois deste pregão, só de vós mesmos vos podereis queixar. Não é para vós que foi escrito. Quem o apresentasse, ou o permitisse à inocência, só esse seria seu envenenador (p. 7, vol. I, 1858).

> Com algumas informações miúdas, só destinadas a dar sucinta ideia de mitologias, histórias ou costumes, de outros tempos, àqueles que a não tivessem, se nos foi associando o pensamento, já de apreciar o texto, já de o confrontar, já de entesourar enfim para aqui excertos preciosos de outros poetas eróticos, em que se notava semelhança com alguns passos do romano autor, no que sem dúvida se duplica para muitos o valor da obra, e se acrescentará recreio a quem a ler. Desses autores uns são gregos, outros romanos, outros modernos (nacionais e estrangeiros) (CASTILHO, 1858, vol. IV, p. 8 e 9).

Como observa Brunno Vieira, ao se propor a essa tarefa, que busca "explicar sistematicamente os textos clássicos a partir de relações temáticas, estilísticas e formais" (2009, p. 76), Castilho José adere ao gênero conhecido por *adnotationes*, que possui longo emprego na tarefa de comentar a tradição greco-latina. Considerando-se, então, o gênero ao qual se filia a *Grinalda ovidiana*, é de se esperar que haja algum tipo de relação entre Ovídio e o poeta da *Lira dos vinte anos*. Ao se ler o artigo em que o nome de Azevedo é citado e o poema que se procura ali explicar, a segunda canção do livro I d'*Os amores*,[5] intitulada "Cúpido triunfante" (1858, vol. I, p. 45-50), pode-se inferir que a relação tecida é de natureza temática.

De forma geral, a canção descreve os efeitos causados pelas setas infalíveis do deus Amor no comportamento dos mortais. E o primeiro dos efeitos mencionados é a dificuldade de conciliar o sono, devido ao desejo pelo ser amado:

5 Embora o livro de Ovídio seja composto por elegias, Castilho António trata os poemas como canção, apresentando as razões dessa escolha na Introdução (1858, vol. I, p. 32).

"Do leito os véus noturnos / não me repousam quedos", "Que longa noite, ó Deuses!" (OVIDIO, 1858, vol. I, p. 45), uma situação que, como se sabe, não é rara na poesia alvaresiana. Porém, a sugestão que advém da leitura do poema é ampliada pelos comentários de Castilho José, que compreende negativamente um determinado aspecto do poema ovidiano, em seus termos: a sua "absoluta carência de objeto" (CASTILHO, 1858, vol. VII, p. 287), ou seja, o fato do sofrimento amoroso do eu não ser causado por um ente determinado. Embora "grave defeito", isso não chega a obliterar a beleza do texto, que se propõe representar "a onipotência do amor, da mulher, desse Ela, que tanto tem vibrado nos modernos alaúdes" (CASTILHO, 1858, vol. VII, p. 287).

É nesse passo de seu estudo que o autor enfeixa as considerações acerca dos dois poetas brasileiros Álvares de Azevedo e Junqueira Freire que vêm a ser repetidas no *Dicionário bibliográfico português*. De fato, a inefabilidade na representação da figura feminina, que se traduz numa quase ausência, como quer Castilho, é um traço característico da poesia alvaresiana. Ademais, é interessante ressaltar que a ânsia de "entesourar", de prover a sua grinalda de outros achados poéticos, faz com que Castilho José continue o seu artigo, comparando os dois poetas brasileiros a outros dois outros, de origem francesa, com os quais ele entrevê semelhança no tratamento do assunto do desejo noturno solitário.

No que se refere a Junqueira Freire, a comparação se dá entre o poema "A freira", das *Inspirações do claustro* (1855), no qual figura "a freira insone", que passa "inteiras noites de acerba cisma" (FREIRE Apud CASTILHO, 1858, p. 289 e 292) e a "Ode XIV, à Zirphé" (1811, p. 122-124), de Ponce-Denis Écouchard Le Brun (1729 – 1807). Apesar de ambos os poemas relacionarem, em diferentes graus, a estrela Vésper à paixão ou a um momento do dia mais propício ao elã amoroso, eles não parecem manter nenhum tipo de diálogo. Dessa forma, parece descabida, ou talvez, um erro da edição, a seguinte frase do autor da *Grinalda ovidiana*, ao aproximar esses dois poemas: "O assunto é idêntico; e nem sabemos a qual dos jovens poetas, francês ou brasileiro, na delicadeza do pensamento, cabe a palma" (CASTILHO, 1858, vol. VII, p. 289). A isso, junta-se a circunstância de que Le Brun contava 78 anos quando morreu e suas obras foram publicadas apenas quatro anos depois de sua morte, não cabendo-lhe, portanto, o epíteto 'jovem poeta', ao menos com base nas informações disponíveis hoje.

Tal juízo parece mais apropriado para a outra comparação efetuada: entre Álvares de Azevedo e Charles Dovalle (1807 – 1829), que "aos vinte anos, sucumbia, num duelo [...], quando o futuro se-lhe-abria brilhante e carregado de palmas literárias" (CASTILHO, 1858, vol. VII, p. 287). Há uma saborosa curiosidade biográfica que poderia ter sido explorada, considerando o pendor biografista do século XIX, a partir do perfil dos dois jovens talentos: ambos morreram na flor da idade, ambos eram estudantes de Direito, cuja organização e publicação das obras se dá de forma póstuma, vindo a angariar os mais profundos lamentos e uma não negligenciável recepção literária de primeira hora – Dovalle, por exemplo, tem a sua obra prefaciada por Victor Hugo, que o cita, inclusive, no prefácio ao *Hernani* (1830), um texto importante para a implementação do romantismo na França.

No entanto, a postura do erudito é outra, vindo a transcrever integralmente o poema de Dovalle, "Premier désir", "porque merece ser apreciada por quem ler esta 2ª canção, afim de confrontar-se, como outro poeta moderno tratou assunto que, se não é exatamente idêntico, tem com ele a mais estreita relação" (CASTILHO, 1858, vol. VII, p. 287). A maneira como o texto está redigido não permite compreender se a segunda canção de que fala Castilho é a de Ovídio ou o poema francês que vem logo em seguida. De todo modo, transcreve-se abaixo, também de forma integral, os versos de Charles Dovalle, no intuito de subsidiar a leitura aqui pretendida:

Une femme !!! Jamais une bouche de femme
N'a soufflé sur mon front !.. ne m'a baisé d'amour !...
Jamais je n'ai senti, sous deux lèvres de flamme,
Mes deux yeux se fermer et s'ouvrir tour-à-tour !..
Et jamais un bras nu, jamais deux mains croisées,
Comme un double lien, autour de moi passées,
N'ont attiré mon corps vers un bien inconnu !....
Jamais un œil de femme au mien n'a répondu !..
Une femme !.. une femme !.. Oh ! qui pourra me dire
Si jamais une femme, avec son doux sourire,
Avec son sein qui bat, et qui fait palpiter,
Avec sa douce voix qu'il est doux d'écouter,
Si jamais une femme, aimable et prévenante,
Amie, aux mauvais jours ; aux jours heureux, amante;
Si cet ange du ciel un jour me sourira !..
Si sa main à ma main quelquefois répondra !....
Je suis jeune, et pourtant la gaîté m'est ravie.
Et pourtant sans plaisir je dépense la vie ;
Et souvent, quand, pour moi, les heures de la nuit
S'écoulent sans sommeil, sans songes et sans bruit,
Il passe dans mon cœur de brûlantes pensées,
D'invincibles désirs, des fougues insensées.....
Je ne respire plus ! .... c'est alors que ma voix
Murmure un nom, tout bas..... C'est alors que je vois
M'apparaître à demi, jeune, voluptueuse,
Sur ma couche penchée, une femme amoureuse,

Une image de femme, une femme ... Oh ! pourquoi,
Quand mes bras étendus vont l'attirer sur moi,
Fuit-elle tout d'un coup, ainsi qu'une ombre vaine ?..
Sur sa trace parfois le délire m'entraîne :
Je m'élance, j'appelle..... Au silence profond,
A l'ombre où je m'égare, à l'air qui m'environne,
Au sommeil qui me fuit, au lit que j'abandonne
Je demande une femme .... et rien ne me répond ! ...
Rien !.. rien autour de moi !.. Comme arraché d'un songe,
Je m'arrête soudain ... Je m'étonne..... Je songe
Que je suis seul, tout seul... tout seul !.. et j'ai vingt ans !
Tout seul ! ... et mon cœur brûle !.. O toi que j'ai rêvée
Femme, à mes longs baisers si souvent enlevée,
Ne viendras-tu jamais !.. Viens... Oh ! viens !.. je t'attends !

(DOVALLE, 1830, p. 17 e 18)[6]

O fragmento IX das "Ideias íntimas": emulação e paródia

Embora Castilho José não faça menção direta a "Ideias Íntimas" em seu artigo, ao ler os versos de Charles Dovalle e, considerando os temas que vinham sendo arrolados nesse passo da *Grinalda ovidiana*, é possível remeter-se ao referido poema alvaresiano, em especial à sua nona estrofe. Tendo em vista tratar-se de um longo texto, rico em referências literárias que são repassadas enquanto o eu encontra-se em

6 Essa transcrição obedece à primeira edição das obras de Charles Dovalle. A transcrição feita por Castilho, além de apresentar muitas diferenças no que concerne à pontuação, traz as seguintes alterações: 'chérira' em lugar de 'sourira' (v. 15); 'vers' em lugar de 'sur' (v. 28); 'tout à' em lugar de 'tout d'un' (v. 29); 'la passion' em lugar de 'le délire' (v. 30); 'Un silence' em lugar de 'Au silence' (v. 31); 'Ah! rien' em lugar de 'Rien! Rien' (v. 35); acréscimo de 'pourtant' (v. 37).

processo de autoanálise à roda de seu quarto, essa estrofe é a única considerada para a exploração dessa possível intertextualidade:

> Oh! ter vinte anos sem gozar de leve
> A ventura de uma alma de donzela!
> E sem na vida ter sentido nunca
> Na suave atração de um róseo corpo
> Meus olhos turvos se fechar de gozo!
> Oh! nos meus sonhos, pelas noites minhas
> Passam tantas visões sobre meu peito!
> Palor de febre meu semblante cobre,
> Bate meu coração com tanto fogo!
> Um doce nome os lábios meus suspiram,
> Um nome de mulher... e vejo lânguida
> No véu suave de amorosas sombras
> Seminua, abatida, a mão no seio,
> Perfumada visão romper a nuvem,
> Sentar-se junto a mim, nas minhas pálpebras
> O alento fresco e leve como a vida
> Passar delicioso.... Que delírios!
> Acordo palpitante... inda a procuro;
> Embalde a chamo, embalde as minhas lágrimas
> Banham meus olhos, e suspiro e gemo...
> Imploro uma ilusão... tudo é silêncio!
> Só o leito deserto, a sala muda!
> Amorosa visão, mulher dos sonhos,
> Eu sou tão infeliz, eu sofro tanto!
> Nunca virás iluminar meu peito
> Com um raio de luz desses teus olhos?
>
> (AZEVEDO, 2002, p. 156 e 157)

De início, vale dizer que Álvares de Azevedo conhecia esse poema francês, uma vez que ele usa trechos dele como epígrafes de duas de suas poesias: “Fantasia” e “Lembrança dos quinze anos", perfazendo um comentário crítico de sua própria produção literária, um ponto a ser retomado mais à frente. No entanto, Castilho José talvez não dispusesse dessa informação, pois esses dois textos são publicados como Poesias Diversas, somente a partir da segunda edição das obras alvaresianas, em 1862. Assim, o critério de aproximação utilizado por ele deve ser um dos três anteriormente mencionados e, mesmo que o temático já tenha se mostrado preponderante, é pertinente considerar também os outros dois.

De um ponto de vista formal, "Premier désir" e "Ideias íntimas" não apresentam pontos de contato evidentes, já pela diferença de extensão de cada um deles. O primeiro, composto de 40 versos alexandrinos dispostos num único bloco, obedece, na maior parte das vezes, a um esquema de rimas emparelhadas. Já o segundo, é composto de 14 blocos de extensão variada, em versos decassílabos brancos, cujo "livre andamento, próximo ao da prosa, demonstra o intento de despojar o poema de qualquer nota solene – que certamente entraria em contradição com o intimismo da confissão" (CAMILO, 1997, p. 76). Nem mesmo a estrofe IX em especial parece guardar alguma relação nesse nível, possuindo um total de 26 versos.

Por outro lado, mesmo que o poema francês apresente mais inversões sintáticas que o brasileiro e se apoie em artifícios retóricos, como o que se estende do verso nove ao dezesseis (qui pourrait me dire...), valha-se de diversas anáforas (jamais, si, et pourtant), que reforçam a ausência do objeto amoroso, não se pode dizer que ele não emane um tom altamente confessional e patético, assim como o fragmento IX de "Ideias íntimas", reconhecido como um dos pontos altos do sentimentalismo no poema. Ademais, esse aspecto é reforçado pela abundância de pontuação em ambas as poesias, permeadas por diversas reticências e pontos de exclamação, como era, aliás, prática comum entre os românticos. Portanto, pode-se pensar que é o nível temático que fez com que Castilho José colocasse em perspectiva os poemas de Ovídio, Álvares de Azevedo e Charles Dovalle, observando neles um avizinhamento no tratamento do tema amoroso e na intangibilidade da figura feminina.

De fato, o poema e a estrofe parecem apresentar um elo mais profundo, que vai além de um mesmo tema, mas compreende a forma de apresentação deles, a sua sequência, compartilhando algumas imagens. Num primeiro momento, o poema de Dovalle nos apresenta a constatação de uma ausência profundamente sentida pelo eu: a de uma figura feminina, cuja posse representaria a mais indizível ventura. Essa situação é bastante marcada pela presença de advérbios e construções negativas, notadamente nos oito versos iniciais. A partir daí, o eu conjectura o prazer que lhe daria a materialização desse anjo do céu, ressaltando características tais quais o seu seio palpitante, a voz suave, que aparecem sempre condicionados ou projetados num tempo futuro, indicando o seu caráter de possibilidade. É importante ressaltar, nos dezesseis versos que abrem o poema, o efeito que essa figura surtiria no eu, caso houvesse um toque dos lábios e dos braços dela: os olhos que se fecham, o peito que arfa.

Num segundo momento, o eu passa a nos relatar as noites de vigília passadas a acalentar essa visão, a ponto de murmurar o seu nome e, graças à força desse pensamento, ver o seu ideal de mulher se materializar, jovem, voluptuosa e amorosa, reclinando-se sobre o seu leito (verso 26). Pode-se dizer que, a partir daí, o eu passa a confundir sonho e realidade, pois ele crê na presença dessa imagem. Sua vivacidade é tão intensa que ele abre os braços em sua direção e, como encorajado pelo delírio, cuja abertura é ainda mais reforçada pela pontuação que finaliza o trigésimo verso, precipita-se em sua busca pelo quarto, encontrando apenas o silêncio. É a esse mesmo silêncio, às sombras e ao próprio leito no qual não concilia o sono que o eu ainda demanda uma mulher sem, no entanto, obter resposta (verso 34). A sua condição solitária vem a ser reforçada pela constatação da sua juventude, um dado já mencionado (v. 17), sendo que o ardor e o desespero que o eu afirma nessa passagem, manifestado na repetição de palavras (v. 37), faz com que ele se dirija diretamente a essa figura, nos três versos que encerram o poema, exclamando acerca da possibilidade do encontro com essa mulher sonhada.

É certo que os motivos trabalhados pelo autor francês fazem parte de um grande acervo romântico, que aponta para a sublimação do desejo erótico, contribuindo, assim, para a manutenção do Eterno feminino (CUNHA, 1998, p. 83). Dessa forma, não se pretende afirmar que Álvares de Azevedo valeu-se unicamente dessa referência para a composição do fragmento IX de "Ideias íntimas". Mas, a partir do cotejo entre os dois textos, sugerir uma espécie de retomada do texto francês nesse passo do poema brasileiro, que contribui, inclusive, para o projeto maior de composição da *Lira dos vinte anos*. Pode-se dizer que o fragmento IX se organiza mais ou menos em conformidade com os quatro momentos básicos representados em "Premier désir": a constatação da ausência de uma mulher a ser amada, a sua materialização em um tipo de ideal onírico, a busca frustrada dessa imagem, que perpassa uma espécie de sonho e/ou delírio, e o monólogo dialogado com a mulher divinizada.

Na estrofe IX, o leitor é inicialmente informado da juventude do eu, que bem poderia ser associada à própria idade empírica do autor dos versos. Porém, como já pontuou Antonio Candido (2006, p. 493 e ss.), trata-se de conferir um estatuto literário aos dramas adolescentes, tratamento este advindo também da leitura de outras obras que tematizaram o mesmo gênero de conflitos. Isso faz pensar que a coincidência etária entre um e outro eu lírico conflui mais para uma tentativa de baralhar as fronteiras entre experiência e literatura, uma preocupação tão cara ao Romantismo, que a de simples registro biográfico. Em seguida, nos cinco primeiros versos, portanto, de forma mais sucinta que o texto francês, o eu constata a ausência de um ente a ser amado e o efeito que essa presença lhe causaria, ressaltando a importância dos olhos como um termômetro da emoção sentida no ansiado contato com a forma feminil (v. 162). Essa diferença de extensão no tratamento do tema da ausência não é fortuita pois, se o poeta brasileiro trilha um caminho semelhante ao do seu possível referencial francês, ele o adequa ao seu próprio projeto textual o qual, nesse momento da *Lira dos vinte anos*, pretende sublinhar os inconvenientes de acalentar tais ilusões amorosas.

Nesse sentido, é já a partir do sexto verso que o eu investe na descrição de seus sonhos eróticos, o que no poema de Dovale se dá somente a partir do verso dezenove. Os efeitos dessas noites solitárias são registrados por meio de vocábulos que são bastante usuais na poesia alvaresiana, o "palor de febre", o coração que bate "com tanto fogo" (vv. 165 e 166). E é sob esse influxo que ele vem a murmurar o nome da visão que lhe aparece e senta-se ao seu lado no leito (verso 172), pois, considerando-se o anterior peregrinar do sujeito pela casa, nesse momento, ele se encontra instalado no leito. O fim desse delírio causa no eu reação semelhante ao do poema de Dovalle, que é a de procurar e chamar por essa imagem pelo quarto afora, tendo como resposta o "silêncio/só o leito deserto, a sala muda!" (AZEVEDO, 2000, p. 157). É grande a intensidade emocional dessa passagem, em ambos os textos, haja vista o emprego dos verbos "implorar"; "demander": "Imploro uma ilusão... tudo é silêncio" (v. 178); "Je demande une femme... et rien ne me répond" (v. 34). O seu engajamento nessa busca faz com que ambos terminem num mesmo ponto: o discurso monologado com o ideal.

Se as figuras femininas esboçadas tanto na estrofe IX de "Ideias íntimas" quanto em "Premier désir" possuem características comuns, que fazem com que elas se alcem a uma atmosfera inatingível e celestial – em Dovalle, o epíteto 'anjo do céu', em Azevedo, a mulher dos sonhos que dispersa, através do olhar, raios de luz, característica essa que pode ligá-la a essa mesma horda celestial do poema francês, – a forma como o sujeito poético de "Ideias íntimas" se coloca em relação a esse ideal, nesse momento do poema, é significativamente distinta daquela do seu provável antecedente. Se a demanda é a mesma, saber se a amada sublime algum dia virá confortar o eu, Azevedo emprega o ponto de interrogação e Dovalle, apesar de se valer de uma construção interrogativa, o de exclamação, deixando, ainda escapar algumas súplicas.

A princípio, pode-se pensar que se trata unicamente de um erro de edição, ainda mais plausível no caso de uma publicação póstuma.[7] Porém, ao se considerar as diversas discussões que tiveram lugar, no século XIX, no que concerne

7 É interessante mencionar que tanto Azevedo, ao utilizar esse verso como epígrafe de "Fantasia", quanto Castilho José, na sua *Grinalda ovidiana*, pontuam o último verso de Dovalle com uma interrogação, seguindo, ao que parece, a construção gramatical mais evidente.

ao cunho pessoal e subversivo que o emprego da pontuação poderia assumir numa obra, a situação se amplia e fica mais difícil escolher um caminho. Para se ter uma ideia, George Sand sustentava que "a pontuação é ainda mais o homem que o estilo" (Apud ENRIQUEZ, 2015),[8] fazendo, como se nota, uma releitura da máxima de Buffon. No caso mais particular do emprego do ponto de exclamação, Romain Enriquez assevera, a partir de exemplos da prosa da segunda metade do oitocentos, que esse sinal representa forte cunho afetivo sendo, inclusive, visto historicamente com ressalvas pela cultura ocidental, na medida em que esta se reconhece como herdeira do *logos* grego. Para essa cultura, "o *honnête homme* ou homem civilizado é aquele que controla e, conforme a necessidade, reprime as suas paixões" (ENRIQUEZ, 2015).[9]

Dessa forma, e, seguindo o espírito de revolução que alimenta boa parte do Romantismo, Dovalle poderia ter expressamente escolhido o tom exclamativo, mesmo se tratando, fundamentalmente, de uma questão, com o intuito de preservar o tom emotivo da passagem, além de um possível temor subjacente ao fato de a figura ideal nunca se concretizar, sentimentos estes que talvez não ficariam expressos por uma simples pergunta. A desordem emocional manifestada pela troca na pontuação, que já vinha aflorando por meio da confluência entre sonho e realidade, espalha-se pelas últimas palavras do poema ("Viens... Oh viens !.. je t'attends !"), so-

8 "la ponctuation est encore plus l'homme que le style" (todas as traduções são de minha autoria).

9 "l'honnête homme ou l'homme civilisé est celui qui maîtrise, et au besoin réprime ses passions".

luços que o eu deixa escapar como últimas notas soltas da plena explosão patética.

Em contrapartida, apesar da manifestação do seu intenso sofrimento, das lágrimas que banham as suas faces, o eu lírico das "Ideias íntimas" pronuncia o seu questionamento, que ele já sabe sem resposta, tendo em vista o já anunciado silêncio da sala muda, e simplesmente passa adiante, sem mais súplicas, dando, quem sabe, sutis sinais de contenção, ou de enfado. É certo que o assunto da próxima estância ainda é o leito e as ilusões ali vivenciadas, mas a chave vai se alternando para o comentário das "páginas lascivas do romance" (AZEVEDO, 2002, p. 157), até chegar, já na estrofe XI, ao louvor do "velho candeeiro" (AZEVEDO, 2002, p. 157), seu fiel companheiro das vigílias.

Sabe-se que a maior ou menor expansividade do sujeito poético depende dos objetos que ele tem diante de si, como se toda a sua alma se traduzisse "na articulação do espaço material com os movimentos interiores" (CANDIDO, 2006, p. 506). Isso faz com que a cama se configure como um "móvel metafísico por excelência" (CAMILO, 1997, p. 92), cuja proximidade faz com que o eu, outrora razoavelmente objetivo, perca seu distanciamento e se entregue às lembranças e, no caso da estrofe IX, ao presente das esperanças frustradas. É digno de nota que apenas o verso 182 traz um verbo grafado no futuro, sugerindo, talvez, a ideia de que o eu, mesmo emocionado, hesita em projetar suas expectativas num tempo vindouro. Contrariamente ao poema de Charles Dovalle, que se encerra num compasso de espera, além de vislumbrar, entre os versos 9 e 16, a felicidade que o idílio ao lado do seu ideal lhe proporcionará.

A Lira dos vinte anos e sua crítica interna

A comparação entre a estrofe IX de "Ideias íntimas" e "Premier désir" permite lançar algumas observações com relação à arquitetura mais geral de *Lira dos vinte anos*. As divergências no que tange ao enfoque dos mesmos temas e ao tom do final de cada um desses textos têm sua razão de ser não só em função do jogo de perspectivas interno ao próprio poema do brasileiro, mas também da concepção do livro como um todo. Em *O belo e o disforme* (1998), estudo no qual analisa com profundidade a obra literária de Álvares de Azevedo, Cilaine Alves Cunha demonstra, em diversas passagens, a existência de um crítico interno à *Lira dos vinte anos*. Isso faz com que aquilo que antes era visto como fonte de sublimação da alma, apareça, em outro momento, desconstruído na forma do cinismo e da autoparódia, "gerando na obra uma oscilação entre um eu poético ingênuo e outro crítico" (CUNHA, 1998, p. 92).

Como se sabe, a ruptura com o momento inicial da obra se manifesta cabalmente no segundo prefácio à *Lira dos vinte anos*, no qual o poeta afirma que "nos mesmos lábios onde suspirava a monodia amorosa, vem a sátira que morde" (AZEVEDO, 2002, p. 140), devido à "exaustão causada pelo sentimentalismo" (AZEVEDO, 2002, p. 139). Assim, a autora defende a hipótese de que um soneto como 'Passei a noite junto dela', visto em relação a 'Pálida, à luz da lâmpada sombria', funciona como um fator de crítica, em parte devido à exposição simétrica do mesmo tema" (CUNHA, 1998, p. 95). Além disso, tendo em vista essa comunicação especular, "esses poemas formam um par em que o segundo, por ordem de exposição, ao retomar ironicamente o tema do anterior, nega o que fora exposto no primeiro" (CUNHA, 1998, p. 95).

Essa leitura é pertinente para se colocar em perspectiva os poemas "Fantasia" e "Lembrança dos quinzes anos", dispostos por Péricles Eugênio da Silva Ramos como continuação da primeira parte da *Lira dos vinte anos*, e a estrofe IX de "Ideias íntimas", da segunda parte. Se a retomada não é absolutamente simétrica, ela traz várias convergências, delineando a complexa organização do livro. Considerando essa construção, mesmo os versos de Charles Dovalle, utilizados como epígrafes dos dois poemas supracitados, não poderiam ser retomados, em "Ideias íntimas", sem algum tipo de modalização, conforme assinalado anteriormente. Aliás, cabe ressaltar que a produção em si desse poeta francês se alinha àquilo que é, em geral, parodiado na segunda parte da *Lira dos vinte anos*.

Uma das passagens do prefácio à primeira edição das obras de Dovalle, assinado por Victor Hugo, pode funcionar como síntese do tipo de poesia a que se faz referência. De acordo com Hugo, a despeito do fim trágico do jovem autor, o que poderia, segundo rumores da crítica, gerar uma poesia marcada pelo sombrio pressentimento da morte, o que se tem, bem ao contrário, é

> uma poesia toda jovem, infantil às vezes, tanto os desejos de Querubim quanto uma espécie de indiferença crioula, um verso com aspecto gracioso, bem pouco métrico, bem pouco ritmado é verdade, mas sempre pleno de uma harmonia mais natural que musical; a alegria, a voluptuosidade, o amor, a mulher sobretudo, a mulher divinizada, a mulher transformada em musa e ainda flores por toda parte, festas, a primavera, a manhã, a juventude. Aí está o que encontramos nessa carteira de elegias rasgadas por uma bala de pistola (HUGO APUD DOVALLE, 1830, p. VIII e IX).[10]

---

10 "une poésie toute jeune, enfantine parfois; tantôt les désirs de Chérubin, tantôt une sorte de nonchalance créole ; un vers à gracieuse allure, trop peu métrique, trop peu rhythmique il est vrai, mais tou-

Tal atmosfera encontra lastro em poesias como "Fantasia" e "Lembrança dos quinze anos", sobretudo no que diz respeito à representação da figura feminina e ao tom elegíaco.

O primeiro deles, como outros encontrados na *Lira dos vinte anos*, parece desenvolver, em alguma medida, os motivos presentes nas epígrafes.[11] De fato, tem-se nele a recordação de um sonho no qual o eu lírico descreve seu idílio amoroso. O poema se estrutura num esquema circular, cujo ponto de partida, no qual o eu maldiz o "sonho cruel" que tanta ventura lhe dera (AZEVEDO, 2002, p. 216) e o de chegada, no qual constata acordar "pregado à cruz", em pleno martírio (AZEVEDO, 2002, p. 218), coincidem com a realidade amarga, o presente. Porém, a maior parte do texto, ocupando mais de dez dos seus doze sextetos, é consagrada à vivência da fantasia, produzindo um efeito de esquecimento, de entrega ao passado:

> Tu eras inda mais bela –
> O teu leito de donzela
> Era coberto de flores...
> Tua fronte empalecida,
> Frouxa a pálpebra descida.

---

jours plein d'une harmonie plutôt naturelle que musicale; la joie, la volupté, l'amour; la femme surtout, la femme divinisée, la femme faite muse; et puis partout des fleurs, des fêtes, le printemps, le matin, la jeunesse; voilà ce qu'on trouve dans ce portefeuille d'élégies déchirées par une balle de pistolet".

11 Além de um verso de Dante, Azevedo faz uso dos versos 23 a 26 ("C'est alors que ma voix / Murmure un nom tout bas... C'est alors que je vois / M'apparaître à demi, jeune, voluptueuse, / Sur ma couche penchée, une femme amoureuse") e 38 a 40 do poema de Charles Dovalle ("O toi que j'ai rêvée / Femme, à mes longs baisers si souvent enlevée, / Ne viendras-tu jamais!"). Lembro que a principal alteração da transcrição alvaresiana reside na troca da exclamação pela interrogação.

Meu Deus! que frio palor!...

Dei-te um beijo – despertaste.
Teus cabelos afastaste
Fitando os olhos em mim...
Que doce olhar de ternura!
Eu só queria a ventura
De um olhar suave assim!
Eu dei-te um beijo, sorrindo
Tremeste os lábios abrindo,
Repousaste ao peito meu...
E senti nuvens cheirosas,
Ouvi liras suspirosas,
Rompeu-se a névoa... era o céu!...

(AZEVEDO, 2002, p. 217 e 218)

Nota-se que, nesse poema, o eu lírico tem o anseio dos últimos versos do fragmento IX de "Ideias íntimas" atendido: ele desfruta do contato visual com a figura feminina idealizada, numa espécie de ápice celeste, mesmo que isso não passe, mais uma vez, de um "delírio" (AZEVEDO, 2002, p. 218), que se finda com o sonho.

Ao se pensar em termos de um equilíbrio entre um discurso sublime, de consenso com as esferas suprassensíveis, e um outro que pretende renegar a tentativa do poeta de se fundir a elas, o poema "Lembrança dos quinze anos" aponta para um considerável aumento de insatisfação diante do código poético anteriormente empregado como forma de expressão do eu. Na epígrafe de Charles Dovalle que abre esse poema,[12] sugere-se um sentimento de enfado de viver, o desperdiçar a vida que é, ademais, transpassada por inúmeras ilusões consideradas insensatas, provenientes das noites

12 Seguido por um trecho de André Chénier, há a seguinte passagem

insones, e que podem transportar o eu a um outro estado de espírito. Uma oscilação entre um estado presente de "modorra", de ausência de ambições e a lembrança de "noites de esperança e desespero", que tornava o "sangue incandescente" (AZEVEDO, 2002, p. 222) também confere o movimento ao poema o qual, diferentemente de "Fantasia", não consegue obnubilar com a mesma capacidade as insatisfações daquele que parece não mais querer ou não mais poder sonhar.

Assim, se as três primeiras estrofes instalam o eu numa aparente conformidade com a sua condição atual, da quarta à nona, o eu retoma as sensações amorosas de seus mais tenros anos. Porém, não mais narra uma situação vivida em sonho, mas descreve, de uma maneira mais distanciada, essas sensações, a ponto de considerar mais apropriado esquecê-las:

> Quanto, quanto sonhei! como velava
> Cheio de febre, ansioso de ternuras!
> Como era virgem o meu lábio ardente!
> A alma tão santa – as emoções tão puras!
> Como o peito sedento palpitava
>
> Ao roçar de um vestido, à voz divina
> De uma pálida virgem! – ao murmúrio
> De uns passos de mulher pela campina!
>
> E como t'esperei, anjo dos sonhos,
> Ideal de mulher que me sorrias,
> E me beijando nesta fronte pálida
> A um mundo belo de ilusões me erguias!

---

de "Premier désir": "Et pourtant sans plaisir je dépense la vie ; / Et souvent, quand, pour moi, les heures de la nuit / S'écoulent sans sommeil, sans songes et sans bruit, / Il passe dans mon cœur de brûlantes pensées, / D'invincibles désirs, des fougues insensées.....". Na transcrição de Azevedo, além de algumas alterações na pontuação, aparece "brillantes pensées" em lugar de "brûlantes pensées".

O meu peito era um eco de murmúrios...
De delírio vivi como os insanos!
Nos meus quinze anos eu sofria tanto!
Ardi ao fogo dos primeiros anos!

(AZEVEDO, 2002, p. 223)

Por mais que procure se contentar com o "deserto d'alma", o eu ainda se deixa levar pela promessa dos lânguidos olhares de Ilná, nome feminino que aparece mais de uma vez na lírica alvaresiana. A conjunção adversativa que abre esta décima primeira estrofe: "Mas por que volves os teus olhos negros/Tão langues sobre mim? Ilná, suspiras?" (AZEVEDO, 2002, p. 223), bem como a concessiva que encerra o poema, indicam um abalo nas concepções inicialmente expostas, sugerindo que o eu pode voltar a amar:

Ah! quando as belas esperanças murcham
E o gênio dorme e a vida desencanta,
D'almas estéreis a ironia amarga
E a morte sobre os sonhos se levanta...
Embora fundo o sono do descrido

E o silêncio do peito e seu retiro...
Inda pode inflamar muitos amores
O sussurro de um lânguido suspiro!

(AZEVEDO, 2002, p. 224)

É possível propor, assim, uma gradação temática que envolve "Fantasia", "Lembrança dos quinze anos" e o fragmento IX de "Ideias íntimas", que vai da mais completa vivência do onírico, até a exploração da impossibilidade de desfrutar o bálsamo conferido por ele. É neste último que se narra, então, o momento inconveniente do pós-sonho, que é a busca frustrada do onírico à roda do quarto. Como já pontuou Cunha, as poesias de viés idealista parecem expressar uma primeira posição do eu poético da *Lira dos vinte anos*, enquanto as que compõem a segunda parte representam uma reflexão atualizada, uma problematização desse primeiro momento. O poema "Ideias íntimas", tendo em vista o seu caráter autoanalítico, retoma e comenta criticamente essas situações passadas, desconstruindo-as naquilo que elas têm de mais elevado.

Mais um exemplo desse processo é a expressão "Que delírios!" (v. 174), empregada no plural na estrofe IX, o que deixa entrever a ocorrência de uma série de situações análogas, caso das que se dão em "Fantasia" e "Lembrança dos quinzes anos", poemas os quais, não por acaso, trazem no singular a palavra 'delírio'. Esse possível acúmulo, que justifica o fato do eu não se deter nas súplicas em relação à vinda ou não do seu ideal feminino, ao final dessa estrofe, aponta para aquilo que afirma Alfredo Bosi, em "Imagens do romantismo no Brasil", acerca de "Ideias íntimas". Nelas, demonstra-se "a consciência de um estilo, ao qual já não se adere intimamente", conduzindo o poeta à paródia, "que virá, afinal, na forma extrema da autoparódia" (BOSI, 2002, p. 250).

O exercício crítico que se dá de forma interna à obra de arte, propiciado pela ironia romântica, configura-se, no caso em estudo, por uma constante retomada e reescrita dos mesmos motivos anteriormente trabalhados, e não só os da lavra do próprio escritor, mas também os de outrem, caso do poema "Premier désir", de Charles Dovalle. Essa reescrita leva a uma espécie de rebaixamento do texto primeiro, implicando uma mudança de perspectiva em relação ao que ali se professava. Portanto, do tom elegíaco empregado em "Premier désir", "Fantasia" e "Lembrança dos quinze anos", que ainda buscavam a ascese anímica, sobretudo por meio do sonho e da manutenção do Eterno feminino, chega-se ao tom sutilmente humorístico de "Ideias íntimas", que expõe o ridículo dessa busca, explicitando que, no cômputo final do poema, o que resta é beijar o travesseiro (AZEVEDO, 2002, p. 157).

Essas alterações substanciais tocam também o aspecto formal dos poemas. Propõe-se, mais uma vez, uma linha que parte de "Fantasia" e termina em "Ideias íntimas", a fim de ressaltar certo desataviamento da forma poética, que acompanha a diluição das tópicas sentimentais. Em "Fantasia", tem-se uma composição que se contém no metro heptassílabo, organizada em 12 sextilhas, cujo esquema rímico combina dois pares de rimas emparelhadas, separado por um par de rimas interpoladas, no qual o terceiro verso rima com o sexto de cada estrofe.[13] Já em "Lembrança dos quinze anos", há o espraiamento do metro, que ocupa o verso decassílabo, formando um total de 16 quartetos. O seu esquema rímico talvez já sugira a presença de alguma dissonância em relação ao código poético sentimental, uma vez que se quebra a expectativa de organização: os dois pares alternados são comprometidos pelo quarto verso de cada estrofe, que não retoma a rima do primeiro. Em "Ideias íntimas", então, chega-se a um ápice dessa dissolução formal, manifestada na irregularidade dos seus 14 blocos de versos e na escolha do verso decassílabo branco.

Considerações finais

O diálogo entre o poema "Premier désir", de Charles Dovalle, o fragmento IX de "Ideias íntimas" e os poemas compatíveis com a primeira parte da *Lira dos vinte anos*, "Fan-

13 À exceção do verso 54, estrofe 9, talvez para sugerir o máximo da emoção.

tasia" e "Lembrança dos quinze anos", ressalta mecanismos poéticos já estudados pela recepção crítica da obra poética de Álvares de Azevedo, caso da ironia romântica e da paródia. Além de reforçar tais procedimentos de construção, contribuindo para que se sublinhe a engenhosa arquitetura desse livro, a comparação com o poema de Dovalle pode ainda permitir algumas últimas reflexões sobre o entendimento que os estudiosos têm acerca desse texto que é considerado um momento de plenitude dentro da produção poética de Azevedo.

Como já se disse, "Ideias íntimas" é um poema de cunho meditativo, no qual o eu lírico passa em revista a sua própria consciência a partir dos objetos com os quais ele se depara, ao peregrinar pela casa. Nesse sentido, tem-se dito que nele o autor conseguiu imprimir certos efeitos de real, tendo em vista o trabalho com o pormenor, de prosaísmo, ao tratar do charuto, da garrafa de *cognac*, do candeeiro, e de espontaneidade, ou melhor, de "espontaneidade aparente" (CAMILO, 1997, p. 77), uma vez que, como diz Marlene Correia, "nele nada é singelo, e se em alguns momentos produz tal impressão, esta se deve à fingida ingenuidade do humor e à simulada inocência do poeta-protagonista" (CORREIA Apud WERKEMA, 2013, p. 46).

O seu processo de autoanálise se dá graças a uma boa dose de ironia, que permite um desmembrar dessa consciência poética em duas, que podem ser intituladas, nas palavras de Vagner Camilo (1997, p. 85), como sendo, de um lado, a do "homem maduro da confissão" e, de outro, a do "adolescente confessado". Ainda de acordo com Camilo, o primeiro equivale ao eu das primeiras partes do texto, que manifesta o seu *taedium vitae*, renegando, inclusive, aquilo que lhe era outrora caro: grandes expoentes da literatura, como Ossian, Lamartine e Shakespeare. Além disso, o eu retrata verdadeiros ídolos da cultura romântica, como Victor Hugo e Lamennais, de forma a insinuar o seu lado "demasiadamente humano". Já o segundo, parece aflorar quando a posição distanciada do homem maduro se vê comprometida pela proximidade do leito, que decanta as ilusões amorosas juvenis. A partir do fragmento VIII,

> o Eu resvala memória adentro, abrindo as comportas do passado, que acaba por inundar o presente [...]. O que antes era autoanálise, vazada numa linguagem contida, transmuta-se agora em confissão, vertida em tom puramente elegíaco (CAMILO, 1997, p. 94).

Subentende-se, assim, que a consciência irônica do eu é obliterada quase que por completo. No entanto, a partir do momento que se tem em vista que o sujeito poético está em processo de reescrita paródica de um outro poema, utilizado anteriormente como epígrafe, sugerindo, inclusive, a impossibilidade de manutenção da atitude nele expressa, talvez se possa pensar que a ironia continue agindo, embora de uma outra maneira. Afinal, o eu "duplica" em outra chave o poema de Dovalle, perfazendo um movimento fundamental da consciência reflexiva, a cisão. Não deixa de ser uma espécie de "subjetivismo objetivador" (VEGA Apud CAMILO, 1997, p. 85) do qual falavam os românticos a fim de precisar o distanciamento crítico que permite uma reflexão interna à obra.

Um outro ponto interessante é o efeito de espontaneidade emanado do poema, que teria, assim, a capacidade de se afastar do conhecido "universo *livresco*" habitado por Álvares de Azevedo (CAMILO, 1997, p. 79). Porém, se num momento central da encenação do seu drama íntimo, o poeta trava um diálogo acentuado com um outro texto, quer dizer que ele nunca deixa por completo esse mundo livresco, comprazendo-se em iludir o leitor com vestígios "auto-ficcionais". Alude-se, uma vez mais, à provável coincidência etária entre os dois poetas que faz ressaltar não a biografia, uma verdade "que se comprove através da leitura do diário ou das cartas do artista", mas "uma mediação inerente a qualquer processo de escrita" (WERKEMA, 2013, p. 48). Essa pressuposição pode ser também pensada, evidentemente, em relação a Charles Dovalle, que poderia, no momento da composição de "Premier désir", ter sob os olhos um outro poema o qual procurou emular, situação essa que problematiza as noções de inspiração romântica aludidas pela epígrafe deste capítulo, apontando o seu caráter "factice", isto é, produzido, não espontâneo.

É através do tópico emulação poética que se volta ao início da discussão acerca da recepção lusa, ou luso-brasileira talvez, ao se considerar que Castilho José aqui viveu por tanto tempo. Na *Grinalda ovidiana*, ao promover uma aproximação entre Álvares de Azevedo e Charles Dovalle e que se considerou ser entre os poemas "Ideias íntimas" e "Premier désir", o autor usa as expressões "exatamente idêntico" e "estreita relação". Pensando que a imitação por emulação se baseia no ato de imitar "o mestre não para simplesmente reproduzir sua obra, mas para realizar outra que se iguale àquela ou a supere" (GARMES, 2006, p. 107) e a devida releitura que Azevedo faz do poema de Dovalle, parece que a noção de algo "idêntico" pudesse transmitir uma ideia equivocada, de "imitação servil". E, sendo Castilho José um importante *passeur culturel* das letras brasileiras ao Reino,[14] é possível que, a partir de suas sugestões, um

14 Ressalto que ele era o encarregado de remeter as contribuições brasileiras ao seu outro irmão, Alexandre Magno Castilho, fundador do *Almanaque de lembranças luso-brasileiro*, fazendo com que,

determinado perfil se traçasse em relação ao autor de *Macário*, moldando alguns aspectos de sua recepção posterior. Como se sabe, nomes do porte de Camilo Castelo Branco e Teófilo Braga externaram a satisfação de ver a febre byroniana não afetar Portugal, vindo a atingir em cheio os jovens poetas brasileiros, principalmente Álvares de Azevedo. Braga (1869, p. 12), ao voltar-se à poesia lírica brasileira, na altura de 1869, depara-se com "uma única feição, a constante imitação de Byron, de Musset e Espronceda."

Talvez se possa dizer que a relação causa/consequência entre a sugestão de Castilho José e as alfinetadas de Camilo e Teófilo seja muito tênue. Nesse sentido, evoca-se o fato de que as relações literárias entre Brasil e Portugal em meados do oitocentos eram um pouco ambíguas, por vezes, tensas, o que gerou polêmicas, inclusive, protagonizadas pelo próprio autor da *Grinalda ovidiana*. Além disso, a cor local, um dos critérios de valoração ou não das obras brasileiras, largamente utilizado pela crítica lusa no contexto em foco, aplica-se mal a Álvares de Azevedo, o que poderia fomentar a utilização indiscriminada da etiqueta da imitação, em casos nos quais não se soubesse ao certo como proceder. Seja como for, ainda que não seja possível aferir o juízo de valor que Castilho embutia na aproximação por ele promovida e se realmente ela impactou em críticas posteriores, fica aqui registrado mais um passo do percurso receptivo da obra de Álvares de Azevedo em Portugal e um interessante diálogo entre poetas modernos.

---

já a partir de 1855, a colaboração se tornasse "regular e intensa" (CHAVES, 2015, p. 89).

Referências bibliográficas

AZEVEDO, Álvares de. *Poesias completas*. Edição crítica de Péricles Eugênio da Silva Ramos/Organização de Iumna Maria Simon. Campinas: Ed. da Unicamp/São Paulo: Imprensa Oficial do Estado, 2002.

BOSI, Alfredo. "Imagens do romantismo no Brasil". *In* GUINSBURG, J. & ROSENFELD, A (org.). *O romantismo*. 4ª ed. São Paulo: Perspectiva, 2002, p. 239-256.

BRAGA, Teófilo. *História da poesia moderna em Portugal*. Porto: Tipografia da livraria nacional, 1869.

CAMILO, Vagner. *Risos entre pares:* poesia e humor românticos. São Paulo: Edusp, 1997.

CANDIDO, Antonio. *Formação da literatura brasileira*: momentos decisivos, 1750-1880. 10ª ed. Rio de Janeiro: Ouro sobre azul, 2006.

CASTILHO, José Feliciano de. *Grinalda ovidiana*: apêndice à paráfrase d'*Os amores*. 4 vols. Rio de Janeiro: Bernardo Xavier Pinto de Sousa, 1858.

CHAVES, Vania Pinheiro. "Gonçalves Dias e Álvares de Azevedo: dois perfis românticos em destaque no Novo Almanaque de Lembranças Luso-brasileiro" *In* SANTOS, Gilda da Conceição. *O real em revista: impressos luso-brasileiros oitocentistas*. Rio de Janeiro: Oficina Raquel, 2015, p. 87-10.

CUNHA, Cilaine Alves. *O belo e o disforme*: Álvares de Azevedo e a ironia romântica. São Paulo: Edusp, 1998.

DOVALLE, Charles. *Poésies du feu*. Precedée d'une notice par C. Louvet et d'une préface par Victor Hugo. Paris: Advocat; Palais royal, 1830.

ENRIQUEZ, Romain. L'invention de l'inconscient par la ponctuation dans le récit (1850-1900). *Littératures*, n. 72, p. 23-50, 2015.

FRANÇA, Eduardo Melo. A recepção de Álvares de Azevedo, Fagundes Varela, Casimiro de Abreu e Junqueira Freire em Portugal no século XIX. *Todas as letras X*. São Paulo, v. 16, n. 2, pp. 110-122, 2014.

GARMES, Hélder. *O romantismo paulista*: os *Ensaios literários* e o periodismo acadêmico de 1830 a 1860. São Paulo: Alameda, 2006.

LE BRUN, Ponce-Denis Écouchard. *Oeuvres*. Tome I. Paris: Crapelet, 1811.

MOREIRA, Maria Eunice. Três românticos brasileiros e a crítica portuguesa no século XIX. *Revista Miscelânia*. UNESP/Assis, v. 14, p.69-79, jul-dez. 2013.

OVÍDIO. *Os amores:* paráfrase por Antonio Feliciano de Castilho. 3 vols. Rio de Janeiro: Bernardo Xavier Pinto de Sousa, 1858.

SILVA, Inocêncio Francisco da. *Dicionário bibliográfico português*. Tomo V. Lisboa: Imprensa Nacional, 1860.

SANTOS, Natália G. S. Nas grandes e pequenas folhas: Álvares de Azevedo na imprensa lusa oitocentista. *Via Atlântica*, São Paulo, n. 37, p. 156-189, 2020.

VIEIRA, Brunno V. G. Recepção da poesia erótica latina no séc. XIX: José Feliciano de Castilho e sua edição dos *Amores*, de Ovídio. *Nuntius Anticuus*, Belo Horizonte, nº 4, p. 71-81, dez. de 2009.

WERKEMA, Andréa Sirihal. Oscilações do "espontâneo" na poesia de Álvares de Azevedo. *O eixo e a roda*, Belo Horizonte, v. 22, n. 2, p. 39-49, 2013.

O desencantamento em Álvares de Azevedo

Patrícia Aparecida Guimarães de Souza

Álvares de Azevedo dividiu sua *Lira dos vinte anos* em duas partes, sendo que, na Segunda, de acordo com seu prefácio, "dissipa-se o mundo visionário" (1999, p. 139). Nos primeiros poemas ressoam os ideais românticos e a dor da frustração, quando esses não são atingidos, expressa sem maiores metáforas no verso "e o ideal não veio" (199, p. 124). Já na Segunda Parte, esses ideais não desaparecem do horizonte, mas a tristeza suave ganha contornos de autoironia, e a lágrima se transforma em riso amargo. O movimento entre a crença e a descrença, que deságua na ironia, é um dos traços do "desencantamento" que pode ser visto na estrutura da *Lira dos vinte anos*, e é exemplar no poema "Ideias íntimas". A descrença também é um tópico do estudo literário realizado por Álvares de Azevedo sobre Alfred de Musset. Desta forma, a reflexão sobre o desencantamento como uma expressão, inclusive política, do romantismo, que ultrapassa seu contexto estrito – os anos 1830 na França – pode ser de grande valia para a leitura de Álvares de Azevedo.

Desencantamento

Em janeiro de 1831, Balzac fez um balanço dos lançamentos literários do ano anterior e tratou do surgimento de uma "escola do desencantamento". Essa escola agrupava obras de autores de diferentes concepções literárias: desde o romântico Charles Nodier ao realista Stendhal, e, sem deixar de se autorreferenciar, Balzac citou, entre elas, *A fisiologia de um casamento,* publicada, naquele momento, com autoria "anônima". Para ele, esses livros traziam o "gênio da época, o odor cadavérico de uma sociedade que se extingue (...) são traduções do pensamento íntimo de um velho povo que espera uma jovem organização; são pungentes zombarias".[1] Para ele, os desencantados haviam ofuscado as *Meditações* de Lamartine, pois "essa voz rica e suave se perdeu na tempestade, como os acordes de um rouxinol, na ventania noturna".[2] É importante destacar que esta retrospectiva literária de Balzac começa por uma reflexão geral em que cita grandes desenvolvimentos tecnológicos dos últimos tempos e conclui: "Admiráveis desenvolvimentos da indústria!... mas nada de tudo isso traz uma esperança de melhoria para a massa sofredora".[3] Assim, é notável, desde a sua primeira formulação, a ligação entre uma literatura desencantada e a frustração da ideia de progresso. A crença iluminista na ciência, de que o avanço tecnológico traria uma melhoria para todos, mostrou-se um erro. A Revolução Industrial am-

1 *"[ces livres] sont les traductions de la pensée intime d'un vieux peuple qui attend une jeune organisation ; ce sont de poignantes moqueries"* (1873, p. 168)

2 *"[...] cette voix riche et suave s'est perdue dans la tempête, comme les accordes d'un rossignol au milieu d'une bourrasque nocturne"* (1873, p. 168)

3 *"Admirables développements de l'industrie !... Mais rien de tout cela n'apporte un espoir d'amélioration pour la masse souffrante"* (1873, p. 165)

pliou as desigualdades e formou uma grande massa de miseráveis nas grandes cidades.

Na crítica literária contemporânea, Paul Bénichou dedicou uma de suas obras sobre o romantismo francês à *Escola do desencantamento*, emprestando o termo de Balzac. Mas se afastou do escritor oitocentista atenuando a ideia fechada de uma "escola literária" e, por outro lado, centrando seu livro em autores mais estritamente românticos: Saint-Beuve, Nodier, Musset, Nerval e Gautier. Esses autores apresentam como características comuns terem por volta de vinte anos em 1830 e expressarem "a ruína das certezas e esperanças precedentes".[4] José-Luis Diaz, seguindo o caminho de Benichou, define uma das "cenografias autorais"[5] do romantismo como "desencantamento", que tem como traço fundamental a mistura do autossarcasmo com a melancolia (2007, p. 567).

Outro traço marcante entre os autores do desencantamento foi verem-se como representantes de uma época e ligarem seus sofrimentos e dúvidas a uma condição do tempo. Assim, embora escrevessem sobre dilacerações individuais, como amores perdidos, o contexto político e social não era posto de lado, sendo a perda das utopias revolucionárias uma de suas temáticas principais. Obra exemplar do desencantamento, o romance de Alfred de Musset *A confissão de um filho do século*, de 1834, inicia com um aviso aos leitores de que o narrador, Otávio, contará sua história para ajudar a outros jovens que viviam o mesmo mal. Mais à frente, chega a

4 *"[...] la ruine de certitudes et d'espérance précédente"* (1992, p. 9).

5 José-Luis Diaz entende a cenografia autoral como um dispositivo identitário a partir do qual o escritor demarca sua posição, seus diálogos e sua imagem de artista, para além de mera "representação" de si (2007, p. 18).

afirmar que seria bendito quem não fosse tocado pelo seu século. No segundo capítulo, Otávio realiza uma reflexão sobre o momento histórico e, apenas no terceiro capítulo, começa a narrar sua vida amorosa. Depois da primeira decepção, ele não consegue nem se adequar plenamente ao vazio da vida libertina, nem construir outra relação, pois está marcado para sempre pela dúvida.

Como Álvares de Azevedo aponta em seu estudo literário sobre Alfred de Musset, os descrentes do século XIX se diferenciavam dos céticos do século anterior, pois a descrença de seus livros não aparecia apenas como constatação e ironia, mas era demarcada também pela dor da perda das ilusões. Ao mesmo tempo que não criam, desejavam crer. Por isso, Musset enaltece e, ao mesmo tempo, amaldiçoa os iluministas.

Em *A confissão de um filho do século,* o narrador lamenta: "Mas se o pobre, uma vez tendo bem compreendido que os ricos o roubam, que todos os homens têm os mesmos direitos, que todos os bens são deste mundo, e que sua miséria é ímpia, se o pobre, tendo a si e aos seus dois braços por única crença, se diz um belo dia: 'Guerra ao rico! A mim também a felicidade aqui embaixo, porque não há outra! A mim também a terra, porque o céu está vazio! A mim também e a todos, porque todos são iguais! Oh pensadores sublimes que o levaram até aí, o que lhe dirão se ele é vencido?'".[6] Desta forma, aponta para o sentimento de fracasso

6 *"[...] mais si le pauvre, ayant bien compris une fois que les prêtres le trompent, que les riches le dérobent, que tous les hommes ont les mêmes droits, que tous les biens sont de ce monde, et que sa misère est impie, si le pauvre, croyant à lui et à ses deux bras pour toute croyance, s'est un beau jour : Guerre au riche ! à moi aussi la jouissance ici-bas, puisqu'il n'y a pas d'autre ! à moi la terre,*

com relação à Revolução Francesa, que chegou a derrotar as crenças que sustentavam a desigualdade do Antigo Regime, mas não a desigualdade ela mesma, gerando uma antítese social que o autor entende como uma espécie de entreatos de um mundo que já havia se desfeito e outro que ainda estava por ser construído.

O narrador de *A confissão de um filho do século* também sentiu de forma pessoal o impacto dos iluministas. Tratando dos romances do "século de Luís XV", conta "[...] eu os devorava com uma amargura e uma tristeza sem limites, o coração quebrado e o sorriso sobre os lábios. – Sim vocês têm razão, dizia-lhes eu, só vocês sabem o segredo da vida; só vocês ousam dizer que nada é verdade além da devassidão, da hipocrisia e da corrupção. Sejam meus amigos, pousem sobre as feridas da minha alma seus venenos corrosivos, ensinem-me a crer em vocês".[7]

O desencantamento alcançava as principais temáticas do romantismo, problematizando a figura do poeta e o amor conjugal, ambos profanados pela ascensão de uma sociedade cada vez mais mercantilizada, na qual "Tudo que era sólido e estável se desmancha no ar, tudo que era sagrado é profanado e os homens são obrigados finalmente a encarar sem

---

puisque le ciel est vide ! à moi et à tous, puisque tous sont égaux ! ô raisonneurs sublimes qui l'avez mené là, que lui direz-vous s'il est vaincu" (1973, p. 35).

7 *"je les dévorais avec une amertume et une tristesse sans bornes, le cœur brisé et le sourire sur les lèvres. – Oui, vous avez raison, leur disais-je, vous seuls savez les secrets de la vie ; vous seuls osez dire que rien n'est vrai que la débauche, l'hypocrisie et la corruption. Soyez mes amis ; posez sur la plaie de mon âme vos poisons corrosifs ; apprenez-moi à crois en vous"* (1973, p. 69).

ilusões a sua posição social e as suas relações com os outros homens" (MARX; ENGELS, 2010, p. 42).

A juventude que nasceu sob o Império napoleônico e cresceu na Restauração viveu também a Revolução de 1830, que estabeleceu uma monarquia burguesa, censitária, aliada dos industriais. Desta forma, distante dos sonhos revolucionários, mantinha as desigualdades sociais. A Monarquia de Julho também praticou uma violenta repressão política e produziu massacres como o da Revolução de 1832, descrita por Victor Hugo em *Os miseráveis*. Assim, o desencantamento é marcado também pelo desejo das utopias e pela sua frustração, que não impedia uma crítica mordaz à sociedade de seu tempo por meio da ironia.

No mesmo ano em que Balzac escreveu sobre a "escola do desencantamento" (1831), Pierre Leroux publicou um longo artigo em que opôs a literatura de Lamartine à literatura da dúvida, que ele tratou por "byroniana". O texto saiu dividido em três partes na *Revue Encyclopédique*, de tendência saint-simoniana. Na primeira parte, lê-se uma contextualização histórica na qual a Revolução Francesa é vista como propulsora de uma grande ruptura moral e material, início de um tempo de dúvidas e, por isso, o surgimento de uma literatura da dúvida, exemplar na retomada das obras de Shakespeare e na produção de Byron e Goethe, autores que Musset também cita como inoculadores do "mal do século". Para Leroux, esses autores "seguem a sombra de Hamlet, seguidos eles mesmos de uma multidão de fantasmas desolados que me pintam todas as dores e que me parecem todos ter uma terrível divisa do inferno: *lasciaste la speranza*".[8]

8 *"Ils suivent l'ombre d'Hamlet suivis eux-mêmes d'une foule de fantômes désolés qui me peingnet toutes les douleurs , et qui sem-*

A segunda parte do artigo se inicia com a exaltação do poeta visto como aquele que traz em si a essência de sua época e o germe da geração futura. Defende concepções caras ao romantismo, como a inserção do "feio" na arte. Para Leroux, os três grandes gênios que inauguraram sua época eram Rousseau, Goethe e Byron, sendo que o último deveria nomear o período, por trazer em sua obra a dúvida e a ironia, além dos pares antitéticos: entusiasmo/ *spleen* e esperanças sem limites/ desolação.

Na terceira parte do artigo, trata da arte de seu tempo, faz duras críticas a Vitor Hugo e Lamartine e compara-os com os byronianos: "[...] eles se diferenciam profundamente de Byron ou de todos os poetas que chamarei de byronianos, que, não tendo admitido esse mundo de convenção, esse mundo do passado, no qual os dois termos eram desigualdade e infelicidade sobre a terra, igualdade e felicidade no céu, não podem se repousar na fria contemplação das misérias da terra, as estudam somente para as pintar, quando fogem delas para se refugiar num tipo de estoicismo divino".[9]

Pierre Leroux seguia a doutrina saint-simoniana, que afirmava que a história se dividia em períodos orgânicos e períodos críticos. Os primeiros seriam as épocas em que haveria uma unidade social, baseada na crença naquele tipo

---

blent tous avoir une terrible divise de l'enfer: lasciaste la speranza" (set.1831, p. 513).

9 *"ils diffèrent profondément de Byron et de tous les poètes que j'appellerai byroniens, qui, n'ayant pas admis ce monde de convention, ce monde du passé, dont les deux termes étaient inégalité et malheur sur la terre, égalité et bonheur sur le ciel, ne peuvent pas reposer dans une froide contemplation des misères de la terre, les étudier seulement pour les peindre, où les fuir pour se réfugier dans une sorte de stoïcisme divin"* (dez. 1831, p. 641).

de organização da sociedade. Já os segundos viriam quando surgissem novas necessidades que abalassem essa unidade, acabando com a crença que sustentava a ordem social antiga. Desta forma, via sua própria época como um período crítico e entendia a literatura byroniana como representante do momento, além de ver nela o germe de uma nova ordem: "[...] toda essa literatura de verve delirante, de audaciosa impiedade e terrível desespero que preenche hoje nossos romances, nossos dramas e todos nossos livros, eis aqui a escola, ou melhor, a família dos poetas que nós chamamos *byroniana*: poesia inspirada pelo sentimento vivo e profundo da sociedade atual, o que significa do estado de anarquia, de dúvida e de desordem em que o espírito humano está hoje mergulhado por consequência da destruição da antiga ordem social e religiosa (a ordem teológica feudal) e de proclamação do princípio igualdade, que deve engendrar uma nova sociedade".[10]

Entendo que, apesar das denominações diferentes, a literatura chamada de "byroniana" por Leroux se aproxima em grande medida da noção de "desencantamento", delineada no início do mesmo ano por Balzac. Para além do forte diálogo com o poeta inglês travado pelos autores franceses tidos pela crítica como "desencantados", destacam-se como características essenciais dessas obras a dúvida e a crítica social.

10 *"toute cette littératurE de verve délirante, d'audacieux impiété et d'affreux désespoir qui rempli aujourd'hui nos romans, nos drames et tous nos livres, voilà l'école ou plutôt la famille de poètes que nous appelons byronienne : poésie inspirée par le sentiment vif et profond de la réalité actuelle, c'est-à-dire de l'état d'anarchie, de doute et de désordre où l'esprit humain est aujourd'hui plongé par suite de la destruction de l'ancien ordre social et religieux (l'ordre théologique – féodal) et de la proclamation du principe de l'égalité, qui doit engendrer une société nouvelle"* (dez. 1831, p. 646).

Afastando o olhar do dogma saint-simoniano, também pode-se ver o desencantamento como um movimento em que o sujeito lírico representa o passado como um período em que tinha crenças, que depois ele as perdeu, e sofre esta perda. A resposta a isso vem na forte autoironia com o período anterior e, também, no desprezo pelas estruturas sociais vigentes, que esvaziam e mercantilizam as relações sociais e eternizam as desigualdades. Como se vê, o desejo de transformação, ainda que desesperançado, continua a existir. Também é importante frisar que o sujeito desencantado se percebe como parte desse contexto, "filho do século".

A política desencantada no Brasil

O desencantamento tem um vínculo estreito com as circunstâncias históricas em que circulou com maior intensidade. Contudo, pretendo aqui extrapolar o contexto francês e utilizar o termo para pensar escritos do romantismo brasileiro. Em meados do século XIX, consolidava-se o Segundo Reinado, após o período de grandes turbulências sociais da Regência. Não se deve pensar, entretanto, que as manifestações populares e as contradições sociais no grande império escravista haviam cessado. Exemplo disso é a célebre Revolução Praieira em 1848, cujo líder, Pedro Ivo, foi retratado em poemas de Álvares de Azevedo e Castro Alves.

A desilusão frente à nação que se tornava independente mantendo as mesmas estruturas econômicas e o sistema escravista é tratada com maestria por Gonçalves Dias na prosa poética *Meditação*. Nela um velho proporciona a um jovem nacionalista, que crê no progresso, visões sobre o passado, o presente e o futuro do país. As visões lhe mostram a impossibilidade de concretizar seus planos diante da grande chaga social que persistia: a escravidão, que impedia o desenvolvimento das ciências, do belo e dos ideais políticos.

Álvares de Azevedo se posicionou frente aos debates políticos e literários que alimentaram o desencantamento e estabeleceu relações com o Brasil. O poeta citou em um discurso na Faculdade de Direito do Largo São Francisco, ao tratar da criação de uma filosofia nacional, a crítica feita por Pierre Leroux ao ecletismo de Vitor Cousin.[11] No meio estudantil, participou da sociedade literária *Ensaios Literários*, que teve como tema de debates de suas reuniões a propriedade privada, o pensamento de Fourier, o divórcio, o suicídio etc (GARMES, 2006, p. 33).

Em seus estudos literários sobre Alfred de Musset e George Sand, Álvares de Azevedo, como Leroux, opõe as características byronianas às de Larmatine, literato que também é ironizado no poema "Ideias íntimas", conforme será analisado. Além disso, como já foi dito, da mesma forma que Musset[12] ao tratar do sentimento da descrença, afirma que

11 "O apuramento de uma nação, desfeita de sua dependência de ideias, livre em seu ando filosófico; a sagração de um complexo de crenças e aspiração que forme a nossa filosofia brasileira no século XIX – bela de todo o fogo de entusiasmo, de todo ressumbrar de heroísmo passado – clareado ao reverberar longínquo das esperanças do futuro – não a ciência fragmentária e parasita do passado, pálida cópia do que foi , como o entendeu o ecletismo de Cousin – mas sim a síntese de um povo, como a querem Pedro Leroux e Gioberti em seus princípios filosóficos" (1855, p. 115) .

12 Em Jacques Rolla, poema em parte traduzido por Álvares de Azevedo, lemos: "*Dors-tu content, Voltaire, et ton hideux sourire/ Voltige-t-il encor sur tes os décharnés ?/ Ton siècle était, dit-on, trop jeune pour te lire;/ Le nôtre doit te plaire, et tes hommes sont nés./Il est tombé sur nous, cet édifice immense/ Que de tes larges mains tu sapais nuit et jour.(...) Et que nous reste-t-il, à nous, les déicides ?*" (1986, p.283)

"Voltaire tinha o fel de nascença." (1855, p.70). Entretanto, Álvares de Azevedo não realiza uma simples transposição de temas do romantismo europeu para a sua própria poética. Há, em sua escrita, um processo de leitura, apropriação e criação. Quando realizava seus estudos literários, enfatizava valores que lhe eram caros, como, por exemplo, elogiar a contraposição de opostos no mesmo autor[13] – estruturante para a *Lira dos vinte anos* – ou censurar características que não lhe agradavam, como o excesso de desregramento formal ou do uso de arcaísmos.[14]

Em um discurso pronunciado em 1849, em razão do aniversário do curso jurídico em São Paulo, Álvares de Azevedo aborda o papel do estudante nas grandes transformações históricas e finaliza conclamando aos jovens acadêmicos brasileiros: "A regeneração literária de nossa terra deve sair do meio de nós. Falange do progresso não há ficarmos imóveis. Como ao Aashvero da tradição uma voz nos brada sempre: — Caminha! // O gênio é esse sôfrego corcel dos estepes do Mar Ne-

13 Álvares de Azevedo inicia seu artigo sobre Alfred de Musset afirmando: "o gênio é como o Jano Latino: tem duas faces" e aponta em Homero, Goethe, Byron e Thomas Moore a mesma característica que também estaria presente em Musset. (1855. p. 23)

14 Tratando do desregramento formal, afirma: "Quando a liberdade poética bastardea em licença e desregramento, somos daqueles que a reprovam, e preferem Byron por mais perfeito em algumas páginas do Childe que n'outras de Don Juan, Beppo e da Visão do Juízo" (1855, p.39) Afirma ao criticar o uso excessivo de arcaísmo por Gonçalves Dias em sextilhas do Frei Antão: "Mas desde que o excesso [de arcaísmo] vem, teremos de repugná-lo, e nos lamentar do sacrifício das ideias e da poesia, a um lavor pelo exprimir — belo sim, mas morto — da língua antiga: desse abandono da láurea de bardo pela glória de antiquário" (1855, p. 40-41).

gro onde estorcia-se a transudar agonias cruentas, o herói do poema de Byron — *Away! away!* Avante! avante! —Eis o brado das gerações inteiras. // E, pois, coragem! Árdua embora a provança — a tarefa é sublimada!" (1855, p. 21) Ao escolher os personagens nos quais os estudantes devem mirar, Álvares de Azevedo surpreende por tratarem-se de figuras mais angustiadas do que esperançosas: O primeiro é Ahasverus, o judeu errante, figura mítica que serviu de personagem para a principal obra do socialista romântico Edgar Quinet. Ele teria sido condenado a viver eternamente caminhando à espera da volta de Jesus Cristo. O segundo personagem é o herói byroniano, provavelmente Don Juan, que precisa fugir da Turquia para a Rússia pelo Mar Morto. Ver no herói desassossegado a possibilidade do porvir tem grande congruência com o pensamento de Leroux sobre o byronismo.

A ideia de um byronismo politizado circulou amplamente. Lê-se em artigo de autoria anônima publicado em 1861 na *Revista mensal do ensaio filosófico paulistano*: "Tudo isso entretanto podia passar por um lugar-comum poético. Porém em breve, sob a influência dos sistemas socialistas a literatura entrou em uma fase nova. (...)A anarquia das ideias, das crenças, eis aqui o mal profundo de nossa sociedade. (...) A anarquia das ideias aumentada, obriga a literatura a perpetuar a anarquia dos sentimentos." (1964, p. 136-138). Na apresentação da *Lira dos vinte anos*, Jacy Monteiro, primo de Álvares de Azevedo, liga a mudança de temperamento do poeta às leituras de Goethe e Byron: "Era que talvez penetrara ele mais nas fantasias do Fausto, nos sentimentos apaixonados de Werther, ou que talvez requeimavam-lhe o cérebro os pensamentos bebidos porventura no desprezo da vida, no cismar cético de Byron acerca de suas amarguras e das injustiças do mundo?..." (1853, p.19). Assim, nos dois casos, a descrença é ligada ao desejo de ruptura social, ainda que de forma especialmente virulenta no primeiro caso.

Em 1850, Álvares de Azevedo pronunciou mais um discurso, este na sessão de instalação da Sociedade Acadêmica Ensaios Filosóficos. Novamente, o poeta traz uma perspectiva histórica, nela o papel das sociedades acadêmicas é destacado. Os eventos privilegiados são os revolucionários, do surgimento do cristianismo como princípio de igualdade à Revolução de 1830 na França. O tema principal do discurso é o descumprimento da constituição no que se referia à criação de cursos universitários em todas as províncias e de universalização dos cursos primários. O poeta chega a defender a ocupação das ruas pelo povo e que haja soberania popular. Também menciona a frustração de uma nação que nasce deslumbrada com revoluções, mas se inicia com uma monarquia absolutista. Suas críticas alcançam ainda a imprensa que considera corrupta. Dirigindo-se ao público, finaliza o discurso: "E quando um dia, senhores, nosso corpo adormeça no nada, e os homens da terra esquecerem aquilo que foi nossa inteligência, restará de nós, pelo mar túrbido das peregrinações do progresso, a trilha assinalada pelo rasto de ardentias, que deixa a nau sumida no horizonte dos mares, pelas noites dos trópicos!" (1855, p.115). Há esperança no futuro, mas ele se alcança por meio de revoluções. O caminho que se chega a ele não é linear, deixa seu "rastro" em um mar "túrbido". Também não há crença no juízo final: a consciência adormecerá "no nada".

Em carta ao pai conservador sobre esse discurso, Álvares de Azevedo se justifica afirmando: "Quanto ao que falei sobre a instrução pública, sobre o desleixo dos governos de todos os credos no Brasil, bem se vê que nisso não há ideia nenhuma de liberalismo exagerado e muito menos de republicanismo. As minhas ideias sobre política resumem-se em querer menos palavras e mais convicções, menos alarido de liberalismo e mais instituição asseladas dele." (1855, p. 101) Assim, mesmo tirando a ênfase de seu discurso, visivelmente liberal e republicano, afirma suas ideias principais na carta ao pai, além de apontar para o sentimento de frustração entre as ideias políticas e a realidade social. Esta frustração também é uma das marcas da literatura desencantada.

O Desencantamento da lira

A *Lira dos vinte anos*, apesar de sua publicação póstuma, foi pensada e dividida por Álvares de Azevedo. Esta divisão foi explicada pelo próprio poeta no prefácio à segunda parte: "É que a unidade deste livro funda-se numa binomia. Duas almas que moram nas cavernas de um cérebro pouco mais ou menos de poeta escreveram este livro, verdadeira medalha de duas faces" (1999, p. 139). Assim, entendo que dentro da estrutura binômica também pode-se encontrar o desencantamento. Lê-se no mesmo prefácio: "Nos mesmos lábios em que suspirava a monodia amorosa, vem a sátira que morde" (1999, p. 140).

O prefácio à Primeira Parte da *Lira* descreve seus poemas como "cantos espontâneos do coração", "vibrações doridas da lira interna que agitava um sonho, notas que o vento levou", enfatizando a transitoriedade desta poesia. Este prefácio, distanciado do momento em que os poemas foram escritos, enfatiza a juventude do escritor: "São os primeiros cantos de um pobre coração de poeta". Com o anúncio de que esses sonhos perecerão, conclui: "ó meus amigos recebei-a no peito e amai-a como o consolo que foi de uma alma esperançosa, que depunha fé na poesia e no amor – esses dois raios luminosos do coração de Deus" (1999, p. 49). Observa-se aí a utilização da tópica lamartiniana, que "Se desmaia de amor... a Deus se volta,/ Se pranteia por Deus... de amor suspira." conforme é descrita ironicamente em "Ideias íntimas".

"Hinos do profeta" é uma série de quatro poemas que se aproximam do encerramento da Primeira Parte, precedendo apenas "Lembrança de Morrer", o último poema. Os poemas que subdividem os "Hinos" são: "Um canto do século", cujo título aponta para o testemunho de uma época; "Lágrimas de sangue" e "A tempestade", subintitulado "fragmento". Se a imagem do poeta-profeta convicto de seus vaticínios pode ser vista como uma potência desde a literatura antiga, nos hinos, ela vem invertida: o poeta está enfraquecido e oscila entre a crença e a descrença. Abordarei com maior vagar o primeiro poema.

> Debalde nos meus sonhos de ventura
> Tento alentar minha esperança morta
> E volto-me ao porvir;
> A minha alma só canta a sepultura
> E nem última ilusão beija e conforta
> Meu suarento dormir (1999, p. 122)

De início, o poeta constata a impossibilidade de seus sonhos ao perceber que no seu futuro há apenas a morte. Já não há mais ilusões. A ideia da morte prematura angustia o eu lírico, que lamenta: "morrerei mancebo, inda sonhando". Na quinta estrofe, ele inicia a apresentação de quais eram seus sonhos:

> Meu sonho foi a glória dos valentes,
> De um nome de guerreiro a eternidade
> Nos hinos seculares,
> Foi nas praças, de sangue ainda quentes,

Desdobrar o pendão da liberdade
Nas frontes populares! (1999, p. 122-3)

Como indicado no título, o eu lírico volta-se para um sonho coletivo de uma revolução popular. A partir de então, ele apresenta seus amores em quatro estrofes iniciadas por "meu amor foi". Inicialmente, o amor é dedicado à natureza serena: "a verde laranjeira à noite" e "o sol matinal dos passarinhos". Na última dessas estrofes, o amor é dedicado à mãe que o alentava. Entre a amplitude da natureza e a proximidade materna, tem-se a imagem do "povo", criando uma gradação: natureza/povo/indivíduo.

Meu amor foi o sonho dos poetas
— O belo, o gênio, de um porvir liberto
A sagrada utopia!...
E, à noite, pranteei como os profetas,
Dei lágrimas de sangue no deserto
Dos povos à agonia!... (1999, p. 123)

O poeta, elevado à posição profética, une a estética à política e, ao mesmo tempo que sonha com o belo e o gênio, também alimenta a utopia social do "porvir liberto". Isto, partindo de um país escravocrata, ganha uma dimensão diferente da "liberdade" amplamente referenciada no romantismo francês. Contudo, em contraposição às utopias, o que se encontra são "agonias". Apesar das desilusões, o poeta ainda crê. Lê-se:

E agora o único amor!... o amor eterno,
Que no fundo do peito aqui murmura
E acende os sonhos meus,
Que lança algum luar no meu inverno,
Que minha vida no penar apura,
— É o amor de meu Deus! (1999, p. 123)

O amor de Deus é o único capaz de consolar e reacender as esperanças do eu lírico, apesar da infelicidade, a crença está intocada. Entretanto, suas desilusões voltam à cena: "Eu vaguei pela vida sem conforto,/Esperei minha amante noite e dia/ E o ideal não veio..." Este último verso, ainda que diretamente relacionado ao ideal amoroso, condensa a angústia que perpassa todo o poema: a espera em vão pelas utopias românticas. Mesmo que ele creia em Deus, está marcado pela desilusão.

> Vivi na solidão, odeio o mundo...
> E no orgulho embucei meu rosto pálido
> Como um astro nublado...
> Ri-me da vida — lupanar imundo,
> Onde se volve o libertino esquálido
> Na treva... profanado (1999, p. 124)

No primeiro verso desta estrofe, é notável uma quebra no estilo, como se de todas as figuras de linguagem utilizadas antes e depois para demonstrar a vida e o sofrimento do eu lírico pudessem ser sintetizados nas duas orações nada rebuscadas que compõem o verso demonstrando seu sofrimento individual "Vivi na solidão" e sua relação com a coletividade "odeio o mundo". A simplicidade dos versos intensifica a expressão da dor do sujeito lírico. Andréa Werkema estudou este procedimento de quebra estilística em "Ideias íntimas", como uma forma de produzir o efeito de espontaneidade e sinceridade no leitor (2013, p. 47).

A partir desta estrofe, o eu lírico confessa ter vivido um período de descrença em que adentrou a um mundo profano. Então, pede a Deus que perdoe os libertinos:

> Perdoa-lhes, meu Deus! o sol da vida
> Nas artérias inflama o sangue em lava

E o cérebro varia...
O século na vaga enfurecida
Mergulha a geração que se acordava...
E nuta de agonia.

São tristes deste século os destinos!...
Seiva mortal as flores que despontam
Infecta em seu abrir...
E o cadafalso e a voz dos Girondinos
Não falam mais na glória e não apontam
A aurora do porvir...

Fora belo talvez, em pé, de novo,
Como Byron, surgir, ou na tormenta
O homem de Waterloo!
Com sua ideia iluminar um povo,
Como o trovão da nuvem que rebenta
E o raio derramou...

Fora belo talvez sentir no crânio
A alma de Goethe e resumir na fibra
Milton, Homero e Dante,
Sonhar-se, num delírio momentâneo,
A alma da criação e o som que vibra
A terra palpitante... (1999, p. 125)

Neste trecho, o eu lírico culpa o século pela descrença e pela volúpia de uma geração, remetendo a *A confissão de um filho do século*. A voz do "girondino", outrora revolucionária, não aponta mais glórias nem o futuro, colocando em questão o papel que a burguesia passou a ter após a Revolução. Aí também pode-se ver uma referência ao livro de Lamartine *História dos Girondinos*, no qual o autor francês tinha como objetivo conter o povo no que considerava como excessos de 1793 (República Jacobina). Em seguida, Byron é posto ao lado de Napoleão como portador de ideias que iluminariam o povo, de forma que a biografia revolucionária do poeta inglês se coloca à frente dos seus escritos descrentes. Ainda assim, a derrota dos sonhos está indicada, visto que o imperador francês é referenciado como o "homem de Waterloo", batalha que marca o fim de seu Império. A estrofe seguinte, com início paralelo, aponta para grandes escritores, entrelaçando, assim, a perda dos sonhos poéticos e políticos.

Na penúltima estrofe o eu lírico demonstra ter sua fé abalada:

> Ó morte! a que mistério me destinas?
> Esse átomo de luz, que inda me alenta,
> Quando o corpo morrer,
> Voltará amanhã!... aziagas sinas!...
> À terra numa face macilenta
> Esperar e sofrer? (1999, p. 126)

Neste momento, o eu-lírico não tem certeza sobre o juízo final e se aproxima do epicurismo, em que não há vida após a morte, apenas os átomos que compuseram aquele corpo se reorganizando em outros corpos. Assim, crença e descrença; perdão e culpa; utopia e realidade, caminham juntos neste poema predominantemente pessimista.

O último poema da Primeira Parte, "Lembrança de Morrer", tem como tema o jovem poeta diante de uma morte prematura. Já no primeiro poema da Segunda Parte, "Cadáver de poeta", o jovem poeta está morto, o que pode ser entendido como símbolo da ruptura estética que se opera dentro do *Lira*.

Ideias Desencantadas

Em "Ideias íntimas", encontra-se a "dissipação" do "mundo visionário e platônico", que está diretamente relacionada com sua época, conforme é anunciado no prefácio: "Há uma crise nos séculos como nos homens. É quando a poesia cegou deslumbrada de fitar-se no misticismo, e caiu do céu sentindo exaustas as suas azas de ouro." (1853, p. 104). Trata-se de um poema sobre a fadiga de seu tempo e dos seus referenciais, marcado pelo desencantamento das utopias românticas, sejam amorosas, estéticas ou políticas. Ainda assim, aponta para um projeto literário, sobre o qual também lemos no Prefácio: "O que acontece? Na exaustão causada pelo sentimentalismo, a alma ainda tremula e ressoante da febre do sangue, a alma que ama e canta porque sua vida é amor e canto, o que pode senão fazer o poema dos amores da vida real? (...)É assim. Depois dos poemas épicos Homero escreveu o poema irônico. Goethe depois de Werther criou o Faust. Depois de Parisina e o Giaour de Byron vem o Caim e Don Juan — Don Juan que começa como Caim pelo amor, e acaba como ele pela descrença venenosa e sarcástica." (1853, p. 105-106).

Em *Risos entre pares*, Vagner Camilo demonstra que o tom de deboche bem humorado que "Ideias íntimas" inicia ganha, ao longo do poema, traços cada vez mais melancólicos (1997, p. 70), ainda que, ao final, esta melancolia seja afastada. O poema se estrutura em catorze fragmentos com número variado de versos, todos decassílabos brancos. O crítico afirma que a utilização de versos longos e sem rimas favorecem um talhe meditativo ao poema. Além disso, "a escolha do metro revela o desejo de ajustá-lo às modalizações de uma consciência entregue à reflexão" (1997, p. 76).

No mesmo sentido de aproximar o poema da meditação, em que os versos se encadeiam continuamente, destacam-se os frequentes *enjambements*, prática de versificação que Álvares de Azevedo elogia quando utilizada por Musset: "Quanto aquele transbordar de um verso em outro, o truncar do sentido pela queda do metro — aquilo enfim que os franceses chamam *enjambement* — é ele de muito uso no poetar de Musset. Todos aí o sabem, Saint Beuve julga essa prática um dos mais belos ademans da poesia romântica, desde André Chénier: parece que ela revela muita riqueza de ideias, e que esse tresvazar denota a ânfora cheia de licor — a pletora do sangue nas artérias." (1855, p. 39). O autor de "Ideias íntimas" enaltece o ideal de liberdade poética na quebra da sintaxe dos versos com *enjambements*, utilizando – de forma bastante romântica – a metáfora do sangue que transborda das artérias, assim como a frase transborda o verso, evidenciando a forte relação estabelecida entre sua atividade crítica e poética.

Em "Ideias íntimas", o eu lírico caminha por sua casa enquanto medita sobre a literatura de seu tempo, seu próprio fazer poético e sua existência. Vagner Camilo aproxima o poema à tradição que Antonio Candido nomeia de "poeta itinerante",[15] em que o eu lírico realiza suas reflexões enquanto

15 Antonio Candido apresenta a imagem do poeta itinerante em um estudo sobre "Louvação da tarde" de Mario de Andrade. Segundo o crítico literário, "o deslocamento no espaço e a contemplação da paisagem se associam para estimular a mente, que se põe a pensar e devanear repassando o próprio modo de ser, os projetos, as aspirações." Pode-se entender como diferença fundamental entre um "poema itinerante", do qual fala Antonio Candido, e os relatos de viagem, o fato de que, no primeiro caso, o mundo exterior é como um gatilho para as reflexões interiores e, no segundo, a reflexão é voltada para o mundo exterior.
"O que os pré-românticos e românticos fizeram foi algo ligado à experiência sensorial e afetiva, dissolvendo a dissertação em um discurso que a transformava em "modo" de sensibilidade. Em vez de partirem de um conceito, juízo, afirmação, partiam de algum

perambula pelas imagens da paisagem que percorre. No caso de Álvares de Azevedo, não ocorre um deslocamento geográfico, mas a "andança" entre a sala e o quarto, com observação da "paisagem" que compõe esse ambiente (dos livros à fumaça de charuto), levando o eu lírico à reflexão poética. Nesse percurso, o tempo ganha uma dimensão psicológica, em que "nada corresponde à objetividade cronológica" (1997, p. 82).

Dentro da perspectiva da viagem, "Ideias íntimas" remete à obra de forte acento paródico de Xavier de Maistre: *Voyage autour de ma chambre* de 1793. Este livro possui 42 capítulos curtos, representando cada um dos dias que seu narrador ficou em prisão domiciliar, em contato apenas com um criado e com seu cão. Ele descreve sua casa detendo-se em alguns objetos, como retratos, a cama e a poltrona, a partir dos quais realiza digressões cômicas. O poema de Azevedo remete também ao "Viagens ao Harz" de Heinrich Heine. Nesta obra, o narrador conta de maneira irônica sua viagem pelas famosas montanhas do Norte da Alemanha. O caminho se inicia pela cidade universitária de Göttingen[16] descrita com grande sarcasmo, e prossegue até o topo das montanhas, entremeando trechos de reflexão e

---

estímulo dos sentidos ou sentimentos, devido geralmente à contemplação da natureza, que dava corpo palpável à generalidade das abstrações. A natureza tornava-se correlativo do pensamento e do sentimento, permitindo a ligação íntima com a subjetividade" (CANDIDO, 1990, p. 158).

16 A descrição sarcástica da cidade pode nos remeter a que Álvares de Azevedo faz de São Paulo em *Macário*. Ambas cidades estudantis, consideras pequenas pelos narradores, no caso do livro alemão um antigo estudante, no brasileiro, um futuro estudante. Em ambos também encontra-se a descrição sarcástica dos grupos sociais que compõem as cidades, entre eles os universitários, o que resvala em uma autoironia.

de comicidade.[17] Se "Ideias íntimas" se aproxima de Maistre pela temática, a variação interna o aproxima de Heine. Contudo, o poema de Álvares de Azevedo se distancia dos dois, pois sua autoironia, apesar do cômico, desvela também a melancolia do eu lírico.

Antonio Candido, em "Ariel e Caliban", trata da relação entre a ambientação do poema e seu humor triste: "O humorismo que se reúne aqui à delicadeza sentimental, mórbida e triste para a descrição poética da vida diária, transfigurando a constelação de objetos, pormenores, hábitos, que formam o ambiente de cada um. A cama, os quadros, os livros, a roupa, os retratos, a lâmpada, o cognac, o pó, a insônia, o ritual do desejo solitário – o devaneio – formam uma atmosfera peculiar, que reflete e ao mesmo tempo estimula o sonho interior. Este é tanto mais pungente em sua frustração quando mais aparece, nestes versos, contido pelo tédio e a ironia, que, revelando o cansaço da vida, se abrem para 'Lembrança de morrer.'" (2017, p. 505).

Cilaine Alves Cunha, pensando a alteração de gêneros nas obras de Álvares de Azevedo, afirma em *O belo e o disforme* a importância do "poema miscelânea" para a compreen-

---

17 O próprio narrador atenta com humor para tais variações nos dois últimos parágrafos: "Ainda é cedo, o sol mal percorreu metade de seu caminho e meu coração já exala um perfume tão forte, que me sinto atordoado, que não sei mais onde acaba a ironia e começa o céu, que povoo o ar com meus suspiros e quero desfazer-me novamente em doces átomos, na deidade incriada – mas o que acontecerá então, quando anoitecer e as estrelas surgirem no céu, 'as estrelas desditosas, que poderão te dizer....'
É primeiro de maio. Hoje até o mais miserável dos pilantras tem direito de ficar sentimental – e você quer privar o poeta desse direito?" (HEINE, 2013, p. 115).

são de suas obras, pois "é um gênero propício à instauração de diversas alterações no interior de um único texto literário, aberto a grandes saltos.". Além disso, as alterações de gênero e estilos seriam fundamentais para a realização da "binomia" (1998, p.171). João Adolfo Hansen, no prefácio a este livro, afirma que "Ideias íntimas" seria um ótimo exemplo de poema miscelânea na obra de Álvares de Azevedo, lembrando que esse gênero foi fundamental na obra de Byron: "[...] a mescla de gêneros, estilos, temas e vozes figura o mito poético da imaginação demiúrgica do artista gênio como negatividade, ideal e errância. O gênio é Caim-Manfred-Don Juan, tipo em que convergem um diabo da negação, um titã ideal e um peregrino das sensações. A mescla estilística figura as variações de seu ânimo proteinforme e visionário, dividindo-se entre o sublime do ideal inefável e o grotesco de sua experiência filtrada pelas formas finitíssimas da mercadoria." (1998, p. 13). Pode-se observar, dessa forma, que a relação de Álvares de Azevedo com Byron advém de uma intensa reflexão teórico-poética.

"Ideias íntimas" tem como epígrafe um poema de Lamartine que descreve os móveis de sua casa. Contudo, a homenagem ao autor acaba por aí. Já nos primeiros versos, elencam-se as leituras das quais o eu lírico se cansou e lê-se:

> Ossian — o bardo é triste como a sombra
> Que seus cantos povoa. O Lamartine
> É monótono e belo como a noite,
> Como a lua no mar e o som das ondas...
> Mas pranteia uma eterna monodia,
> Tem na lira do gênio uma só corda,
> — Fibra de amor e Deus que um sopro agita!
> Se desmaia de amor... a Deus se volta,
> Se pranteia por Deus... de amor suspira.

Basta de Shakespeare. Vem tu agora,
Fantástico alemão, poeta ardente
Que ilumina o clarão das gotas pálidas
Do nobre Johannisberg! Nos teus romances
Meu coração deleita-se... Contudo,
Parece-me que vou perdendo o gosto,
Vou ficando blasé: passeio os dias (1999, p. 152)

O poeta opõe duas correntes do romantismo: a de Ossian e Lamartine, que representariam um romantismo elegíaco, melancólico e suave; e a de Hoffmann,[18] "fantástico", "poeta ardente". Ossian é triste, Lamartine repetitivo e monótono: "tem na lira do gênio uma só corda". O eu lírico pede ainda: "basta de Shakespeare", autor reverenciado pelos românticos, apresentando, conforme Cilaine Alves Cunha, um "fastio com o modelo". Já o "fantástico alemão", que inicialmente deleita o coração do eu lírico e não recebe críticas, também não o impede de perder o gosto e ir "ficando blasé". Isto aponta para um estado de fadiga e tédio, em que nada é capaz de prender-lhe a atenção. Apesar do contraponto a Lamartine ser diferente do apontado por Leroux, a ideia de que a beleza de seus versos é monótona e já não dialoga com o "século" é análoga. Embora haja diferença entre a tradição byroniana e Hoffman, pode-se encontrar nos dois autores a prevalência do fantasmagórico e da dúvida.

18 Cilaine Alves Cunha valeu-se do estudo de Karin Volobuef sobre o diálogo de Azevedo com Hoffmann em *Noite na taverna* para concluir que a referência ao "fantástico alemão" é sobre ele, não apenas pelo termo "fantástico", gênero que o consagrou, mas também pela citação a Johannisberg, cidade que aparece ao mencionar Hoffmann em *Noite na taverna*. Hoffmann (p. 168, 2020).

Vou ficando blasé: passeio os dias
Pelo meu corredor, sem companheiro,
Sem ler, nem poetar... Vivo fumando.
Minha casa não tem menores névoas
Que as deste céu d'inverno... Solitário
Passo as noites aqui e os dias longos...
Dei-me agora ao charuto em corpo e alma:
Debalde ali de um canto um beijo implora,
Como a beleza que o Sultão despreza,
Meu cachimbo alemão abandonado!
Não passeio a cavalo e não namoro,
Odeio o lasquenet... Palavra d'honra!
Se assim me continuam por dois meses
Os diabos azuis nos frouxos membros,
Dou na Praia Vermelha ou no Parnaso.

Nada cessa o tédio do jovem poeta que "solitário" passa "as noites aqui [na casa] e os dias longos", já deixando escapar algo de melancólico. As imagens elencadas nos versos acima remetem à concepção de Jean-Paul Richter do humor como um processo de universalização e apequenamento de tudo, igualando o pequeno e o grande e, assim, reduzindo os dois ao nada que são diante do infinito (1862, p.294-295). Em "Ideias Íntimas", igualam-se: as nuvens e a fumaça de charuto; o cachimbo e a "beleza que o Sultão despreza"; ser louco (ir para Praia Vermelha) ou ser poeta (ir para o Parnaso).

O eu lírico caminha pelo salão e depois adentra a alcova:

Ao longo das paredes se derramam
Extintas inscrições de versos mortos,
E mortos ao nascer!... Ali na alcova
Em águas negras se levanta a ilha
Romântica, sombria, à flor das ondas

De um rio que se perde na floresta...
— Um sonho de mancebo e de poeta,
El-Dorado de amor que a mente cria,
Como um Éden de noites deleitosas...
Era ali que eu podia no silêncio
Junto de um anjo... Além o romantismo!

Nas paredes, encontram-se "versos mortos", que não chegaram a se tornar poemas. A imagem do natimorto remete à ideia do potencial irrealizado, dos sonhos frustrados. A alcova é o lugar em que "Em águas negras se levanta a ilha/ Romântica, sombria, à flor das ondas/ De um rio que se perde na floresta...". A possibilidade da relação sexual é posta "Era ali que eu podia no silêncio /Junto de um anjo..." mas não realizada, pois não há materialidade, esse "El-Dorado" do amor é apenas a "mente" que "cria". Diante disso, o eu lírico manda para "além o romantismo".

Na cômoda "Meio encetado o copo, inda verbera/As águas d'oiro do Cognac ardente", indicando o estado de ebriedade do eu lírico. Na sua escrivaninha, ao lado "do titâneo Digesto", "*Childe Harold* entreaberto... ou Lamartine" mostram tanto a procrastinação do estudante que abandona o livro jurídico em favor da literatura, explícita no verso "a poesia sobrenada sempre", quanto uma equiparação entre Byron e Lamartine, visto que qualquer um dois é capaz de roubar sua atenção. As reticências antes de Lamartine dão um tom de confissão para o eu lírico que acabara de criticá-lo, apontando com ironia para a própria instabilidade.

No III fragmento, encontra-se a sala e sua bagunça estudantil, com "roupas e livros" pelas cadeiras. Há teias de aranha. O *Faust* está aberto, mas sua página é marcada por um "colarinho". Completando o ambiente caótico, mais uma vez a literatura (Musset) encobre os livros de estudos (Guerreiro ou Velasco). O caos é colocado à espera do "fiat", remetendo ao fiat lux bíblico, mas sem o "lux". Permanece a ideia de simplesmente "fazer", que rompa com a procrastinação do estudante, mas distanciado da divindade. A partir do IV Fragmento, o eu lírico apresenta os retratos que tem na parede. Primeiro Victor Hugo, depois Lamennais e Napoleão II:

> Aquele é Lamennais — o bardo santo,
> Cabeça de profeta, ungido crente,
> Alma de fogo na mundana argila
> Que as harpas de Sion vibrou na sombra,
> Pela noite do século chamando
> A Deus e à liberdade as loucas turbas.
> Por ele a George Sand morreu de amores,
> E dizem que... Defronte, aquele moço
> Pálido, pensativo, a fronte erguida,
> Olhar de Bonaparte em face austríaca,
> Foi do homem secular as esperanças.
> No berço imperial um céu de agosto
> Nos cantos de triunfo despertou-o...
> As águias de Wagram e de Marengo
> Abriam flamejando as longas asas
> Impregnadas do fumo dos combates
> Na púrpura dos Césares, guardando-o...
> E o gênio do futuro parecia
> Predestiná-lo à glória. A história dele?...
> Resta um crânio nas urnas do estrangeiro...
> Um loureiro sem flores nem sementes...
> E um passado de lágrimas... A terra
> Tremeu ao sepultar-se o Rei de Roma
> Pode o mundo chorar sua agonia
> E os louros de seu pai na fronte dele
> Infecundos depor... Estrela morta,
> Só pode o menestrel sagrar-te prantos!

Lamennais figura no segundo retrato, conclamando o povo a se libertar, "pela noite do século chamando/ a Deus e à liberdade as loucas turbas". Ele despertara o "amor de George Sand". É insinuada a consumação desse amor: "dizem que...", humanizando, assim, o "bardo santo", que havia sido padre. O terceiro retrato, defronte ao de Lamennais, é do filho de Napoleão. Ele tem o "olhar de Bonaparte em face austríaca" (vitorioso), era esperança do "homem secular" e fora coroado rei de Roma por seu pai. Contudo, aquele que parecia ser predestinado à glória morreu solitário. Ao alojar Lamennais e Napoleão II na mesma estrofe, Álvares de Azevedo vincula o fim trágico do filho do imperador à vida do filósofo socialista. Politicamente há grande dissonância entre os dois personagens, mas a conexão é estabelecida pelo sentimento revolucionário, alternando a esperança vivida em um passado próximo com o desencantamento do presente: "Um loureiro sem flores nem sementes...". A infecundidade nega os sonhos de futuro. Se, no início do fragmento, a insinuação sobre George Sand entreabre um sorriso no leitor, no final, sobressai a melancolia de um mundo em que as revoluções são derrotadas sem deixar sementes.

No sexto fragmento, o eu lírico embriagado vê uma mulher em seu quarto. Sua representação inicialmente remete à Virgem Maria: "Junto a meu leito, com as mãos unidas/ Olhos fitos no céu, cabelos soltos/ Pálida sombra de mulher formosa/ Entre nuvens azuis pranteia orando.". Contudo, a imagem ganha contornos erotizados: "Alguma vez nos ombros perfumados/Esses cabelos negros e em delíquio/ Nos lábios dela suspirei tremendo". Por fim, a visão se desfaz em fumaça:

> Foi-se a minha visão... E resta agora
> Aquela vaga sombra na parede

— Fantasma de carvão e pó cerúleo! —
Tão vaga, tão extinta e fumacenta
Como de um sonho o recordar incerto.

Essa passagem da mulher santa para a desejada, chegando, por fim, ao nada, remete à ruptura das ilusões e dos modelos poéticos. O poeta passa de Lamartine (o amor casto) a Hoffmann (a fantasmagoria).

No fragmento seguinte, o objeto apresentado é um retrato de mulher, "é uma estampa/ de bela adormecida". Mais uma vez, o cômico e o melancólico se imbricam no desejo ardente do poeta que acaba por beijar o vidro, com os sonhos desaguando no vazio.

Oh! quantas vezes, ideal mimoso,
Não encheste minh'alma de ventura,
Quando louco, sedento e arquejante
Meus tristes lábios imprimi ardentes
No poento vidro que te guarda o sono!

O VIII fragmento continua expressando a solidão do autor:

O pobre leito meu, desfeito ainda,
A febre aponta da noturna insônia.
Aqui lânguido à noite debati-me
Em vãos delírios anelando um beijo...
E a donzela ideal nos róseos lábios,
No doce berço do moreno seio
Minha vida embalou estremecendo...
Foram sonhos contudo! A minha vida
Se esgota em ilusões. E quando a fada
Que diviniza meu pensar ardente
Um instante em seus braços me descansa
E roça a medo em meus ardentes lábios
Um beijo que de amor me turva os olhos...

> Me ateia o sangue, me enlanguesce a fronte...
> Um espírito negro me desperta,
> O encanto do meu sonho se evapora...
> E das nuvens de nácar da ventura
> Rolo tremendo à solidão da vida!

Conforme afirma Vagner Camilo, "o que antes era autoanálise, vazada numa linguagem contida, transmuda-se agora em confissão, vertida em tom puramente elegíaco" (1997, p. 94). Se no fragmento anterior a autoironia se destaca com a imagem risível do jovem sonhando e beijando o vidro, quando ele percebe que a "vida/se esgota em sonhos" não há mais espaço para o riso. Ao sonhar com o beijo da amada "um espírito negro me desperta,/ o encanto do meu sonho se evapora". Neste momento, a crença e o encantamento não são mais possíveis.

O IX fragmento, sem citar objetos e móveis da casa, volta-se apenas para o sofrimento do eu lírico, que lamenta sua virgindade, demonstrando o descompasso entre seus sonhos e sua realidade.

> Oh! ter vinte anos sem gozar de leve
> A ventura de uma alma de donzela!
> E sem na vida ter sentido nunca
> Na suave atração de um róseo corpo
> Meus olhos turvos se fechar de gozo!
> (...)
> Amorosa visão, mulher dos sonhos,
> Eu sou tão infeliz, eu sofro tanto!
> Nunca virás iluminar meu peito
> Com um raio de luz desses teus olhos?

Despido da postura irônica do início do poema, o eu lírico evidencia que, apesar da descrença, desejaria ainda alimentar os sonhos românticos, aqui simbolizados pelo amor, pedindo sem esperança "Nunca virás iluminar meu peito/ Com um raio de luz desses teus olhos?". É importante destacar, conforme Andréa Werkema, que o verso "eu sou tão infeliz, eu sofro tanto", direto, sem metáforas e aparentemente destoante da estilística do poema, intensifica para o leitor o efeito de sofrimento do eu lírico.

No X fragmento, o quarto volta ao primeiro plano, quando o poeta reafirma a saudade dos tempos de crença, mas já retoma certa comicidade ao dirigir-se ao leito, criando um discurso ambivalente: "Meu pobre leito! eu amo-te contudo!/ Aqui levei sonhando noites belas" . O fragmento é concluído com humor:

> Ó meus sonhos de amor e mocidade,
> Porque ser tão formosos, se devíeis
> Me abandonar tão cedo... e eu acordava
> Arquejando a beijar meu travesseiro?

Álvares de Azevedo mais uma vez se aproxima de uma característica do humor romântico descrita por Richter: a redução de uma expectativa, tida por nobre, ao nada. O elevado "sonho de amor e mocidade" limita-se a "beijar o travesseiro".

No XI fragmento, a descrição se volta para a mesa de cabeceira, onde seus "poetas dormem". Eles são elencados: "— O Dante, a Bíblia, Shakespeare e Byron/ Na mesa confundidos." É notável que a Bíblia é agrupada como obra de "poetas", ou seja, dessacralizada. Ainda deve-se observar que "os poetas dormem", ao contrário do eu lírico, que se encontra afastado e cansado de todas as tendências literárias, como se nenhuma fecundasse mais sua inspiração. Ao lado dos livros, está o candeeiro, com quem o eu lírico passa a dialogar, marcando, conforme Vagner Camilo, um novo momento de graça ao poema. O riso não dura muito. Os objetos descritos no XII fragmento são os retratos dos pais do eu lírico, que ele pede que sejam enterrados junto com ele, caso morra jovem, pois assim teria algum conforto.

No XIII fragmento, o sofrimento se acentua, pois o eu lírico lamenta a impossibilidade de levar a seu túmulo um outro retrato, o de sua amada, pois ela "não o quis". Assim, "Se posso no viver sonhar com ela/ (...) Não poderei na sepultura, ao menos/ Sua imagem divina ter no peito". A ideia de vida está vinculada à permanência dos sonhos românticos, que são simbolizados pelo amor. Entretanto, a sua impossibilidade indica a descrença nesse romantismo. Nos fragmentos XII e XIII, qualquer espaço para o irônico desaparece, sobrando apenas o sofrimento amoroso.

O XIV e último fragmento apresenta o despertar do eu lírico de seu monólogo:

> Parece que chorei... Sinto na face
> Uma perdida lágrima rolando...
> Satã leve a tristeza! Olá, meu pajem,
> Derrama no meu copo as gotas últimas
> Dessa garrafa negra...
> Eia! bebamos!

O despertar não implica uma volta ao estado de sobriedade, ao contrário, o eu lírico pede que seu pajem lhe traga mais conhaque. Ele apenas se afasta de suas reflexões melancólicas presentes nos dois fragmentos anteriores: "Vem, fogoso Cognac! É só contigo/Que sinto-me viver. Inda palpito". Então, o poeta pode voltar aos sonhos românticos:

Os meus olhos ardentes se escurecem
E no cérebro passam delirosos
Assomos de poesia... Dentre a sombra
Vejo num leito d'ouro a imagem dela
Palpitante, que dorme e que suspira,
Que seus braços me estende...
Eu me esquecia:
Faz-se noite; traz fogo e dois charutos
E na mesa do estudo acende a lâmpada...

A imagem da musa, que melancolicamente virara fumaça, volta a aparecer. O quarto de novo será tomado pela fumaça do charuto. O poeta manda que se acenda a lâmpada da mesa de estudo, provavelmente para continuar a escrever poesia. Assim, Álvares de Azevedo conclui o poema com ironia, pois o estudante, depois de toda sua reflexão melancólica, se entrega ao romantismo, lembrando que, na "mesa de estudo" onde manda acender a luz, Lamartine e Byron se sobrepõem a Digesto. A repetição remete mais uma vez ao movimento de tornar-se nada do humor romântico.

Neste poema, Álvares de Azevedo utiliza a autoironia para tratar de passado idealista, entremeando sarcasmo e melancolia. Nota-se, também, a noção de pertencimento a uma geração que se reconhece em determinadas leituras de autores que lhe são contemporâneos e que são repetidos exaustivamente em seu contexto sociocultural, causando a fadiga do eu-lírico. A marca de seu tempo também aparece na desilusão dos sonhos revolucionários. O poema é marcado ainda pela concepção de humor do romântico alemão Jean-Paul Richter. Assim, o desencantamento, não entendido como um modelo, mas como um movimento do sujeito entre a crença e a descrença, em que ele se vê atingido por seu contexto histórico e que pode ser expresso por meio de diferentes procedimentos estilísticos (não sendo fechado a um determinado grupo de literatos), é estruturante na obra do poeta brasileiro.

Referências bibliográficas

AZEVEDO, Manuel Antonio Álvares de. *Obras de Álvares de Azevedo*. Rio de Janeiro: Tipographia Universal de Laemmert, 1855.

______. *Poesias Completas* (Edição Crítica de Péricles Eugênio da Silva Ramos). Campinas: Editora Unicamp, 1999.

BALZAC, Honoré. Lettres sur Paris. In: *Œuvres Complètes*. Tome XXIII, Parti VII: Essais historiques et politiques, 1873.

BÉNICHOU, Paul. *L'école du désenchantement*. Saint Beuve, Noidier, Musset, Nerval, Gautier. Paris: Gallimard, 1992.

CAMILO, Vagner. *Riso entre pares*. Poesia e humor românticos. São Paulo: Edusp, 1997.

CANDIDO, Antonio. *Formação da Literatura Brasileira*. Momentos decisivos. São Paulo: Edusp; Belo Horizonte: Ouro sobre o Azul, 2017.

______. "O poeta itinerante" In: *Revista USP*, São Paulo, jan./fev. 1990,

CUNHA, Cilaine Alves. *O belo e o disforme*. Álvares de Azevedo e a ironia romântica. São Paulo: Edusp, 1998.

______. *O poeta embriagado*. In. *Convergência Lusíada*, Rio de janeiro, v.31, n. 44, p.166-190, jun-dez 2020.

DIAZ, José-Luis, *L'écrivain imaginaire*. Scénographies auctoriales à l'époque romantique. Paris: Honoré Champion Editeur, 2007.

HEINE, Heinrich. *Viagem ao Harz*. São Paulo: 34, 2013

LEROUX, Pierre. "Aux philosophes" In: *Revue Encyclopédique,* Paris, sep., nov. et dec., 1831.

MUSSET, Alfred. *La confession d'un enfant du siècle*. Paris: Gallimard, 1973.

_______. Rolla. In. ___. *Poésies complètes*. Paris: Gallimard, 1986.

RICHTER, Jean-Paul. *Poétique ou Introduction a l'esthétique*. Paris : Auguste Durand, Libraire-Éditeur, 1862.

WERKEMA, Andréa Sirihal. "Oscilações do 'espontâneo' na poesia de Álvares de Azevedo. In: *O eixo e a roda*. Belo Horizonte, v. 22, nº 2, p. 39-49, 2013.

Ideias íntimas [fragmentos, ensaio, da Trindade em *Lira dos vinte anos*]

Rafael Fava Belúzio

> *Estou desempacotando minha biblioteca. Sim, estou. Os livros, portanto, ainda não estão nas estantes; o suave tédio da ordem ainda não os envolve.*
>
> Walter Benjamin

I

O eu de Montaigne vai mais ou menos flanando pelos assuntos que povoam os seus livros. Benjamin não raro é lírico feito Baudelaire, espécie de tensão entre o tempo e o Vazio... Em passagens, recusa a escrita monótona, tem nos seus fragmentos um tanto poéticos binomias: por vezes fundindo poesia e prosa, por vezes reunindo em sua fala algo de si e a análise de um poeta. Vem no alemão o legado de Schlegel, o ensaísta a criar fragmentos compactos que sugam tudo para si, buracos negros em progressão universal... No entanto, parece que vou perdendo o gosto, vou ficando blasé, passeio os dias pelo meu corredor, sem companheiro; sem concentrar na crítica, sem concentrar na poesia. Vivo fumando. Minha casa não tem menores névoas que as desse céu de inverno... Solitário, passo as noites aqui e os dias longos. Não saio. E se assim continuar por muito tempo o isolamento, acabo um cadáver de ensaísta.

II

Encho a minha sala de mil figuras trabalhadas por Álvares de Azevedo. Aqui voa um cavalo a trote inglês ardendo em chamas; o sol já roxo e trêmulo desdobra; um beberrão a garrafa aperta; ali na janela, Satã educa pela noite; em sonho, a triste irmã fechando os olhos do poeta; junto de alguns anjos, Ariel em silêncio sendo corroído por Calibã; além, borra a caricatura de um crepúsculo com tinta de escrever e pó vermelho; na minha cômoda, um copo de conhaque rodeado por histórias de bêbados, casos de orgia, necrofilia, antropofagia, envenenamento, cadáveres ensopados de sangue, incesto, suicídio; negreja o licor de flores de laranja, negrejam as palmeiras e os sabiás; ali se misturam o charuto, o cigarro e o cachimbo; a mesa escura cambaleia ao peso das cavernas de um cérebro pouco mais ou menos de poeta... Enquanto sigo pensando nas imagens literárias de Álvares de Azevedo, recordo ainda outra: em "Ideias íntimas", o sujeito-lírico fala que ao longo das paredes se derramam extintas inscrições de versos mortos, e mortos ao nascer... Criado pelo autor que em *Macário* escreveu "Duvido sempre", o ambiente repleto de anotações lembra a biblioteca de Michel de Montaigne, espaço onde o produtor d'*Os ensaios* redigia máximas nas vigas. E talvez seja possível fabular quais frases ocupariam as paredes do eu-poético azevediano. A julgar pelas epígrafes utilizadas ao longo dos livros, fico a imaginar algumas possíveis citações. Em latim, "Taedet animam meam vitae mae" ou "Spiritus meus attenuabitur, dies mei breviabuntur, et solum mihi superest sepulchrum", os versículos Jó 10, 1 e Jó 17, 1, mencionados em "Hinos do Profeta", poema de *Lira dos vinte anos*. Ou ainda a partir da *Vulgata*, "Vos omnes qui transitis per viam, attendite et videte si est dolor sicut dolor meus", o décimo segundo versículo do primeiro capítulo das *Lamentações* de Jeremias, abrindo a "Agonia do calvário" de *O Conde Lopo*. Além da *Bíblia*, Dante Alighieri é um nome frequente nas aberturas de poemas. É como se o próprio italiano, autor de um livro trino, dissesse "Ricorditi di me...". Esse fragmento inicia a terceira parte de "O poeta", texto presente na "Primeira parte" da *Lira*. Também nessa seção do livro azevediano se observa mais um trecho retirado, sem tradução, do "Purgatório" da *Divina Comédia*: "Lo bel pianeta che ad amar conforta, / Faceva tutto rider l'orïente". Pertence ao quarto canto do "Crepúsculo das montanhas". Em *Lira dos vinte anos*, Goethe é outro a ganhar recordações. No começo de "C...", um trecho do *Fausto*, agora em língua portuguesa: "Oh! não tremas! que este olhar, este abraço te digam o que é inefável – abandonar-se sem receio, inebriar-se de uma voluptuosidade que deve ser eterna". Não me parece ocasional, em diversas epígrafes, Álvares de Azevedo de certo modo abraçar referências à *Bíblia*, a Dante e a Goethe. Ao peso do clássico estudo.

III

Reina a desordem pela sala antiga. Desce uma teia de aranha no suporte da televisão. A minha anotação, os livros de Álvares de Azevedo sobre as cadeiras poucas se confundem. Marca a folha do *Macário* um antigo guardanapo de boteco, uma folha assinada e com cheiro de ovo podre, talvez enxofre. E *Noite na taverna* encobre às vezes *O banquete* de Platão. Vou descendo alguns livros das estantes, lembrando a cadência de outros versos, buscando o meu compasso do poeta, pesquisando por certas referências. Quando caem das prateleiras às cambalhotas alguns livros amontoados, lembro que, além das obras azevedianas serem expressivas no uso das epígrafes, há muitas referências nominais a escritores. Para se ter mostra do repertório do ultrarromântico brasileiro, no próprio "Ideias íntimas" são nominalmente mencionados Lamartine, Shakespeare, Goethe, Lamennais, Alfred de Musset, Victor Hugo, George Sand, Dante Alighieri, Lord Byron, Luís de Camões, Ludovico Ariosto. Em outro momento também decisivo na produção do escritor, o "Prefácio" à "Segunda parte" de *Lira dos vinte anos*, o poeta segue desenvolvendo sua coleção particular. Aparecem Miguel de Cervantes, Giovanni Boccaccio, François Rabelais, Homero, bem como se repetem Shakespeare, Musset, Goethe e Byron. Sem falar que – se no "Prefácio" há alusões ao imaginário cristão, com referência, por exemplo, à Quaresma – nas "Ideias íntimas" o nome da *Bíblia* é assinalado. O que não deixa de ser um tanto binômico para um autor que de certo modo se aproxima de um repertório literário vinculado ao *desengaño* medieval e ao ceticismo. Além das insistentes permanências de Dante e Goethe – no mundo em caos, a *Bíblia*.

IV

Na minha sala, enquanto sigo pensando na *Lira dos vinte anos*, três livros pendem: a *Bíblia*, a *Divina Comédia* e o *Fausto*. Ali, uma edição de *Literatura Europeia e Idade Média Latina*. No largo volume escrito por Ernest Robert Curtius, folheio as páginas amareladas que talvez tenham sonhado um "ocidentalismo". O filólogo propõe demonstrar certa unidade cultural do Ocidente, alguma linha comum entre a antiguidade clássica, a literatura cristã medieval e a literatura moderna, chegando até Goethe e o começo do século XIX. E ao comentar a obra, diz Segismundo Spina que um dos recursos trabalhados no livro é a noção de tópica. Para observar, em alguma medida, as permanências, as recepções, as intertextualidades, o que poderia chamar de tópica é possivelmente uma espécie de elemento usual, lugar-comum, algo que é muito visitado por um cânone e que se configura, ao correr das criações, em incerta medida, como um arquétipo, ou um motivo, um tema ou uma forma. O próprio Spina trata a tópica como algumas formas de conduta, cristalizadas em fórmulas que se tornaram espécies chavões. Curtius, entre outras questões, procura demonstrar que marcas da literatura cristã são encontradas ao longo da literatura ocidental, chegando, entre outras criações, no *Fausto*.

Das tópicas observadas em *Literatura Europeia e Idade Média Latina*, destaco a presença de fórmulas de devoção e humildade, recurso capaz de, por assim dizer, aproximar a *Bíblia* e a *Lira dos vinte anos*. Mais ou menos nesse sentido, convém lembrar que São Paulo, em suas cartas, com frequência se declara, logo no começo, servo de Cristo, como se vê na epístola aos romanos, nas duas aos coríntios, na enviada aos gálatas, na remetida aos efésios e assim por diante... Ao se colocar abaixo de Deus-Pai, o missivista mostra a sua humilde devoção. Por vezes, é comum São Paulo também apresentar a sua confissão de incapacidade oratória, recurso notado no versículo seis do sexto capítulo da *Segunda Carta aos Coríntios*. A seu modo, Álvares de Azevedo, que cita a *Bíblia* em seus livros, recorre a esses artifícios comuns da literatura cristã. No prefácio que abre a *Lira dos vinte anos*, assim é dito:

> São os primeiros cantos de um pobre poeta. Desculpai-os. As primeiras vozes do sabiá não têm a doçura dos seus cânticos de amor.

> É uma lira, mas sem cordas; uma primavera, mas sem flores; uma coroa de folhas, mas sem viço.
> Cantos espontâneos do coração, vibrações doridas da lira interna que agitava um sonho, notas que o vento levou, – como isso dou a lume essas harmonias.
> São as páginas despedaçadas de um livro não lido...

O texto insistentemente – ironicamente? – rebaixa a obra que está abrindo. São os cantos primeiros, não os mais elaborados; obras de um poeta que se declara pobre. O proêmio chega a pedir desculpas pelo que está apresentando. Ademais, esses cantos são constantemente marcados com sinais de menos: sem doçura, sem cordas, sem flores, sem viço, sem leitor. O começo da *Lira* ressoa com frequência as fórmulas de humildade.

Além disso, continuando o primeiro prefácio do livro, Álvares de Azevedo, no final de uma frase alongada, declara a sua fé – talvez novamente irônica – em Deus:

> E agora que despi a minha musa saudosa dos véus do mistério do meu amor e da minha solidão, agora que ela vai seminua e tímida por entre vós, derramar em vossas almas os últimos perfumes de seu coração, ó meus amigos, recebei-a no peito, e amai-a como o consolo que foi de uma alma esperançosa, que depunha fé na poesia e no amor – esses dois raios luminosos do coração de Deus.

A alma *esperançosa*, que depunha *fé* e *amor*, demarca, portanto, as três virtudes teologais. Assinala, em certo sentido, a sua devoção, ao referenciar o coração de Deus. Supostamente humilde e devoto, assim o eu-lírico começa a sua *Lira dos vinte anos*.

A considerar ainda a primeira parte do livro, nela é recorrente o clamor a Deus. Entendo por "clamar" a evocação feita pelo sujeito em momentos de profunda angústia ou espanto ou ainda em outras situações de aflição. Há diversas passagens nas quais o clamor aparece, ao logo da *Bíblia*. Por exemplo, no *Gênesis*, é dito que Deus ouve o clamor de Raquel (Gn 30, 1-24); já no segundo livro de Samuel há referência a uma invocação feita no momento de angústia (2Sm 22, 7); nos Salmos, é usual a ideia de clamor, como se vê nos de número 18, 50, 88, 119 e 142; na oração que Jonas faz dentro do ventre do peixe, ademais, há uma alusão ao clamor (Jn 2, 2); e Jesus, em uma de suas parábolas, também se aproxima de tal noção (Lc 18, 1-8). Episódio mais ou menos semelhante se observa no poema "No túmulo do meu amigo João Baptista da Silva Pereira Júnior". Neste texto cujo subtítulo é "Epitáfio", há a invocação de um Deus-amor que perdoa o eu-lírico arrependido:

> Perdão, meu Deus, se a túnica da vida
> Insano profanei-a nos amores!
> Se à coroa dos sonhos perfumados
> Eu próprio desfolhei as róseas flores!
>
> No vaso impuro corrompeu-se o néctar,
> A argila da existência desbotou-me!
> O sol de tua glória abriu-me as pálpebras,
> Da nódoa da paixão purificou-me!

Se nesses versos há uma expressão de súplica penitencial por assim dizer mais alongada, em outros momentos o sujeito-lírico é mais breve em seus pedidos de auxílio, clamando a diferentes pessoas da Trindade. Para se ter uma ideia, o eu-poético ora pede ajuda a Cristo (notável já no título do poema "Ai, Jesus!") e ora pede auxílio a somente Deus, talvez na enquanto Pai, observado em "Tarde de verão":

> Meu Deus! que eu morra em paz! não me coroem
> De flores infecundas a agonia!
> Oh! não doire o sonhar do moribundo
> Lisonjeiro pincel da fantasia!

V

Aqueles são recursos de um bardo, em alguma medida, cristão. Vendo ele clamar, quem sabe, a diferentes pessoas da Comunidade Trinitária, e vendo ele fazer uso de fórmulas de devoção e humildade, parece que se está diante de um poeta crente que vai pela noite do século chamando a Deus.

Acontece que entre as duas partes de *Lira dos vinte anos* há relações de continuidades e de rupturas: uma medalha de duas faces. Acerca das continuidades, em ambas as partes da obra, Deus é aproximado da sabedoria, algo que se pode observar em "O poeta", pois Deus sabe dos sentimentos do sujeito-lírico:

> Adeus, pobre mulher! no meu silêncio
> Sinto que morrerei...
> Se rias desse amor que te votava,
> Deus sabe se te amei!

E em "Boêmios", quando novamente Deus parece ter ciência do que está em alguma medida escondido:

> É inútil dizer que os tais volumes
> Nada contavam sobre o pai porqueiro
> Como o do Santo Papa Sisto Quinto
> E sobre a mãe do Rei, a velha Mória
> Que vendera perus, Deus sabe o resto!

Na "Segunda parte" da *Lira*, há também a continuidade do clamor a Deus justamente na hora em que o sujeito-lírico está espantado, em maior agonia, como no poema "É ela! É ela! É ela! É ela!":

> É ela! É ela! – repeti tremendo;
> Mas cantou nesse instante uma coruja...
> Abri cioso a página secreta...
> Oh! meu Deus! era um rol de roupa suja!

No plano das rupturas, quero destacar, na mesma "Segunda parte", a caracterização da Igreja, materialidade terrena e possuidora de vícios. Por exemplo, cabe apontar a sequência "IV" de "Um cadáver de poeta". Aqui, a menção à opulência de um bispo, bem como as ações litúrgicas dele sendo movidas graças ao dinheiro:

> (...) os bispos – como hoje e mais ainda –
> Sob o peso da cruz bem rubicundos,
> Dormindo bem, e a regalar bebendo,
> Sabiam engordar na sinecura;
> Papudos santarrões, depois da Missa
> Lançando ao povo a benção – por dinheiro!

Enfim, na *Lira dos vinte anos*, o imaginário cristão perpassa as duas partes do livro. Ora trazendo referências mais fiéis, ora com elaborações mais profanas: sua agonia.

VI

Já na terceira parte de *Lira dos vinte anos*, consta:

TRINDADE

A *vida* é uma planta misteriosa
Cheia d'espinhos, negra de amarguras,
Onde só abrem duas flores puras –
Poesia e amor...

E a *mulher*... é a nota suspirosa
Que treme d'alma a corda estremecida,
– É fada que nos leva além da vida
Pálidos de langor!

A *poesia* é a luz da mocidade,
O amor é o poema dos sentidos,
A febre dos momentos não dormidos
E o sonhar da ventura...

Voltai, sonhos de amor e de saudade!
Quero ainda sentir arder-me o sangue,
Os olhos turvos, o meu peito langue
E morrer de ternura!

O poema possui quatro quadras, sendo que em cada uma delas há três versos decassílabos e um último formado por apenas seis sílabas. Essa linha final corresponde a um decassílabo heróico quebrado, uma vez que nas pautas 1, 2, 5, 6, 7, 9, 10, 11, 13 e 14 há dez sílabas métricas dispostas de modo que a sexta seja tônica. As duas exceções, os versos 3 e 15, são, respectivamente, tenso e sáfico. Justamente na sua terceira linha "TRINDADE" acumula pelo menos três formas de leitura (heróica, sáfica e tensa); além de haver, na penúltima pauta, no momento em que o sujeito-lírico mais se coloca e chega a utilizar o termo "meu", a metragem sáfica. Quanto às rimas, em cada estrofe há três terminações diferentes, o que ocasiona, se for analisada cada estância isoladamente, um verso branco seguido por dois versos rimados e, por fim, outro verso branco. Contudo, as duas primeiras estrofes criam uma espécie de espelhamento rímico, não deixando haver linha sem homofonia, o mesmo acontecendo com as duas estâncias finais, com a única exceção da chave de ouro, que é capaz de retomar, como se criasse um círculo, a primeira estrofe. Dessa forma, as rimas são: A/B/B/C// A/D/D/C'// E/F/F/G// E/H/H/B'. Não por acaso as duas primeiras estâncias terminam com as mesmas pontuações utilizadas nas duas últimas, o que também gera certo espelhamento, por assim dizer.

Portanto, "TRINDADE" apresenta espécies de sonoridades trinas nos finais das linhas (ABBC), estrofes abertas por uma sequência de três versos decassílabos, além de ter um gosto pelo acento na sexta sílaba, esse número múltiplo de três. Quanto ao seu assunto, a trindade anunciada não corresponde exatamente ao Pai, ao Filho e ao Espírito Santo, porém, em certo sentido deslendo o Deus cristão, marca com itálico "*vida*" (Pai?), "*mulher*" (Filho?), e "*poesia*" (Espírito Santo?). Nas três primeiras estâncias, as pessoas da comunidade trinitária são, uma a uma, enfatizadas, embora as demais pessoas também estejam por perto. Inicialmente, "A *vida* é uma planta misteriosa", mas também constam a "Poesia" e o "amor", sendo este, possivelmente, termo relativamente análogo à "*mulher*". Logo depois, "E a *mulher*... é a nota suspirosa", sendo que na mesma estrofe há uma referência à "vida" e talvez a poesia esteja soprando de certo modo na "corda estremecida". Por fim, "A *poesia* é a luz da mocidade", ao passo que o "amor" é novamente citado e, se a palavra "vida" não aparece, constam "momentos não dormidos". Assim, Álvares de Azevedo, o autor que muito se valeu do imaginário cristão e que tanto aludiu à *Bíblia*, a Dante e a Goethe, mostra estar, de algum modo, próximo e distante da Comunidade Trinitária.

Junto ao meu leito, segurando a *Lira dos vinte anos*, os olhos fitos no Vazio, pálido, fico lembrando, talvez. Nesse livro é difícil definir, por exemplo, a presença da "Terceira parte". Por vezes parece problemático, mais ou menos como *Macário* é problemático, haver três partes em uma obra que focaliza, no "Prefácio" à "Segunda parte", a tão discutida binomia. Chego a pensar que a "Terceira parte" da *Lira* deveria ser excluída do volume, constar em *Poesias diversas*. Ao mesmo tempo, a presença do poema "Trindade" também não parece fortuita. Ainda que nessa minha vaga sombra de ensaio, ou anotação na parede, nesse fantasma fumarento, qualquer afirmação seja apenas hipótese, como de um sonho o recordar incerto, fico imaginando a presença da Trindade em *Lira dos vinte anos*, uma presença binômica, difícil de equacionar, propositalmente difícil de equacionar. Um ajuste incerto, mas que ressoa na estranha arquitetura do livro, nas suas três partes pouco mais ou menos unidas, quase que depois de independentes, assim como as catorze partes de "Ideias íntimas".

VII

Em suas cartas, Álvares de Azevedo também se mostra próximo do imaginário cristão. Considerando as epístolas presentes em edição da *Obra completa* – livro de onde fico retirando meio sem referência explícita, sem o suave tédio da ordem, os trechos de textos azevedianos, – a interlocutora mais recorrente do jovem Maneco é sua mãe. E quando o filho termina de escrever a sua missiva, normalmente pede a benção materna. Está certo que não há no volume as correspondências com a resposta, de modo que não podemos ler Maria Luísa Silveira Mota Azevedo dizendo "Deus lhe abençoe, meu filho", mas é possível imaginar que algo assim aconteça de modo bastante usual na vida do autor. Para se ter uma ideia dessa prática um tanto cristã de Manoel Antônio Álvares de Azevedo e, ainda mais que isso, cabe notar a carta 17:

> S. Paulo, 5 de fevereiro de 1845
>
> Minha cara Mãe do c.
>
> Desejo que Vmcê. tenha passado bem, assim como todos de casa, a quem Vmcê me recomendará.
>
> Ontem vi a procissão de cinza que saiu da Igreja com doze andores, entre os quais haviam alguns que tinham quatro ou cinco estátuas, a saber: S. Francisco ensinando, S. Francisco recebendo as chagas de N. Senhor, N. Senhor recebendo os raios de N. Senhora com frades ajoelhados embaixo, etc., etc, etc.
>
> Admirei-me de ver apenas uma ou duas famílias na Sé na quarta-feira de cinzas. Ó *temps, ó moeurs!* Se fosse para um fogo, para uma iluminação, estes hoje apelidados fiéis, para lá iriam!
>
> Dê lembranças a todos que por mim perguntarem.
>
> Lance a sua benção sobre seu filho do c.
>
> *Manoel Antônio*

A correspondência, destinada à mãe do coração, termina com o pedido de benção. Ademais, embora aqui e ali se possa notar alguma ironia, conta sobre a procissão de cinzas vista pelo rapaz de quatorze anos. No espetáculo religioso, o autor consegue identificar algumas estátuas; entre elas, São Francisco e Jesus (dito, provavelmente, "Nosso Senhor"). Não bastando a referência à procissão, o poeta ainda indica o que viu, na quarta-feira de cinzas, na igreja da Sé, em São Paulo – teria ido rezar?

Cuidado, leitor, ao ler outra carta – além da quaresma há o carnaval. Se na epístola de 5 de fevereiro de 1845 Manoel Antônio talvez pareça um beato adolescente; o autor de *Macário*, em outra correspondência, a de número 21, noticia, fragmentariamente, suas visitas à casa da avó. Em uma dessas visitas do neto, a senhora – recém chegada do Rio de Janeiro, onde residia a família do estudante – teria feito algumas lamúrias acerca das (ausentes) práticas religiosas ocorridas na casa do poeta:

> Enquanto a ter ido visitar Vovó, já fui lá umas poucas de vezes fazer-lhe breves visitas.
> A propósito de Vovó – ela veio lá do Rio toda zangada pela falta de religião e tem espalhado por aí que lá em casa não se vai a Missa, mas a bailes; em lugar de decorar rezas, se decoram poesias, etc., etc, etc.

Maneco não parece muito contente com as notícias espalhadas pela avó. Foi poucas vezes fazer visita à senhora. Em especial, o poeta relata o que a idosa teria dito acerca do ambiente familiar do autor: "em lugar de decorar rezas, se decoram poesias". Dessa maneira, de acordo com a visão da avó, a arte está ocupando o lugar da religião na vida familiar de M. Antônio. Um pequeno biografema que me parece muito potente e talvez ajude a pensar um pouco sobre as poesias do próprio Álvares de Azevedo. Assim como a poesia pode ser uma nova reza, a binomia pode ser uma nova Trindade?

VIII

Aqui para o meu leito, desfeito ainda, trouxe a *Bíblia*, a *Divina Comédia* e o *Fausto*, além de uma edição da *Lira dos vinte anos*, e quatro clics futuros. Gostaria de lembrar, primeiro, três passagens da *Bíblia*. No começo do *Gênesis*, há uma narração em que Deus revela a origem do mundo, espécie de cosmogonia judaica relida por cristãos que vêem ali uma revelação antecipada do dogma trinitário; tudo vem ao mundo por meio da vontade do Criador, que é anterior a tudo o que existe, e dá vida ao homem à sua imagem e semelhança; certas tradições atribuem esse fragmento a Moisés, porém a crítica há tempos procura demonstrar que *Gênesis* foi composto por diversas mãos e em diversos momentos históricos, fundindo mitos também de diversas origens. O segundo trecho pertence ao *Evangelho* escrito com base em várias fontes por São Lucas, sendo o evangelista um médico grego, do primeiro século da era cristã; a obra relativamente objetiva é com frequência dividida em três partes, ou seja, uma inicial, em que as figuras de Jesus e João Batista são próximas, a intermediária, em que o foco está na vida terrestre do Filho, e a final, mostrando a vida da igreja após a ressurreição de Cristo; o versículo selecionado se encontra na segunda parte, no momento em que Jesus está subindo para Jerusalém, quando realiza um louvor. O terceiro, trecho da segunda epístola de São Paulo para os cristãos que vivem em Corinto, é um escrito da primeira década de 50 da era cristã; nessa mensagem, o autor frequentemente lembra o fato de Cristo possuir em si realidades muitas vezes contraditórias, como morte e vida, pobreza e riqueza, fraqueza e força; o versículo é o último do livro, uma espécie de voto final para a comunidade, e uma síntese ternária.

> Deus disse: '*Façamos* o homem à nossa imagem, como *nossa* semelhança, e que ele domine sobre os peixes do mar, as aves do céu, os animais domésticos, todas as feras e todos os répteis que rastejam sobre a terra. (Gn 1, 26, grifos meus.)
>
> Naquele momento, ele exultou de alegria sob *a ação do Espírito Santo* e disse: '*Eu te* louvo, ó *Pai, Senhor do céu e da terra*, porque ocultastes essas coisas aos sábios e entendidos, e as revelastes aos pequeninos. Sim, ó Pai, porque assim foi do teu agrado. Tudo me foi entregue por meu Pai e ninguém conhece quem é o Filho senão o Pai, *e ninguém conhece quem é o Pai senão o Filho* e aquele a quem o Filho o quiser revelar. (Lc 10, 21-22, grifos meus.)
>
> A graça do *Senhor Jesus Cristo*, o amor de *Deus* e a comunhão do *Espírito Santo* estejam com todos vós. (2Cor, 13, 13, grifos meus.)

Para muitos exegetas, algumas dessas passagens não expressam a noção de Trindade, sobretudo o fragmento inicial. No capítulo inaugural da *Bíblia*, supostamente estaria apenas um plural majestoso, e não a revelação do conceito em si. Por outra via, há tempos a interpretação da sacra escritura procura passar pela observação de que no começo Deus já se revela trino, um e três. Tal como aparece na exortação final da Carta aos Coríntios, quando São Paulo deseja à comunidade a graça do Filho, o amor do Pai e a comunhão do Espírito Santo, essas três pessoas são independentes nas suas diferenças e iguais na sua unidade. O que fica mais claro – mesmo que, segundo São Paulo, sempre estejamos a ver por enigmas – a partir do Evangelho de Lucas: "quem é o Pai senão o Filho", ainda que exista, de forma relativamente independente, a ação do Espírito Santo, o Senhor do céu e da terra e a exultação de alegria do Filho. É enorme a lista de ocorrências sobre a Trindade em toda a Bíblia. Em meu pequeno percurso, escolho algumas que parecem interessantes aos meus fins. Não pretendo esgotar os significados possíveis. Ainda mais por que a Trindade não está apenas ligada ao cristianismo, valendo a pena conferir, por exemplo, Carl Gustav Jung, em *Interpretação psicológica do Dogma da Trindade.*

IX

Passam tantas questões por esse tema... Para observar modos da Trindade – matéria, por assim dizer, menos ou mais literária – ser expressa por elementos (também) literários, é necessário compreender que há, na feitura estética, uma articulação própria, capaz de desenvolver formas que consigam lidar com o conceito não apenas filosófico-teológico. Autores diversos, ao longo da tradição, elaboram suas lógicas de expressão da forma trina-unitária. Talvez o maior exemplo seja Dante Alighieri, na *Divina Comédia*, pois busca estabelecer uma arquitetura com tantos três a ponto de causar vertigem. Gostaria de chamar a atenção para nove questões. (i) A obra conta a saga de três personagens: Dante, Beatriz e Virgílio. (ii) É composta de três "livros". (iii) Cada "livro" dá conta de um mundo pelo qual passam as personagens: Inferno, Purgatório e Paraíso. (iv) E cada um dos três mundos pode ser subdividido em nove partes, como os nove círculos do Inferno, sendo o nove a soma de três mais três mais três. (v) Desse três vezes nove, resulta um número significativo, o vinte e sete: três elevado ao cubo, ou três vezes três vezes três, ou o nove numerológico decorrente da adição de dois e sete. (vi) Cada um dos três "livros" também é subdividido em trinta e três cantos. (vii) As estrofes que formam esses cantos estão em *terza rima*, ou seja, tercetos na rima progressiva ABA BCB CDC... (viii) Sem falar nas várias pequenas ocorrências de três espalhadas nas páginas, como a palavra "stelle", ao final de cada "livro". (ix) Em esferas amplas, vale lembrar ainda que a obra pertence ao *Tercento* italiano, por ter sido publicada entre 1304 e 1321.

X

Na passagem do século XVIII para o XIX, outra produção consegue expressar, por vias particulares, a noção de Trindade. O *Fausto*, de Johann Wolfgang von Goethe, apresenta personagem homônima à história. O autor traça o perfil de um jovem que busca, com avidez, o conhecimento. Fausto investe suas forças no estudo de filosofia, medicina, jurisprudência, teologia... mas continua simplório, com um saber limitado. No começo do volume, o aprendiz revela uma personalidade relativamente homóloga à coesa e fragmentária personalidade divina, ao dizer:

> Vivem-me duas almas, ah! no seio,
> Querem trilhar em tudo opostas sendas;
> Uma se agarra, com sensual enleio
> E órgãos de ferro, ao mundo e à matéria;
> A outra, soltando à força o térreo freio,
> De nobres manes busca a plaga etérea.

As duas almas no seio fáustico configuram uma personalidade ao mesmo tempo una e variada. Por um lado, um espírito materialista, ligado aos órgãos de ferro e à dimensão sensual da humanidade; em contrapartida, a busca da plaga etérea, a região impalpável do universo. Assim, o mito alemão guarda em si dois espíritos, opostos, porém unidos, pois ambos estão nas cavernas de um único peito. A dimensão profana da personagem, que se encontra com Mefistófeles, está, entre os aspectos, em ser dois e ser um: Fausto é, com diferenças e proximidades, formalmente homólogo ao Deus cristão, este que é três e um. Ou se quisermos pensar mais em específico na figura de Jesus, verdadeiramente Deus e verdadeiramente homem, o Filho possui em si tanto humanidade quanto divindade, tanto Verbo quanto carne. De certo modo, uma das presumíveis influências para a construção do Fausto é o próprio Cristo, em sua binomia humano-divina. Visto de uma perspectiva dilatada, o Deus que se faz homem, Ele é também Verbo e Espírito. Não está só na personalidade de Jesus a ideia de divisão-união do eu, mas Deus, enquanto Trindade, é, em si, *pluribus unun*.

XI

Junto do leito meus poetas dormem – a *Bíblia*, Dante, Goethe e Álvares de Azevedo – na mesa confundidos. Uma velha luminária se espreguiça. E nesse dia de *spleen*, acabo finalmente lembrando essa folha gasta:

> Cuidado, leitor, ao voltar esta página!
> Aqui dissipa-se o mundo visionário e platônico. (...)
> Quase que depois de Ariel esbarramos em Calibã.
> A razão é simples. É que a unidade deste livro funda-se numa binomia. Duas almas que moram nas cavernas de um cérebro pouco mais ou menos de poeta escreveram este livro, verdadeira medalha de duas faces.

Inserido em um universo de papel, o leitor é advertido sobre o virar da página. O excerto está no "Prefácio" à "Segunda parte" de *Lira dos vinte anos*. Corresponde a um momento vital para a compreensão da estética romântica de Álvares de Azevedo. O autor revela a lógica a partir da qual estrutura o livro, em particular, e a sua obra, no geral, embora diferenças entre a binomia aqui anunciada e o dialogismo, de *Macário*, possam ser notadas. O escritor está, nesse momento, encerrando a "Primeira parte" da *Lira* e iniciando a "Segunda". Ocasião propícia a despontarem oposições: daquele lado, o visionário e platônico, bem como o belo anjo Ariel, de *A tempestade*; deste lado, Calibã, o escravo disforme da mesma obra shakespeariana, e, por contraposição, o materialista, o encarnado. Ariel e Calibã, a seus modos, são como duas almas que moram nas cavernas do cérebro do sujeito-lírico: fica estabelecida uma homologia formal entre a estrutura cerebral desse eu-dobrado e a composição que o leitor tem em suas mãos. Sem falar o quanto a passagem acima rememora o Fausto goethiano. "Vivem-me duas almas, ah! no seio", diz o estrangeiro; ao passo que o nacional indica as "Duas almas que moram nas cavernas de um cérebro". Não há dúvida de que, no jardim das musas, a *Lira* é um arbusto que se nutre de fáustica seiva.

A produção azevediana é elaborada por meio de uma binomia: não se trata, na verdade, de mera contraposição, de um lado Ariel, do outro Calibã; os dois espíritos estão em apenas um cérebro, medalha de duas faces. No mesmo lábio em que beijava o anjo belo, está a mordida do escravo disforme. É "quase" depois de Ariel, e não completamente depois, onde está Calibã: há espaços comuns coabitados por essas duas personagens do cérebro-livro (e, é provável, cérebro e livro também compõem uma binomia). O eu-lírico, portanto, é fracionado, todavia coeso; disperso, mas reunido; pode ser dois sendo um. Uno e dúplice. Álvares de Azevedo reconfigurando uma longa tradição de uma tópica ocidental: no poeta brasileiro, o eu-lírico cindido retrabalha a identidade divina trinitária.

XII

Aqui sobre esta mesa, junto ao leito, em caixa negra, duas lembranças guardo. Ou talvez e uma hipótese siga flanando. Fico mais ou menos sentado, pensativo e inquieto, como se estivesse relendo fragmentos antigos e reconfigurando algumas dúvidas. Fico pensando em que em incerta medida o sujeito-lírico de Álvares de Azevedo é uma releitura do Deus cristão. O ultra-romântico, que tanto cita, ao longo de seus livros, a *Bíblia* e escritores ligados ao cristianismo; o poeta que na *Lira dos vinte anos* desenvolve tópicas um tanto próximas do imaginário cristão; o autor do poema "Trindade"; o mesmo escritor que, na adolescência, observou a igreja e a procissão; aquele que, em seu ambiente doméstico, pode ter notado os poemas substituindo a leitura dos textos religiosos. O eu-lírico de Álvares de Azevedo, sujeito poético com duas almas nas cavernas de um cérebro, sujeito poético que é um e dois, parece relativamente próximo de um Deus uno e trino.

XIII

Há outra questão que fico pensando enquanto a minha escrita vai andando para o seu final. Pode ser que o texto não a queira... Se o sujeito-lírico uno-duplo de Álvares de Azevedo lembra um pouco o Deus uno-trino, em que medida a *Lira dos vinte anos* pode lembrar também a Trindade, ou a *Bíblia*, ou até mesmo demais livros dessa tradição, como os dois *Faustos*, os três mundos-livros da *Divina Comédia*... Imagino que a *Lira* desenvolva, de um modo individual, uma arquitetura capaz de reconstruir estruturas que perpassam essa tradição. É difícil equacionar com precisão uma obra romântica. Algo assim também acontece com o *Macário*, por exemplo. Esses textos expressam, entre outras noções, articulações problemáticas entre a unidade e a fragmentação. Parecem mal feitos, desajustados, pouco harmônicos; no entanto a estranheza que causam é um tanto premeditada.

XIV

Parece que acabei... Sinto no texto algumas perdidas informações deambulando ainda... Mas é preciso levar para o editor – o tema é longo e o tempo é breve. Por isso aqui vou derramando algumas gotas desse assunto sacro e profano... As nódoas de vinho quando caem no chão não tem forma geométrica, a Trindade quando cai em um texto qualquer... O assunto renderia muito mais. A garrafa de vinho já está meio vazia e desculpe o leitor a escrita bêbada. Os meus olhos se escurecem e nas cavernas do cérebro passam alguns delírios... Dentre a sombra, vejo alguma unidade alguma entre os fragmentos que se estendem... Um ensaio de alguns cacos, pouco mais ou menos uma ideia íntima... Antes que eu me esqueça: a noite avança; pego uma antiga máquina fotográfica, colocada depois de uma lira com duas cordas, e faço uns quatro clics e na mesa do estudo continuo a escrita...

Referências bibliográficas

ALIGHIERI, Dante. *Divina Comédia*: edição bilíngue: italiano/português. Introdução, tradução e notas de Vasco Graça Moura. São Paulo, SP: Landmark, 2005.

ÁLVARES DE AZEVEDO, Manuel Antônio. *Obra completa*: volume único. Organizado por Alexei Bueno. Rio de Janeiro, RJ: Nova Aguilar, 2000.

BENJAMIN, Walter. *Rua de mão única*: obras escolhidas II. 5. ed. 3. reimp. Tradução de Rubens Rodrigues Torres Filho e José Carlos Martins Barbosa. São Paulo, SP: Brasiliense, 2000.

BÍBLIA de Jerusalém. 6. ed. São Paulo, SP: Paulinas, 2010.

CURTIUS, Ernest Robert. *Literatura europeia e Idade Média latina*. Tradução de Teodoro Cabral (com colaboração de Paulo Rónai). Prefácio de Segismundo Spina. São Paulo, SP: EdUSP, 2013.

GOETHE, Johann Wolfgang von. *Fausto*: uma tragédia: duas partes. Tradução de Jenny Klabin Segall. Apresentação, comentários e notas de Marcus Vinicius Mazzari. São Paulo, SP: Editora 34, 2011.

JUNG, Carl Gustav. *Interpretação psicológica do Dogma da Trindade*. Tradução de Mateus Ramalho Rocha. 8. ed. Petrópolis, RJ: Vozes, 2011.

MONTAIGNE, Michel de. *Os ensaios*. 2. ed. Tradução de Rosemary Costhek Abílio. São Paulo, SP: Martins Fontes, 2002.

Endereçamento, amizade e ecos de uma querela filosófica na meditação de "Panteísmo"

Vagner Camilo

A Cilaine Alves Cunha, pela interlocução amiga e generosa.

—And I have felt
A presence that disturbs me with the joy
Of elevated thoughts; a sense sublime
Of something far more deeply interfused,
Whose dwelling is the light of setting suns,
And the round ocean and the living air,
And the blue sky, and in the mind of man:
A motion and a spirit, that impels
All thinking things, all objects of all thought,
And rolls through all things. Therefore am I still
A lover of the meadows and the woods
And mountains; and of all that we behold
From this green earth; of all the mighty world
Of eye and ear, both what they half create,
And what perceive; well pleased to recognise
In nature and the language of the sense
The anchor of my purest thoughts, the nurse,
The guide, the guardian of my heart, and soul
Of all my moral being.

William Wordsworth, *Tintern Abbey*[1]

1 William Wordsworth, "Lines Written a Few Miles Above Tintern Abbey". *Lyrical Ballads.* [London: J. & A. Arch, 1798.] https://ro-

Ainda que não seja dos poemas de Álvares de Azevedo mais celebrados pela crítica, "Panteísmo" sempre nos pareceu das realizações mais felizes não só de sua obra, mas de todo o Romantismo brasileiro. Dentre os aspectos que fundamentam essa impressão, sobreleva o tratamento inusitado dispensado à questão do endereçamento lírico, introduzindo uma nota particular no gênero de poesia de meditação (conforme indica o subtítulo) tão em voga no Romantismo. A presente abordagem parte dessa questão para, em seguida, articulá-la com a matriz filosófica explicitada no título e a cosmovisão por ela instaurada no correr das estrofes.

Segue a transcrição dos belos versos alvaresianos que poderiam ser alinhados, sem qualquer concessão, aos de grandes poemas do Romantismo inglês, de que é exemplo o excerto wordsworthiano em epígrafe, no qual a presença sublime do espírito criador se faz sentir também de forma imanente, personificado e vivo na natureza, apelando a todos os sentidos.

PANTEÍSMO
Meditação

O dia descobre a terra: a noite descortina os céus.

Marquês de Maricá

Eu creio, amigo, que a existência inteira
É um mistério talvez; – mas n'alma sinto
De noite e dia respirando flores,
Sentindo as brisas, recordando aromas
E esses ais que ao silêncio a sombra exala
E enchem o coração de ignota pena

mantic-circles.org/sites/default/files/RCOldSite/www/rchs/reader/tabbey.html

Como a íntima voz de um ser amigo,
Que essas tardes e brisas, esse mundo
Que na fronte do moço entorna flores,
Que harmonias embebem-lhe no seio –
Têm uma alma também que vive e sente...

A natureza bela e sempre virgem
Com suas galas gentis na fresca aurora,
Com suas mágoas na tarde escura e fria,
E essa melancolia e *morbidezza*
Que nos eflúvios do luar ressumbra –
Não é apenas uma lira muda
Onde as mãos do poeta acordam hinos
E a alma do sonhador lembranças vibra...

Por essas fibras da natura viva
Nessas folhas e vagas, nesses astros,
Nessa mágica luz que me deslumbra
E enche de fantasia até meus sonhos –
Palpita porventura um almo sopro,
Espírito do céu que as reanima,
E talvez lhes murmura em horas mortas
Estes sons de mistério e de saudade,
Que lá no coração repercutidos
O gênio acordam que enlanguesce e canta!

Eu o creio, Luís, também às flores
Entre o perfume vela uma alma pura,
Também o sopro dos divinos anjos
Anima essas corolas cetinosas,
No murmúrio das águas no deserto,
Na voz perdida, no dolente canto
Da ave de arribação das águas verdes,
No gemido das folhas na floresta,
Nos ecos da montanha, no arruído
Das folhas secas que estremece o outono,
Há lamentos sentidos, como prantos
Que exala a pena de subida mágoa...

E Deus! – eu creio nele como a alma
Que pensa e ama nessas almas todas,
Que as ergue para o céu, e que lhes verte,
Como orvalho noturno em seus ardores,
O amor, sombra do céu, reflexo puro
Da auréola das virgens de seu peito!
Essa terra, esse mundo, o céu e as ondas,
Flores, donzelas, essas almas cândidas
Beija-as o senhor Deus na fronte límpida,
Arróia-as de pureza e amor sem nódoa...
E à flor dá a ventura das auroras,
Os amores do vento que suspira,
Ao mar a viração, o céu às aves,
Saudades à alcion, sonhos à virgem,
E ao homem pensativo e taciturno
A criatura pálida que chora –
Essa flor que inda murcha tem perfumes,
Esse momento que suaviza os lábios
Que eterniza na vida um céu de enleio...
O amor primeiro das donzelas tristes.

São ideias talvez... Embora riam
Homens sem alma, estéreis criaturas:
Não posso desamar as utopias,
Ouvir e amar à noite entre as palmeiras
Na varanda ao luar o som das vagas,
Beijar nos lábios uma flor que murcha,
E crer em Deus como alma animadora
Que não criou somente a natureza,
Mas que ainda a relenta em seu bafejo,
Ainda influi-lhe no sequioso seio
De amor e vida a eternal centelha!

Por isso, ó meu amigo, à meia-noite
Eu deito-me na relva umedecida,
Contemplo o azul do céu, amo as estrelas,
Respiro aromas, e o arquejante peito

> Parece remoçar em tanta vida,
> Parece-me alentar-se em tanta mágoa,
> Tanta melancolia, e nos meus sonhos,
> Filho de amor e Deus, eu amo e creio! (ÁLVARES DE AZEVEDO, 2002, p. 233-235).

Comecemos pela questão do endereçamento do poema lírico com base no que descreve Joëlle de Sermet. O caso de "Panteísmo" não é "da ordem do puro monólogo", pois a voz lírica "dirige-se de maneira unívoca a uma instância cuja identidade é atestada [...] pela evocação no interior do texto". Mas isso não deixa de constituir, também, "uma forma de apelo ao leitor, tomado como alocutário e convidado a inserir-se em uma configuração enunciativa aberta" (SERMET, 1996, pp. 84-85). Ademais, importa notar que identificar de saída *a quem* se fala permitirá talvez compreender mais adequadamente *quem* fala (SERMET, 1996, p. 81).

Em complementação, pode-se considerar o que diz Rodriguez sobre a *heterogeneidade* de destinatários no poema lírico, isolada ou conjuntamente evocados: personagens atuando como interlocutores, figuras ausentes interpeladas em circunstâncias virtuais, além daqueles inteira ou parcialmente previstos em situações de recepção empírica, como o(s) de uma dedicatória ou os leitores futuros. Assim como o eu, o *tu* (*vós, você(s)*) é indeterminado, sem referente único, mas demarcando uma função inerente à enunciação: a da recepção fictícia ou empírica, tendo, por sua vez, a possibilidade de se converter em locutor (RODRIGUEZ, 2003, p. 137-193) – coisa que não ocorre em "Panteísmo". No mais, temos, sim, no poema alvaresiano, um destinatário evocado em interlocução ficcionalmente concebida, mas que pode ser prevista em uma situação de recepção empírica *a posteriori*. Essa ordem de questões e considerações coloca-se aqui, requerendo uma teorização mais detida, justamente porque o poema ora examinado estrutura-se na forma de um endereçamento direto sem paralelo no restante da obra de Álvares de Azevedo, nem, talvez, na dos demais românticos brasileiros.

Isso não significa ignorar outros momentos de interpelação direta na *Lira dos vinte anos*, como em "Lembrança de morrer", em que o eu lutuoso se dirige à mãe ("De ti, ó minha mãe, pobre coitada...") e à "virgem dos errantes sonhos" ("Só tu à mocidade sonhadora/ do pálido poeta deste flores..."), além de reportar-se ao pai e aos pouquíssimos amigos (rol reduzido em que, por certo, inclui-se o companheiro evocado em "Panteísmo"), mas sem apostrofá-los diretamente. A paródia desse canto elegíaco, representada pela "sátira que morde" de "O poeta moribundo", na segunda parte da *Lira*, também chega a recorrer a uma interpelação direta aos pares, embora sem grandes especificações: "*Poetas*, amanhã ao meu cadáver, minha tripa cortai mais sonorosa"... Para não nos estendermos mais, não se pode ignorar o caso do endereçamento constante da lírica amorosa. Nela, sendo o destinatário a pessoa amada,

> o leitor parece estar, de fato, na posição de terceiro excluído. Ele aparenta ser um "ouvinte" indiscreto em relação à cena de uma palavra que não o visa diretamente. Mas não seria, ainda aí, por sua vez, testemunha do endereçamento e destinatário em segundo grau? [...] A poesia amorosa surge como uma tentativa desesperada de ser arrebatado à armadilha do solipsismo, entregando-se a um "tu" que não é um *alterego* ao qual se é impelido, mas uma hipóstase do "eu" (SERMET, 1996, p. 92-93).

Todavia, não é essa a situação configurada em "Panteísmo", apesar da identificação afetiva e intelectual unindo locutor e alocutário, em quem acredita encontrar uma acolhida cúmplice para partilhar vivências, pensamentos e sentimentos. Sem dúvida, em diversos momentos, o amor e as virgens chegam a ser evocados em "Panteísmo", mas não compõem a matéria de que se alimentam os versos, nem sua destinação. Elas surgem alinhadas a elementos naturais – terra, mundo, céu, ondas, flores, donzelas... (todos, almas cândidas) – enumerados, ilustrativamente, como expressão do amor divino, força anímica que a tudo nutre, eleva e purifica. É esse Deus, ideado "como a alma / que pensa e ama nessas almas todas", incluindo-se o "homem pensativo e taciturno", a "criatura pálida que chora", além das "donzelas tristes" e demais elementos de uma natureza como manifestação teofânica, que constitui o verdadeiro assunto do poema.

Para acercarmo-nos ainda mais do endereçamento lírico de "Panteísmo", considerando a quem se destina, a finalidade dessa destinação e o papel reservado ao leitor nessa interlocução, como um terceiro *só aparentemente* excluído (SERMET, 1996, p. 92-93), recorremos ao estudo de Walter Ralph Johnson, que parte da teoria eliotiana sobre as três vozes da poesia, por trás das quais está implícita, supostamente, a noção de que se encontra uma original, respondendo pelo éthos e expressando as intenções do poeta, bem como organizando as várias *personae* que ele assume ou constrói. Johnson parte dos três modelos pronominais elencados pelo poeta-crítico anglo-americano e sustenta que, na lírica clássica, o modelo recorrente foi o *eu-tu*, permitindo ao poeta-cantor atualizar, diante de uma audiência, emoções universais em contextos específicos. Esse modelo pronominal foi legado pela Antiguidade à lírica latina, à medieval e à renascentista, cada qual retomando a anterior e refinando-a. Em todas elas, se não cantava efetivamente, o poeta ou a voz poética interpelava de forma direta uma audiência, por meio da declamação ou mesmo da escrita.

A partir do século XVII, o primeiro modelo pronominal passaria a disputar espaço com o segundo, que define a chamada poesia meditativa ou verso meditativo maduro, tal como Eliot o consagrou: o poeta, por intermédio de um objeto da natureza, passa a revelar o seu estado anímico em uma visão que funde as dimensões externa e interna do sujeito. Nesse segundo modelo pronominal (*eu-eu*), obviamente, a audiência é minimizada ou desaparece.[2] Apesar da persistência da modalidade mais antiga e universal, a poesia meditativa, na qual o poeta fala a ele mesmo ou a ninguém, tornou-se a dominante na lírica moderna. Embora o verso meditativo possa se apresentar de várias maneiras, a autossuficiência do eu lírico e o desaparecimento do *tu* continuam sendo seus traços principais. A perda da centralidade do *tu*, neste caso, impacta fortemente o eu lírico e suas meditações privadas.

Johnson promoveu, de fato, uma investigação de grande fôlego, ampla e sistemática a ponto de recorrer inclusive a levantamentos estatísticos para sustentar a referida hipótese da preponderância do endereçamento direto por meio do canto ou declamação – hipótese corrente entre vários teóricos que, inclusive, lembram o poder de sugestão do termo inglês correspondente a *público* (*audience*). Apesar do rigor metodológico, percebe-se que o crítico revela uma perspectiva algo tendenciosa, marcadamente nostálgica ao eleger o

---

2 No terceiro modelo, que não está no horizonte desta abordagem, a voz do poeta cede a vez a outras vozes, como no caso do monólogo dramático e em poemas narrativos. Ver Eliot (1991, p. 122-139) e Johnson (1982, p. 01-23).

modelo fundado na triangulação retórica de um eu falando a um ouvinte (*speaker, discourse, and hearer*) como a base não apenas da central ou principal, mas sim da que ele considera a *melhor* tradição lírica, obscurecida pelas concepções modernas do gênero que passam a defini-lo como uma meditação isolada de um sujeito poético tendo por horizonte apenas a elaboração expressiva dos próprios sentimentos. Em vista disso, rompia-se com a possibilidade pressuposta pelo modelo clássico de compor uma *comunidade* e garantida por tal relação direta do falante com o ouvinte. Com o esfacelamento da relação pronominal *eu-tu* no discurso lírico, ocorreria a "desintegração do conteúdo emocional, pois na lírica, também forma e conteúdo são interdependentes", diz Johnson, e, para ele, o momento de total ruptura com esse modelo seria a "poesia romântica maior":

> Apesar da persistência bastante frágil da forma mais antiga, clássica e universal, depois do entorpecimento da lírica no século XVIII (não obstante os esforços de Robert Burns e William Blake); depois do aval filosófico de Jean-Jacques Rousseau à supremacia do verso meditativo, além dos triunfos excepcionais alcançados por Wordsworth, Coleridge, o jovem Goethe, Alphonse de Lamartine e Giacomo Leopardi, a lírica meditativa, a "lírica romântica maior", tornou-se a forma dominante na poesia moderna. O poeta agora fala a si mesmo ou a ninguém sobre sua experiência, o que pode ou não refletir emoção em um relato conciso – e ele finalmente tende a abrir mão tanto do relato quanto da emoção, assim como dispensa os pronomes de segunda pessoa, o singular e o plural.
>
> Uma anunciação precisa desse processo, um emblema do que a mudança da forma pronominal "eu-tu" para a forma meditativa significaria, bem como seu efeito

> sobre a poesia lírica, é o destino de *O prelúdio*, tendo em vista a reelaboração contínua a que Wordsworth o submeteu ao longo de sua vida. [...] Com isso, não quero sugerir que o enfraquecimento da forma pronominal no curso de revisões promovidas é responsável pelo que me parece ser a ruína final do poema (até sua ressurreição recente); não é a incapacidade crescente de Wordsworth de endereçar a Coleridge seu poema que responde pela desintegração deste – não, Wordsworth mata seu poema com um filosofismo insípido, um moralismo destrutivo e uma religiosidade insana. Mas não se pode deixar de sentir que a destruição da forma pronominal (Wordsworth não mais endereça seu poema a Coleridge, mas apenas a si) é sintomática da mais ampla ruína das transparências iniciais e exultações incomparáveis desse poema. As versões finais de *O prelúdio* são poemas meditativos com uma vingança – e elas contêm, em microcosmo, muito da catástrofe lírica posterior (JOHNSON, 1982, p. 07-08).

Vale reiterar essa observação de Johnson, de que a *ruína* do longo poema wordsworthiano, depois de suas diversas reescritas, se motivada sobretudo por um filosofismo, moralismo e religiosidade condenáveis, não deixava de ser resultado, também, de uma suposta mudança do endereçamento inicial ao poeta e amigo Coleridge, desintegrando a forma pronominal direta *eu-tu* em função da meditativa, que tem o próprio eu por destinatário. Ora, em "Panteísmo", de modo distinto, o nítido talhe meditativo dos versos, filosoficamente imantados, longe de se constituir pelo monólogo solipsista ou pela interpelação de uma abstração, da natureza ou de uma divindade nela manifesta, retoma a forma do endereçamento direto.

As implicações dessa retomada serão discutidas adiante, depois de considerarmos a crítica da leitura de Johnson por

Jonathan Culler, para quem algo não se encaixa no argumento do primeiro, quando distingue o "bom modelo clássico", de endereçamento direto ao público, do "mau modelo moderno", pautado pelo solipsismo ou endereçamento indireto. Isso porque essa distinção parte do pressuposto de que aquele a quem a voz poética se dirige corresponde a uma pessoa ou a um público efetivo.

Johnson toma por parâmetro Horácio e Catulo, cujo *corpus* lírico é o mais substancial, para inventariar e evidenciar como predominam os poemas dirigidos a outra(s) pessoa(s) em contraste com o "poema meditativo, no qual o poeta fala para si mesmo, ou para ninguém em particular ou, às vezes, invoca, pela apóstrofe, entidades inanimadas ou não-humanas, abstrações ou os mortos" (CULLER, 2015, p. 198). Contudo, rebate Culler, enquanto mais de oitenta por cento das odes de Horácio são endereçadas a outra pessoa (às vezes fictícia, às vezes histórica), apenas em uma delas (Ode 3.14) o poeta se dirige aos romanos, a pessoas ou a qualquer grupo que possa corresponder ao verdadeiro público de seus poemas. Esse endereçamento ao público seria, portanto, exceção e não a regra (CULLER, 2015, p. 199).

> Não se pode dizer que Horácio se dirigia a sua audiência, exceto por meio de um discurso apostrófico indireto para outro. O endereçamento lírico a um "tu" é fundamental para a lírica, como Johnson conclui corretamente, mas não sinaliza um endereçamento direto à audiência.
> A "maneira direta" parece um valor primordial para muitos estudiosos da literatura grega, frequentemente enfatizando que a lírica arcaica era dirigida a sua audiência como parte de uma cerimônia pública. Se as estruturas pronominais refletem isso é outra questão. Com a poesia grega, a natureza extraordinariamen-

> te fragmentária do que sobrevive torna difícil saber quais são as normas para o endereçamento lírico. [...] O *corpus* existente, porém, decerto desafia a ideia de a lírica grega ser caracteristicamente enquadrada como endereçamento direto a uma audiência que a teria ouvido. [...] Isso não seria um mito sobre a Grécia, tal como os críticos do "pleno esplendor" costumam imaginar? Embora existam numerosos pronomes de segunda pessoa nos fragmentos de líricas gregas, eles muito raramente designam uma comunidade à qual se poderia dizer que o poeta se dirige de maneira direta (CULLER, 2015, p. 199).

Culler reitera essa contestação recorrendo a argumentos de outros estudiosos:

> O endereçamento, escreve Davis, "é considerado mais útil quando visto como um contexto para a expressão lírica. Faz parte da ficção necessária desse modelo lírico diádico que o poeta "cante" para um "ouvinte, único ou múltiplo", e o discurso funcione como uma dedicatória, vendo no destinatário "um membro digno de uma audiência lírica." Richard Heinze argumentou de forma convincente há muito tempo que a alegação de estar entoando a lira a um determinado auditor é claramente uma ficção – não existem evidências de que Horácio tenha tocado a lira ou que esses poemas tenham sido cantados – e, portanto, toda a situação discursiva deve ser considerada não como uma realidade de performance, mas como um artifício poético, cuja função é preciso indagar (CULLER, 2015, p. 202).

Culler desdobra, consideravelmente, a questão do endereçamento na sua definição de lírica. Entretanto, o exposto até aqui é suficiente para nossos propósitos.

Em "Panteísmo", como já ressaltamos, é a instauração de uma forma de endereçamento direto o que chama a atenção e, mais ainda, a eleição de um endereçado manifestamente identificado, coisa incomum no conjunto da obra alvaresiana. Trata-se, porém, de uma estratégia conhecida desde a tradição clássica, a exemplo de Horácio. Também no Arcadismo há a interpelação direta de outrem, muito embora sob a roupagem do pastor, tratando-se, pois, de uma identidade ficcionalizada. No caso de "Panteísmo", o interpelado é expressamente nomeado, digamos, por sua identidade civil: Luís. Apesar do nome comum, o leitor familiarizado com o legado alvaresiano tende a evocar, de pronto, a lembrança de um dos destinatários diletos das poucas cartas do poeta que chegaram à posteridade. Trata-se, está visto, de Luís Nunes, que além de melhor amigo parece que também era primo de Álvares de Azevedo.[3]

Diferentemente do poeta, o gaúcho Luís Antônio da Silva Nunes (1830-1911) teve vida longa e seguiu o destino dos filhos das elites oitocentistas, na qualidade de bacharel com projeção política em altos cargos públicos e com laços familiares de prestígio firmados por meio do casamento: foi nomeado presidente da então Província da Paraíba, elegeu-se deputado geral pela Província do Espírito Santo e, posteriormente, governador da Bahia, além de achegar-se do baronato da época, na qualidade de genro do antigo veador da Imperatriz Teresa Cristina, o barão, visconde e, por fim, marquês de Muritiba. Apesar de não termos notícia de qualquer incursão literária – salvo notas para trabalhos nobiliárquicos sobre a

3 É o que consta do site do Instituto Moreira Salles. https://www.correioims.com.br/perfil/luis-antonio-da-silva-nunes/.

família do sogro – e supondo certo pragmatismo do ofício político ou jurídico, nem por isso Luís Nunes deixou de se mostrar sensível a questões de poesia, filosofia e criação artística em geral. Isso se revela não só pelo empenho em buscar com os familiares os manuscritos de *O Conde Lopo*,[4] visando à publicação, mas também por ser ele o destinatário da confissão dos afetos, idealizações e frustrações do amigo, como ainda o depositário das reflexões mais profundas e minuciosas de Álvares de Azevedo sobre sua própria criação literária. Aliás, não só as atinentes ao poema editado por Nunes, mas sobre outras realizações efetivas e projetos poéticos, dos quais dá notícia o autor da *Lira* com riqueza de detalhes, que não chegaram a se concretizar porque foram abandonados de vez ou se perderam na poeira do tempo (e dos acervos mal conservados). Mesmo em relatos mais cotidianos, encontramos, nas cartas a Luís Nunes, a gênese de trechos inteiros da obra poética e ficcional de Álvares de Azevedo, como é o caso da descrição famosa da cidade de São Paulo em *Macário*, das mais excepcionais da literatura e marco da "invenção literária" da cidade como "espaço ficcional", conforme observou Antonio Candido (1989, p. 12).

Há de se destacar, ainda, a dicção ou o registro empregado pelo poeta-missivista. Por maior que seja a intimidade e a

4 Conforme consta da nota "Ao leitor", na abertura da edição princípe do poema, "fazemos publicar parte dos manuscritos que deixou, e que talvez se ressintam da falta de correção, que não teve ocasião de aplicar-lhes. Sua digna e veneranda mãe, a Ex.ma Sra. D. Maria Luiza Silveira da Mota e Azevedo, que a isso nos autorizou, possui ainda grande cópia de manuscritos, que mais tarde serão por sua vez publicados. Rio, outubro de 1886. L. A. da Silva Nunes". (ÁLVARES DE AZEVEDO, 1886).

informalidade contidas na carta a um amigo, o despojamento do gênero não exclui, no caso das de Álvares de Azevedo, momentos de efusões líricas nas confissões e lamentos, que se compatibilizam com as de sua prosa ou mesmo de sua poesia, descontados rima, métrica e demais recursos do gênero.

Dessa forma, é como se ele *ensaiasse* nas cartas certas descrições e reflexões depois transpostas à sua criação poético-ficcional. Esse ensaio se faz na presença cúmplice do amigo, sondando sua viabilidade e valor literários ao submete-lo à apreciação do destinatário, o que comprova a confiança no julgamento de Luís Nunes. Assim se forma a comunidade de gosto, *en petit comittée*.

Isso posto, pode-se reconhecer em "Panteísmo" recurso similar à transposição poética desse endereçamento e, mesmo, algo da dicção epistolar empregada nas cartas ao amigo, desvelando pensamentos, sentimentos, crenças e valores, certamente em um grau maior de formalização e elevação do registro, mas sem abandonar de todo certo despojamento, forjando um à-vontade e uma intimidade próprios da missiva destinada a alguém próximo.

A escolha métrica pode contribuir, consideravelmente, ao misto de formalidade (pela isometria decassilábica) e despojamento (pelo emprego do verso branco) em "Panteísmo": um jogo entre rigor formal e dada distensão possibilitada pela ausência de rima que, como sustentava John Milton, tolhia a expressão de determinadas ideias ou obrigava a expô-las de maneira inferior. A omissão da rima promove uma articulação mais demorada, uma sugestão de continuidade, favorecida, ainda, pelo emprego dos *enjambements* explorados em "Panteísmo" e pela "ordem relativamente natural das palavras" – o que não exclui de vez o hipérbato, como ocorre no poema alvaresiano. Tais escolhas adequam-se à fluidez do verso não submetido a "uma estrutura repetida de dístico ou estrofe que tenderia a produzir conformidade na estrutura sintática também" (BROGAN, WEISMILLER & WRIGHT, 1993, p. 138-139).

A opção pelo decassílabo branco – empregado com o mesmo intuito em "Ideias íntimas", uma meditação poética excepcional transposta do espaço natural para o *intérieur* da casa ou república estudantil – talvez fosse a opção métrica mais próxima do pentâmetro iâmbico dos ingleses, tão caros a Álvares de Azevedo. Segundo Brogan, Weismiller & Wright,

> [...] o verso branco apareceu primeiramente na poesia italiana do Renascimento como uma variante sem rima do hendecassílabo, quando foi então transplantado para a Inglaterra como decassílabo sem rima ou pentâmetro iâmbico. Embora se julgue esses versos como derivados do trímetro iâmbico clássico, eles foram designados para produzir, em vernáculo, o equivalente em tom e peso ao verso "heroico" clássico, o verso da épica, o hexâmetro. O *hendecassílabo* sem rima, embora popular e importante, nunca se tornou verso italiano maior; na Inglaterra, entretanto, o verso branco constituiu-se, sob influência de Shakespeare e Milton, a métrica básica do verso dramático e também a principal métrica do verso não dramático (BROGAN, WEISMILLER & WRIGHT, 1993, p. 137).

Não só Shakespeare e Milton, sempre tão evocados por Álvares de Azevedo, foram responsáveis pela preponderância do verso branco. Outros românticos e precursores citados pelo autor da *Lira* levaram adiante essa tradição, como Shelley e, antes dele, William Cowper, que renovou tal verso com as meditações de *The Task* (1784).

Podemos supor que, pela escolha métrica e outros aspectos relevantes de "Panteísmo", Álvares de Azevedo buscou se aproximar do "poema pau" dos românticos ingleses, "construído com o pensamento condicionando o lirismo", conforme diria Mario de Andrade muito depois, ao compor sua "Louvação da tarde", inspirando-se no mesmo modelo e optando pelo decassílabo branco como alternativa mais próxima, em amplitude, ao pentâmetro jâmbico, segundo notou Antonio Candido. Não por acaso, ao recorrer a um termo de comparação para seu poema na tradição romântica local, Mário declarou em carta a Manuel Bandeira: "pleiteio por Álvares de Azevedo contra Castro Alves" (CANDIDO, 1993, p. 258-259).

No caso da grande lírica romântica inglesa, a métrica em questão foi bastante explorada pelos poetas do Lake District, como ocorre com Wordsworth, que a empregou tanto nas *Lyrical Ballads*, quanto em seus poemas longos (*The Prelude* e *The Excursion*), resgatando algo da liberdade de Milton no trato com o decassílabo branco, embora mais regular, ao passo que Coleridge, ainda que a empregue menos, e de forma técnica, dela se valeu em seus "Poemas de conversação" – "The Eolian Harp" e "Frost at Midnight".

Exposta a questão formal, cabe ainda retomar e avançar no endereçamento para esse conhecido destinatário silencioso, que não deixa, a seu modo, de ajudar a delinear, ao mesmo tempo, a postura ou atitude do enunciador. Não se trata, vale insistir, de conformar a recepção do poema a um nome histórica e biograficamente identificável ou de atrelar a compreensão de tais versos às cartas. Até porque, pode-se contra-argumentar, Luís é nome por demais comum para ser tão prontamente associado à pessoa de Luís Nunes. Mas o fato é que o poema precisa sempre lido na perspectiva de conjunto do legado alvaresiano, que inclui as cartas, nas quais o amigo gaúcho é destinatário dileto, ao lado apenas da família mais íntima.

Enfim, com o risco da redundância, vale reiterar que mesmo aceitando a associação com essa referência biográfica, o fato é que ela não deixa de ser transfigurada no poema. Ou seja, o endereçado, ainda que biograficamente identificável, é submetido a um tratamento ficcional de tal ordem que lhe confere o estatuto de destinatário modelar, a que se deve conformar o leitor efetivo, o terceiro só aparentemente excluído de Sermet, para, juntos, constituírem uma comunidade. Por outro lado, tal como os pouquíssimos amigos de "Lembrança de morrer" que, segundo o eu poético, "não zombavam / quando, em noites de febre endoudecido, / minhas pálidas crenças duvidavam", o interlocutor de "Panteísmo" surge como o antípoda das "estéreis criaturas", dos "homens sem alma", que "riem" diante das "utopias" – as mesmas cultivadas e partilhadas poeticamente pelo sujeito lírico com Luís, que confere identidade ao *amigo* e interlocutor ideal.

O passionalismo ou efusão de amor e ciúmes em cartas de Álvares de Azevedo endereçadas a Luís Nunes têm sido interpretada, um tanto apressadamente, como índice de um homoerotismo discutível – o que só reforça a hipótese equívoca de Mario de Andrade em "Amor e medo" ao confundir convenção poética petrarquista com sintoma de um complexo edípico associado a uma homossexualidade mais ou menos latente... Mais cauteloso, Brito Broca já advertiu:

> A amizade, sob um aspecto exclusivista e passional, foi muito comum entre os românticos. E isto, sobretudo, porque experimentavam eles uma grande necessidade de fazer confidências, de encontrar um coração e um espírito afins com quem pudessem desabafar-se. Todo o

Romantismo alemão, por exemplo, floresceu sob o signo de amizades fervorosas, cuja influência não foi pequena na elaboração das obras de arte. Basta lembrar a afeição entre Goethe e Schiller, e o sentido criador da mesma, bem patente na correspondência que no decorrer de muitos anos mantiveram. E homem de grandes amores, Goethe foi também homem de grandes amizades, sempre sentindo a necessidade delas. [...]

De Álvares de Azevedo não se sabe que houvesse verdadeiramente amado alguma mulher ou tido alguma aventura sentimental. Ele mesmo alude, desalentado, à incapacidade de realizar-se num desses amores definitivos e essenciais à vida humana, principalmente à vida de um poeta. Mas em compensação encontrou um grande amigo, dessas amizades espirituais em que se sublima muito do nosso potencial afetivo não vivido. Foi Luís Antônio da Silva Nunes, o amigo dileto de Álvares de Azevedo, seu companheiro de estudos em São Paulo, de 1850 a 1851, como já havia sido no Colégio de Pedro II.

Pelas poucas cartas que nos restam do poeta a esse companheiro querido podemos avaliar a natureza passional do afeto que os unia. Haverá quem estranhe hoje o tom demasiado sôfrego e ardente de certas passagens, os estos perturbadores de sentimentos excessivamente exigentes, mas na correspondência dos românticos eram eles comuns; e ainda há pouco, Guilherme de Castilho, na sua biografia de Antônio Nobre –esse grande lírico de temperamento caracteristicamente romântico – nos revelou cartas em que o acento passional é muito mais forte do que na correspondência de Álvares de Azevedo a Luís Nunes.

Além disso, não se pode deixar de considerar o que havia de literário, de busca de efeito na correspondência dos românticos, nos exageros, na ênfase, no arroubo a que eram irresistivelmente levados pelo clima intelectual da época. [...]

> Tais eram igualmente os termos em que se correspondiam Goethe e Schiller, Byron e Hoog (BROCA, 1979, p. 85-87).

Considerando os reparos de Brito Broca, vale insistir no fato de que, em "Panteísmo", Luís Nunes aparece, notadamente, como paradigma do amigo ideal, interlocutor eleito porque mais afinado e preparado, sensível e intelectualmente, para apreciar e acolher a ordem de reflexão filosófica elaborada pelo locutário em termos poéticos.

A questão da *amizade* ganha destaque no poema, reverberando uma tendência maior do Romantismo, movimento em que emerge a consciência agudíssima da cisão com o público e da incompreensão, responsável pela carência de leitores, sobretudo da poesia, marginalizada em consequência disso. Consciente dessa ruptura dramática, tão enfatizada muitas vezes nos próprios versos, resta o apelo aos pares (CAMILO, 1997), restringindo-se o horizonte da recepção, máxime poemas filosoficamente mais exigentes como este, aos círculos diminutos ou, ao ansiar um público mais amplo, projetando sua recepção para um futuro incerto. Isso fez do Romantismo, como bem notou Andrew Bennett (2009), uma "cultura da posteridade" – fato atestado por Álvares de Azevedo em mais de um momento, como no tão referido "Lembrança de morrer" (CAMILO, 2016).

O diálogo entre iguais, intelectualmente mais preparados, vem acompanhado de perto pelo cultivo da amizade, que institui o grande e relevante vínculo entre os seres, irmãos de alma e de sensibilidade. Álvares de Azevedo foi dos que revelou a mais aguda consciência dessa importância superior de amizade. Em carta de *20 de junho de 1848,* dirigida a Luís Nunes, o poeta cita passagem das "Quadras da minha vida", de Gonçalves Dias, que bem ilustra isso:

Meus prazeres
Foram só meus amigos, — meus amores
Hão-de ser neste mundo eles somente.

A. G. Dias

E complementa, com o seguinte comentário:

> Se eu quisesse algum dia descrever o sentimento — como eu o experimento — da amizade, não acharia decerto dois versos que o traduzissem melhor. Azevedo (ÁLVARES DE AZEVEDO, 2002, p. 571)

Se nos versos de "Lembrança de Morrer", entre outros poemas, a amizade é equiparada ao amor filial, fraternal e amoroso, aqui ela sobrepuja até este último.

Ao mesmo tempo, o amigo idealizado serve de espelho para projetar, homologamente, a relação que o eu lírico entretém com a natureza e, por extensão, com Deus. A natureza personificada que *fala* ao eu poético é, muito sugestivamente, comparada à "íntima voz de um ser amigo". Essa projeção ou homologia, que nivela o transcendente ao plano do humano, em uma relação de proximidade, instituindo uma comunicação equalizada e harmônica entre a voz amiga da natureza que fala ao eu poético e este, por sua vez, a traduz em mensagem poética endereçada ao amigo interpelado (e, por extensão, ao leitor sensível ideal), parece-nos um dos grandes achados do poema e ponte para a articulação com a doutrina filosófica de que se alimentam os versos.

Tomemos a concepção mais elementar de tal doutrina, fundada em um monismo que estabelece a equivalência entre a natureza, o universo e Deus, concebido não mais como entidade anterior, antropomórfica e transcendente, mas sim como pura imanência, convertido em lei natural – visão especialmente afim a diversas religiões não criacionistas. Em associação com ela é que vale considerar um pouco mais esse recurso de personificação da natureza em "Panteísmo". Com intuito talvez próximo ao que preside a descrição literária minuciosa prevista pela concepção clássica de écfrase, o eu poético visa à vivificação da natureza, na medida em que ela é ideada como manifestação teofânica, emanação ubíqua de Deus, seu princípio orgânico e unidade do mundo a que tudo se reduz.

Na esteira do panteísmo espinosano, Álvares de Azevedo repõe de modo poeticamente ilustrativo a famigerada distinção escolástica redefinida pelo grande racionalista do século XVII entre *natura naturans* (Deus como princípio de ser e de sua vida, irredutível a todo ser vivente particular) e *natura naturata* (conjunto de modos infinitos e finitos). A primeira é a força motriz associada à substância criadora e fundadora, que não só instaura, como regula a dinâmica natural. É uma espécie de *élan* vital, que outro grande romântico, Coleridge, definiu como "natureza no sentido ativo" e que nosso poeta tão bem nomeou de "almo sopro" – valendo atentar para a força do adjetivo, que designa o que cria ou alimenta; o que é santo, venerável; e também o que é favorável, benigno, benéfico, além de delicio*so*. Os versos de "Panteísmo" falam ainda de um "Espírito do céu" que a tudo "reanima" e "murmura", os "sons de mistério e de saudade", "sopro dos divinos anjos", uma "alma pura" que também "vive e sente". Já a *natura naturata* é fruto desse poder criador, o produto por ele engendrado, segundo uma lógica causal, que compreende a diversidade finita, material, fenomênica do mundo (*strictu sensu*) e dos elementos naturais, como os que "Panteísmo" explora: perfumes, flores, folhas, árvores, florestas, montanhas, aves de arribação, céu, estrelas, vagas e brisas... Mesmo a meditação de que se alimentam os versos alvaresianos pode ser vista como expressão dessa natureza naturada, pois, segundo consigna a proposição XXXI do livro I, da *Ética* espinosista:

> PROPOSIÇÃO XXXI
> O intelecto em ato, seja ele finito seja infinito, assim como a vontade, o desejo, o amor, etc., devem ser referidos à Natureza naturada e não à naturante.
>
> DEMONSTRAÇÃO
> Por intelecto, com efeito (como é conhecido por si), não entendemos o pensamento absoluto, mas apenas um certo modo de pensar, modo que difere de outros, a saber, o desejo, o amor, etc., e por isso (pela Def. 5) deve ser concebido pelo pensamento absoluto, quer dizer, (pela Prop. 15 e Def. 6) por algum atributo de Deus que exprime a essência eterna e infinita do pensamento, e deve ser concebido de tal sorte que sem esse atributo não possa ser nem ser concebido; e por consequência (pelo Esc. da Prop. 29) deve ser referido à Natureza naturada e não à naturante, o mesmo ocorrendo com os outros modos de pensar. C. Q. D.
>
> ESCÓLIO
> A razão por que falo aqui de intelecto em ato não é porque concedo ser dado algum intelecto em potência, mas, por desejar evitar toda confusão, não quis falar senão da coisa que por nós é percebida mais claramente, a saber, a própria intelecção, nada sendo percebido por nós de mais claro que ela. Com efeito, nada podemos entender que não conduza ao conhecimento mais perfeito da intelecção (ESPINOSA, 2018, p. 97 e 99).

Se o poema dá concretude à abstração filosófica, seguem daí os apelos a vários sentidos que o eu lírico extrai dessa natureza animada ou personificada, predominando aqueles dirigidos à audição,[5] devido aos sons emitidos por ela: os "ais que ao silêncio a sombra exala", o sopro celestial que "murmura em horas mortas"; harmonias que embebem no seio, os prantos de subida mágoa; o "murmúrio das águas no deserto", a "voz perdida, no dolente canto da ave de arribação"; o "gemido das folhas na floresta"; os "ecos da montanha", o "arruído das folhas secas", seus "lamentos sentidos"... Mas além da ênfase dada à audição, há os fluxos, brisas, perfumes e emanações que mobilizam demais sentidos humanos. O poema registra não apenas os apelos da natureza animada, como também os efeitos que ela produz sobre o eu poético e que ele busca transmitir ao seu destinatário dileto e, indiretamente, a seu leitor.

Nesse sentido, chama a atenção o emprego do termo italiano *morbidezza* nos versos. Para além da tradução literal, o termo ganhou especial emprego conceitual na reflexão artística e literária, inclusive entre os românticos, conforme se vê com Hazlitt, quando definia o *gusto* em arte como a "força ou paixão definindo qualquer objeto". O *gusto* consiste, precisamente, em "dar a verdade do caráter a partir da verdade dos sentimentos". Toma por exemplo o emprego da cor em Ticiano, criando a impressão de cabeças pensantes e corpos vivos, como se o sangue circulasse em suas veias, de modo a causar as sensações e emoções correspondentes em um público surpreendido com tais efeitos miméticos. Diz Hazlitt (1816):

> Há um *gusto* na coloração de Ticiano. Não apenas suas cabeças parecem pensar – seus corpos parecem sentir. É isso que os italianos querem dizer com *morbidezza*

5 Andrade (2017, p. 204-205) chamou a atenção para a preponderância da audição relacionada à fala da natureza.

> de sua cor de pele [flesh-colour]. Parece sensível e vivo por toda parte; não apenas por ter a aparência e textura da carne, mas a sensação em si. Por exemplo, os membros de suas figuras femininas têm uma luxuosa suavidade e delicadeza, que parece consciente do prazer de quem a vê. Como os próprios objetos na natureza produziriam uma impressão sobre o sentido, distinta de qualquer outro objeto, e tendo algo divino nele, que o coração possui e a imaginação consagra, os objetos na tela preservam a mesma impressão, absoluta, intata, estampada com toda a verdade da paixão, o orgulho dos olhos e o encanto da beleza.

É, talvez, algo dessa sensação que Álvares de Azevedo busca sugerir ao leitor em relação à natureza – por isso emprega o termo no original italiano à maneira de Hazlitt, como a precisar um conceito.

Vale notar aqui que não é o eu poético – supostamente imbuído de um poder superior ao do demais homens, conforme o conhecido mito de exceção conferido ao gênio romântico – quem atribui vitalidade e sentido à natureza, uma vez que esta "não é apenas uma lira muda/ onde as mãos do poeta acordam hinos/ e a alma do sonhador lembranças vibra". É, antes, animada por um "espírito do céu" que lhe "murmura em horas mortas/ estes sons de mistério e de saudade,/ que lá no coração repercutidos/ o gênio acordam que enlanguesce e canta!"

Tamanho empenho não só na tematização, mas nessa representação vivificante aos olhos do destinatário e do leitor, atesta a crença efetiva (professada com certa ambiguidade no verso final do poema) ou a simpatia de nosso poeta pelas teses panteístas – já reconhecida, aliás, por outra intérprete do poeta, que fala de um "panteísmo diurno" ligado ao tema do "abrigo na natureza".[6] Isso não é por si novidade, se considerarmos que o Romantismo em geral partilhou, explícita ou implicitamente, da visão panteísta,[7] estimulada ainda mais por polêmicas filosóficas que marcaram o pensamento alemão e repercutiram na literatura da época, com certeza conhecidas, de maneira parcial ou integral, por Álvares de Azevedo. Tanto é que deu *corpo* sensível ao arcabouço conceitual dessa vertente monista, cuja recepção estava no centro dos debates.

É o caso da denominada Querela do Panteísmo, inaugurada pela publicação do livro de Friedrich Heinrich Jacobi, *Sobre a Doutrina de Espinosa*, em 1785, que se estenderia por anos

6 "O panteísmo diurno de Álvares de Azevedo culmina num dos temas mais característicos de sua poesia e de seu psiquismo – o tema do abrigo da natureza, tépido e acolhedor, opondo-se ao envolvimento frio e lutuoso da água nos poemas de apelo hídrico" (FARIA, 1973, p. 223). Faria parece ter em mira poemas como "*Anima Mea*", em cujos versos o que ela denomina de "panteísmo diurno" se configura nos termos indicados, posto em confronto com o predominantemente noturno, de Musset. Ver também Andrade (2015, p. 41-53). Em "Panteísmo", importa notar, as imagens da natureza são diurnas e noturnas.

7 Falando da dificuldade dos românticos em aceitar "uma ortodoxia baseada num corpo de dogmas e garantida pela autoridade de uma hierarquia", diz Vítor Manuel de Aguiar e Silva (2006, p. 559), sobre a religiosidade romântica que ela "é preponderantemente de natureza sentimental e intuitiva; o seu diálogo com a divindade tende a dispensar a mediação do sacerdote e o formalismo dos ritos, desenrolando-se na intimidade da consciência. Na senda da 'Profession de foi du vicaire savoyard', de Jean-Jacques Rousseau, os românticos descobriram e cultuaram Deus nos astros e nas águas do mar, nas montanhas e nos prados, no vento, nas árvores e nos animais, em tudo o que existe nas intérminas plagas do universo. O panteísmo representa, com efeito, a forma de religiosidade mais frequente entre os românticos".

a fio, sendo decisiva para o desenvolvimento da filosofia alemã. Contrariando a visão depreciativa desse autor – que levava adiante, em dada medida, a crítica e a condenação do espinosismo perpetradas, anteriormente, por Pierre Bayle, Leibniz e seu seguidor, Christian Wolff, em virtude de suas consequências para a moral e a religião –, tal desenvolvimento orientou-se pela recepção positiva do pensamento do filósofo holandês. Se o teísta cristão Jacobi via nessa filosofia "apenas a forma mais consequente do pensamento racionalista, sendo seu panteísmo, na verdade, ateísmo", aquele com quem partilhava suas impressões de leitura do autor da Ética, Goethe, seguia em direção contrária, reconhecendo no espinosismo "uma fonte de inspiração, precisamente por identificar Deus com a natureza".[8]

Também Herder foi nome importante na recepção de Espinosa e na difusão de ideias panteístas na cultura alemã, tendo desempenhado o papel de "mentor espiritual" do autor de *Werther* na fase do *Sturm und Drang*, com seu forte apelo rousseauísta de retorno à natureza. Esse apelo e a elaboração inicial de ideias panteístas, como resultado das primeiras leituras goethianas de Espinosa, deixaram suas marcas tanto no citado romance, quanto na primeira versão do *Fausto*.

8 A título de ilustração, vale lembrar o décimo sexto livro das memórias de Goethe, no qual Suzuki chama a atenção para a confessada paz proporcionada pela leitura Espinosa, com quem o memorialista aprendeu como proceder em relação à natureza e à própria criação poética, ambas produto de uma necessidade inexorável, que suplanta a vontade humana. Suzuki ressalta nisso um fatalismo, que comprova a apropriação de elementos da tragédia antiga pelo Pré-Romantismo alemão, em que pese ainda aí a influência do conde de Shaftesbury sobre Herder e Goethe, para quem o que separa o criador do universo e o criador de coisas particulares é "mera diferença de grau". Coisa, aliás, explorada por Goethe no fragmento

O livro de Jacobi foi lido e debatido acaloradamente por Herder e Goethe. Segundo Beckenkamp:

> Indiretamente, é voltada também contra Goethe a polêmica de Jacobi com Herder na segunda edição de *Sobre a doutrina de Espinosa* (1789). Empolgado com a discussão em torno do pensamento de Espinosa, Herder publicou em 1787 seu livro *Deus, alguns diálogos sobre o sistema de Espinosa,* no qual expressa abertamente sua simpatia pelas teses panteístas, muito a contragosto naturalmente de Jacobi, que vê nisso um ataque à verdadeira posição religiosa. Em resposta, Jacobi acrescenta, na segunda edição do livro [...], dois apêndices expressamente voltados contra o livro de Herder. [...] A crítica da posição de Herder mereceu o aplauso de Kant [...]. Neste sentido, Jacobi e Kant acabam se encontrando na posição comum do teísmo.[9]

O desdobramento da referida Querela é desaprovado por Goethe, cujas simpatias panteístas só aumentaram, devido, inclusive, ao entusiasmo com a leitura das *Ideias para uma filosofia da natureza* (1797), de Schelling, levando o primeiro a convidar este para cooperar em seus estudos sobre óptica.

No caso de Schelling, há que se considerar a proximidade com Hölderlin, cuja recepção das teses panteístas deu-se por intermédio de Wilhelm Heinse, autor de *Ardinghello*, que muito influenciou o *Hyperion* (BECKENKAMP, 2004, p. 21),

---

de seu drama inacabado, "Prometeu", que tanto impacto causou sobre Jacobi, dando ensejo à "querela do panteísmo". Suzuki ressalta ainda em Heine uma reformulação radical do panteísmo goethiano, no sentido da assimilação do mito prometeico (SUZUKI, 1999).

9 O histórico de tal Querela é retomado aqui, de forma muito resumida, deste ensaio de Beckenkamp (2004, p. 12).

marcado pela ideia amplamente explorada da união com a natureza e, através desta, com a divindade. Melhor dizendo, da "reunificação das duas partes separadas pelo entendimento e pela reflexão, a natureza interior e a natureza exterior", fazendo com que o princípio do *hen kai pan*[10] assumisse "a forma de um programa cultural bastante abrangente", que abalizou o desenvolvimento dos pensamentos de Schelling e Hegel.

Em Schelling, a dívida para com Espinosa é notória, a ponto de projetar uma Ética que servisse de contrapartida à deste último, na qual o Eu absoluto tomaria o lugar da substância. Sua filosofia, tão influente entre românticos alemães, partia do pressuposto de haver "uma série gradual da vida na natureza", indo da mera matéria organizada até culminar na irrupção do espírito em nós (BECKENKAMP, 2004, p. 24).

A leitura dos trabalhos de Schelling e, sobretudo, a convivência com Hölderlin levaram Hegel a abandonar sua posição kantiana e a reivindicar uma filosofia pautada pelo princípio hölderliniano da união, pela reconciliação de natureza e espírito, de sensibilidade e razão. Beckenkamp examina a particularidade do sistema distinto concebido por Hegel e sua recepção póstuma por duas correntes antagônicas: uma mais conservadora ou direitista, que trata o absoluto como substância, sustentando-se assim tanto posições panteístas,

---

10 "*Hen kai pan*, o um e o todo ou *Alleinheit*, é o mote citado no início do diálogo entre Lessing e Jacobi em *Sobre a doutrina de Espinosa* em cartas ao senhor Moses Mendelsoshn (1785)", na forma interjetiva empregada pelo primeiro após a leitura do "Prometeu" de Goethe. "No diálogo, *hen kai pan* indica, em linhas gerais, a convicção 'heterodoxa' num princípio ou deus intramundano que é a totalidade do cosmo, no qual estão todas as coisas singulares finitas" (MARTONE, 2018, p. 216).

que chegam até o presente, quanto posições mais tradicionalmente cristãs; outra liberal, contestadora ou esquerdista, segundo a qual o absoluto é identificado como sujeito e com o gênero humano. Nota a esse respeito, Beckenkamp:

> Se para Heine o panteísmo merece ser criticado como a mais recente forma de religiosidade germânica, os jovens hegelianos de esquerda submetem o mestre a uma interpretação que acaba resultando numa posição claramente ateísta. [...] Doravante, ateísmo deixa de ser uma acusação, com o que perdem força também as formas intermediárias entre o teísmo cristão e o ateísmo (BECKENKAMP, 2004, p. 26).

O contato com o histórico dessa querela e suas implicações filosófico-literárias leva-nos a inquirir se algo delas chegou a Álvares de Azevedo, de modo a reverberar em seu poema. Se é válido sustentar certa intimidade do nosso poeta com a obra goethiana, o que dizer em relação aos demais nomes do Romantismo e da filosofia alemães, a começar pelo pensamento daquele que desencadeou tal polêmica? E, caberia ainda indagar, Álvares de Azevedo teria se inteirado e definido uma posição clara diante dessa associação entre panteísmo e ateísmo, criticada e condenada por Jacobi, entre outros? Para descartar esta hipótese, não bastaria a afirmação da crença ("Filho de amor e Deus, eu amo e *creio*") com que nosso poeta encerra o poema? Ou seria ela relativizada pela associação imanentista entre Deus e Natureza, que os versos de "Panteísmo" promovem?

Difícil responder a todas essas questões, mas há algumas considerações que talvez permitam acercarmo-nos de uma resposta, ainda que não categórica.

Sabemos que Álvares de Azevedo sempre marcou uma posição distinta em relação ao grupo de poetas românticos ligados ao IHGB, onde o teísmo imperava, talvez sob influxo de Frei Monte Alverne sobre seus líderes, determinando, por exemplo, a visão providencialista da história em um Gonçalves de Magalhães (PUNTONI, 1996, p. 119-130). Mesmo a poesia de Gonçalves Dias parece vincular-se de modo mais consentâneo a um *panenteísmo* (preceito que mantém em separado a identidade do mundo e a de Deus, ainda concebido como transcendente) do que ao panteísmo, segundo Chiari (2013, p. 01-14).

Em contraste com tais nomes, Álvares de Azevedo se notabilizou, em parte pela herança byroniana, como poeta da *descrença*, tematizada em verso e prosa – e não só a ficcional, se lembrarmos, além de *Macário*, o estudo que acompanha a tradução de *Jacques Rolla* ("Sobre a descrença em Byron, Shelley, Voltaire e Musset"). Por isso, poderia parecer contraditória a afirmação da crença no final de "Panteísmo", muito embora se conheça que a dualidade é constitutiva da obra alvaresiana e já sintetizada pelo conceito de binomia.

Se nos permitem, também, mais uma digressão, vale chamar a atenção para a epígrafe do poema, extraída das *Máximas, Pensamentos e Reflexões* (1839), de Mariano José Pereira da Fonseca (1773-1848), Marquês de Maricá. Trata-se da máxima 1052: "O dia descobre a terra, a noite descortina os Céus" (FONSECA, 1850, p. 134). A antítese entre dia e noite, com a correspondente, entre terra e céu, apesar da quase sinonímia dos verbos (descobrir-descortinar), permite, ainda assim, instituir uma oposição entre o terreno e o transcendente, como a sugestão de primazia e celsitude deste último, que não parece se conjugar bem com o imanentismo panteísta... Essa impressão encontra ainda respaldo em outras máximas, que possibilitam delinear o pensamento do marquês:

> 2827 – A doutrina do Panteísmo, e Otimismo, universal é mais ou menos implicitamente professada em todos os sistemas religiosos, que aliás rejeitam ou reprovam os vocábulos que a representam. [...]
> 3065 – O Panteísmo ou infinito Deísmo, e o Otimismo universal bem entendidos são talvez o *ultimatum* da mais alta filosofia racional e religiosa (FONSECA, 1850, p. 385 e 428).

Sua concepção da referida doutrina tende quase ao inespecífico (porque implícita em "todos os sistemas religiosos"), além do problema de condenar, por inadequada, a denominação da doutrina. José Veríssimo (1929: 182) falou do "cristianismo sentimental" do marquês Maricá. Supomos que sua visão teísta jamais pactuaria com a concepção de um criador (con)fundido com a natureza, o mundo e a totalidade de seus modos ou formas, como a mecânica ou a pura energia vital. É o que se pode notar nesta analogia, que vem bem a calhar, entre a criação divina e a artística:

> 3324 – Como o escultor não é a estátua que formou, nem o pintor o quadro que executou, nem o poeta o poema que compôs, assim Deus não se individualiza nas suas obras maravilhosas; é independente delas ainda que concebidas na sua Divina Mente e realizadas pela sua onipotência no tempo e no espaço. É deste modo que se deve entender o panteísmo: seria absurdo considerá-lo de outra maneira (FONSECA, 1850, p. 470).

Podemos pensar, no máximo, em um panenteísmo presente nessa máxima ou mesmo nesta outra:

> 4157 — A filosofia do panteísmo resume tudo em Deus e deriva tudo de Deus: no primeiro caso, pelo idealismo; no segundo, pelo realismo (FONSECA, 1850, p. 604).

Um bom termo de comparação para o que está em jogo nessas máximas de Maricá remonta a Plotino (ainda que se julgue inadequado associar seu pensamento a tal doutrina filosófica), na medida em que o deus plotiniano, a um só tempo portador de atributos ou características imanentes e transcendentes, penetra todas as realidades e se encontra acima delas. Nas suas palavras, o Uno, "enquanto princípio do todo, não é o todo", o que parece contrariar as interpretações imanentistas e panteístas de seu pensamento. Se podemos balizar algo dessa concepção à do marquês, seria também extensível ao nosso poeta, que o convoca na epígrafe?

Embora o convoque, não parece tranquilo afirmar, sem mais, que Álvares de Azevedo pactuaria integralmente com essa visão pan(en)teista, mesmo com a reportação ao "senhor Deus" na quinta estrofe (que sugere repor a hierarquia) e com toda a força assertiva do verso final, sobretudo quando se considera o achado genial do poema, ao conceber uma natureza equiparada à voz "amiga", nivelando a dimensão divina ao plano do humano, que é, evidentemente, o do sujeito enunciador e o nosso (terceiros *não* excluídos). Rompe-se, desse modo, com a ideia de um Deus transcendente, muito acima dos homens, ao mesmo tempo amado e temido, que manifestava o poder de amor e de sua fúria por meio dos grandes espetáculos da natureza, fonte de fascínio e terror, em uma dualidade de sentimentos característica do sublime romântico.

Embora Álvares de Azevedo evoque espetáculos naturais de grande magnitude em "Panteísmo", nem por isso registra o sentimento ambivalente correspondente, nem o verdadeiro curto-circuito intelectual e o terror descritos pelos sublimes burkiano e kantiano. Ao invés disso, descreve, conforme vimos, um sentimento único de interação plena e pacificada, propícia à meditação calma, longe de qualquer sentimento tempestuoso. Nesse sentido, vem bem a calhar a bela imagem da alcíone na caracterização desse sentimento único. Sobre o mito, relata Higino em suas *Fábulas*:

> Como Cêix, filho de Héspero (ou Lúcifer) e de Filônide, havia perecido em um naufrágio, sua esposa, Alcíone, filha de Éolo e de Egíale, atirou-se ao mar por amor. Dizem que, pela misericórdia dos deuses, eles foram transformados em aves alcíones. Essas aves fazem no mar, um ninho, colocam os ovos e têm seus filhotes durante sete dias, no inverno. Nesses dias o mar é tranquilo, e por isso são chamados pelos navegantes de "dias alcíones".[11] (ALVES, 2013, p. 205)

Um intervalo luminoso, de calmaria, no meio da adversidade: é dessa maneira que tais dias entram para a tradição, como sinônimo de dias felizes, uma vez suspensa a tormenta e convertidos em símbolo de tranquilidade. Assim comparece alcíone, por exemplo, nos belos versos de "Musa consolatrix", de Machado de Assis:

> A alma triste do poeta sobrenada
> À enchente das angústias;
> E, afrontando o rugido da tormenta,
> Passa cantando, alcíone divina (MACHADO DE ASSIS, 1901, p. 03-04).

11 Higino, "LXV. Alcíone". Como informa Alves (2013, p. 205 n) em nota, o mito de Alcíone é narrado por Ovídio no livro XI das *Metamorfoses* e por Luciano, além de uma referência aos dias assim denominados em comédia de Plauto.

Na versão alvaresiana, a "saudade a alcíon" refere-se à passagem do relato mítico em que a ausência do esposo antecede os dias do encontro, que são o instante de calmaria.

Trazendo-a ao plano da imanência, a substância divina comunica-se pelos sons da natureza personificada, equiparados à voz amiga que se dirige ao poeta e, por meio deste, alcança o amigo Luís, sob a forma de poesia, criando uma interação harmônica que rompe com as hierarquias temerosas, ao nivelar e irmanar a todos. Como na obra de Wordsworth, evocado em epígrafe na abertura e agora novamente na conclusão desta abordagem, o panteísmo alvaresiano apresenta algo do aspecto "igualitário" assinalado por Potkay no poeta inglês, na medida em que o homem percebe a imanência de Deus na natureza e, consequentemente, em si mesmo:

> [...] na poesia de Wordsworth uma alegria [...] atravessa a amplidão da natureza e desafia a verticalidade do pensamento ao mesmo tempo, sugerindo horizontes de igualdade entre o homem e o homem, o homem e o animal, o animal e o vegetal, o vegetal e a terra. A alegria de Wordsworth é percebida como ecológica, igualitária e, ao fim e ao cabo, utópica. [...] Os poemas de Wordsworth [...] imaginam um mundo em que nós podemos e devemos participar das alegrias próprias a todos os modos de ser, mesmo quando nossa natureza racional é coroada pela alegria que vem de conhecer sua própria imanência, que pode ser a mesma coisa que a imanência de Deus, na Natureza (POTKAY, 2010, p. 188-190).

Referências bibliográficas

ÁLVARES DE AZEVEDO, Manuel Antonio. *Poesias Completas* (ed. Péricles Eugênio da Silva Ramos). Campinas: Editora da Unicamp; São Paulo, Imprensa Oficial do Estado, 2002.

______. *O Conde Lopo*. Poema (Inédito). Rio de Janeiro: Typ. G. Leuzinger & Filhos, 1886.

ALVES, Diogo Martins. *Ciclos Mitológicos nas* Fabulae *de Higino: Tradução e Análise*. Campinas: Unicamp (IEL), 2013 (Dissertação de Mestrado).

ANDRADE, Alexandre de Melo. "Natureza e Analogia em Álvares de Azevedo". *Itinerários*. Araraquara, nº. 44, jan./jun. 2017, pp. 195-209.

BECKENKAMP, J. "A Penetração do Panteísmo na Filosofia Alemã". *O Que Nos Faz Pensar*, v. 14, nº. 19, set 2004, p. 07-27. <http://www.oquenosfazpensar.fil.puc-rio.br/index.php/oqnfp/article/view/200>.

BENNETT, Andrew. *Romantic Poets & the Culture of Posterity*. Cambridge: Cambridge University Press, 2009.

BROCA, Brito. *Românticos, Pré-românticos, Ultra-Românticos: Vida Literária e Romantismo Brasileiro*. São Paulo: Polis; (Brasília): INL, 1979.

BROGAN, T. V. F., WEISMILLER, Edward. R. & WRIGHT, G. T. "Blank Verse" *in* PREMINGER, Alex e BROGAN, T. V. F. (eds.). *The New Princeton of Poetry and Poetics*. New Jersey: Princeton UP, 1993, p. 137-140.

CAMILO, Vagner. "O Poeta e a Posteridade do Canto". In: Maria Eunice Moreira (Org.), *XI Seminário Internacional de História da Literatura: Perspectivas e Limiares em História da Literatura*. Porto Alegre: PUCRS, 2016, v. 1.

______. *Risos entre Pares: Poesia e Humor Românticos*. São Paulo: Edusp/FAPESP/Imprensa Oficial, 1997.

CANDIDO, Antonio. *A Educação pela Noite e Outros Ensaios*. São Paulo, Ática, 1989.

______. *O Discurso e a Cidade*. São Paulo: Duas Cidades, 1993.

CHIARI, Gisele Gemmi. "Adoração e Consubstanciação: Hinos à Noite". *Anais do SILEL*, v. 3, nº. 1. Uberlândia, EDUFU, 2013, pp. 01-14.

CULLER, Jonathan. *Theory of the Lyric*. Cambridge (Massachussets)/London: Harvard UP, 2015

ELIOT, T. S. "As Três Vozes da Poesia". *De Poesia e Poetas*. Trad. Ivan Junqueira. São Paulo, Brasiliense, 1991, p. 122-139.

ESPINOSA, Baruch de. Ética (coord. Marilena Chauí/trad. Grupo de Estudos Espinosanos). São Paulo, Edusp, 2018.

FARIA, Maria Alice de Oliveira. *Astarte e a Espiral: um Confronto entre Álvares de Azevedo e Alfred de Musset*. São Paulo: Conselho Estadual de Cultura, 1973.

FONSECA, Mariano José Pereira da. *Collecção Completa das Máximas, Pensamentos e Reflexões do Marquez de Maricá*. Rio de Janeiro: Laemmert, 1850.

HAZLITT, William. "On *Gusto*" (1816). http://www.blupete.com/Literature/Essays/Hazlitt/RoundTable/Gusto.htm

JOHNSON, W. R. "Swans in the Crystal: the Problem of Modern Lyric and its Pronouns". *The Idea of Lyric: Lyric Modes in Ancient and Modern Poetry*. Berkeley/Los Angeles/London: University of California Press, 1982, p. 01-23.

MACHADO DE ASSIS, Joaquim Maria. *Chrysalidas* [1864]. *Poesias Completas*. Rio de Janeiro/Paris, H. Garnier Livreiro-Editor, 1901.

MARTONE, Juliana Ferraci Martone, "As Filosofias do *Hen Kai Pan*: Giordano Bruno e Espinosa na Leitura de F. H. Jacobi", *Cadernos Espinosanos*. São Paulo nº. 39 jul-dez 2018, p. 215-244.

POTKAY, Adam. *A História da Alegria: da Bíblia ao Romantismo Tardio*. Trad. Eduardo Henrique Aubert. São Paulo: Globo, 2010.

PUNTONI, Pedro. "A *Confederação dos Tamoyos*, de Gonçalves de Magalhães. A Poética da História e a Historiografia do Império". *Novos Estudos CEBRAP* nº. 45. São Paulo jul 1996, p. 119-130.

RODRIGUEZ, Antonio. "La Formation Subjective". *Le Pacte Lyrique: Configuration Discursive et Interaction Affective*. Bruxelas, Éditions Mardaga, 2003, p. 137-193.

SERMET, Joëlle de. "L'Adresse Lyrique" in RABATÉ, Dominique (org.). *Figures du Sujet Lyrique*. Paris, PUF, 1996, p. 81-97.

SILVA, Vítor Manuel de Aguiar e. *Teoria da Literatura*, Coimbra: Almedina, 2006.

SUZUKI, Marcio. "Relação de Goethe com os autores que o sucederam foi às vezes conflituosa". Supl. +Mais! *Folha de São Paulo*, São Paulo, 22 ago 1999 (https://www1.folha.uol.com.br/fsp/mais/fs22089913.htm)

VERÍSSIMO, José. *História da Literatura Brasileira. De Bento Teixeira (1601) a Machado de Assis (1903)*. Rio de Janeiro; São Paulo: Livraria Francisco Alves; Paris; Lisboa: Livrarias Aillaud e Bertrand, 1929.

WORDSWORTH, William. "Lines Written a Few Miles Above Tintern Abbey". *Lyrical Ballads*. [London: J. & A. Arch, 1798.] https://romantic-circles.org/sites/default/files/RCOldSite/www/rchs/reader/tabbey.html

O fantasma de Álvares de Azevedo e Machado de Assis: alguns diálogos[1]

Wilton José Marques

> *Não se pode exigir da extrema juventude a exata ponderação das coisas; não há impor a reflexão ao entusiasmo. [...] a extinção de um grande movimento literário não importa a condenação formal e absoluta de tudo o que ele afirmou; alguma coisa entra e fica no pecúlio do espírito humano.*
>
> Machado de Assis, A nova geração.

Ressonâncias na poesia machadiana...

Não somente, mas, sobretudo, ao longo do período das *primeiras incertezas*, entre 1854 e 1860, Machado de Assis sempre dialogou aqui e ali com a obra literária de Manuel Antônio Álvares de Azevedo, seja nos primeiros exercícios de crítica literária, seja obviamente na poesia, cuja conversa se iniciou com o uso de versos de "Ideias íntimas" na epígrafe de seu décimo quinto poema, "O profeta", que, escrito aos dezesseis anos, fora publicado na *Marmota Fluminense* (ASSIS, 1855, p. 3). Noutras palavras, o fantasma de Álvares de Azevedo – às vezes de modo explícito, outras de modo velado – sempre esteve por perto, rondando os caminhos literários

1 Este texto é parte da pesquisa *Machado de Assis e as primeiras incertezas*, financiada pelo CNPq.

do jovem poeta Machado de Assis. Aliás, o crítico Eugênio Gomes foi um dos primeiros a salientar a "identidade espiritual" entre os dois autores. Nas palavras de Gomes,

> [...] é indispensável ter-se em vista que eram os escritores de seu tempo mais inclinados às literaturas estrangeiras, o que refletiu geralmente em suas obras, onde se encontram variegados matizes do pensamento universal. Ambos, por esse modo, dilataram consideravelmente as fronteiras de nossa literatura, subtraindo-se, quanto puderam, à exclusividade da influência portuguesa, que era já então insuficiente para fazer abrolhar novas ideias, em nosso país (GOMES, 1958, p. 105).

De início, o jovem Machado de Assis publicou nos jornais de Paula Brito, *A Marmota Fluminense* e *A Marmota*, vários poemas que evidenciam tais influxos literários, tanto do ponto de vista temático, quanto repetindo palavras e/ou expressões recorrentes do vocabulário poético alvaresiano. Entretanto, como são muitos, ver-se-á aqui, à guisa de exemplos e em visada panorâmica, apenas cinco, inclusive, o que fora dedicado ao poeta paulista. Assim, em 12 de abril de 1856, com direito a ponto de exclamação no título, o moço poeta publicou o inusitado poema "Cognac!", ressaltando que "Do teu ardor a inspiração brotando / O cérebro incendeia!...". Na verdade, e a exemplo da epígrafe de "O profeta", Machado revisitou o tema do celebrado poder do conhaque, como inspirador de versos, que Álvares de Azevedo havia cantado numa conhecida passagem de "Ideias íntimas":

> Vem, fogoso *Cognac*! É só contigo
> Que sinto-me viver. Inda palpito,
> Quando os eflúvios dessas gotas áureas

> Filtram no sangue meu correndo a vida,
> Vibram-me os nervos e as artérias queimam,
> Os meus olhos ardentes se escurecem
> E no cérebro passam delirosos
> Assomos de poesia.... [...] (AZEVEDO, 1853, p. 131).

Ipsis litteris às ideias sugeridas pelo fragmento acima, em termos e imagens poéticas muito semelhantes, o poema machadiano é, no entanto, permeado por um tom artificial e pouco ou nada espontâneos, revelado nas constantes inversões sintáticas, e pelo provável distanciamento de vivida experiência etílica, pois, como fora escrito aos dezesseis anos, apenas imitou as ideias como matéria literária. O poema, em cinco quadras com decassílabos, quebradas nos últimos versos e, como no texto alvaresiano, sem o uso de rimas, foi literalmente, embora algo exagerado na "dose" – "Que poeta que sou com teu auxílio!" –, pelo mesmo caminho temático:

> Vem, meu Cognac, meu licor d'amores!...
> É longo o sono teu dentro do frasco;
> Do teu ardor a inspiração brotando
>   O cérebro incendeia!...
>
> Da vida a insipidez gostoso adoças;
> Mais val um trago teu que mil grandezas;
> Suave distração – da vida esmalte,
>   Quem há que te não ame?
>
> Tomado com o café em fresca tarde
> Derramas tanto ardor pelas entranhas,
> Que o já provecto renascer-lhe sente
>   Da mocidade o fogo!
>
> Cognato! – inspirador de ledos sonhos,
> Excitante licor – de amor ardente!

Uma tua garrafa e o *Dom Quixote*,
    É passatempo amável!

Que poeta que sou com teu auxílio!
Somente um trago teu m'inspira um verso;
O copo cheio o mais sonoro canto;
Todo o frasco um poema. (ASSIS, 1856, p. 4)

Nos meses finais do ano seguinte, apareceriam três poemas, dois em outubro e um em dezembro, em que, ecoando exemplos reconhecíveis na lírica de Álvares de Azevedo, o jovem Machado de Assis desfiaria as muitas dores de uma suposta relação interrompida, imaginada ou não, seja reiterando a proximidade da morte (ou o desejo de), como possível alento a colocar fim ao próprio sofrimento amoroso, seja, de modo complementar, expressando intensos desejos por febres e delírios ou, enfim, por estremecimentos de gozo. No primeiro poema, publicado em 2 de outubro, mas escrito em 30 de junho de 1857, e com o simbólico título de "Resignação", o eu lírico machadiano, abandonado pela amada, e embora, resignado, aceitasse a situação – "Não te crimino, não; teu culto é livre" –, anunciava que o "Adeus!", já na primeira estrofe, "É o último suspiro derradeiro! / É a última ilusão que me embebia! / Apagou-se-me o sol das esperanças / E veio a noite sepulcral sombria....". Em quatro quadras com decassílabos e rimas nos pares, a morte parecia, a seus olhos adolescentes, o natural destino do "doido apaixonado", condenado a "Viver nas ilusões":

Adeus! é o meu suspiro derradeiro!
É a última ilusão que me embebia!
Apagou-se-me o sol das esperanças
E veio a noite sepulcral sombria....

Adeus... perdoa a um doido apaixonado
Uma hora de ilusão e de delírio:

Era fatalidade. Após um sonho
Veio a c'roa da dor e do martírio!

Se ao hálito fatal da desventura
Emurcheceu a flor dos meus afetos,
Se não pensaste em minha fronte ardente
Amorosa uma vez teus olhos pretos;

Não te crimino, não; teu culto é livre,
Viver nas ilusões é minha sina:
Não fui fadado p'ra banhar meus lábios
Nos raios dessa fronte peregrina! (ASSIS, 1857, p. 4)

No segundo poema de Machado de Assis, "Amanhã", publicado em 23 de outubro de 1857, a presença de Álvares de Azevedo é ainda mais visível, tanto pela menção direta à suposta e/ou imaginada amada, Teresa, cujo nome, como motivo poético, já fora cantado pelo poeta paulista em "Teresa" (AZEVEDO, 1853, p. 190-192) e, provavelmente, em "A T..." (IDEM, p. 40-41), quanto, e sobretudo, pelo explícito diálogo com o célebre "Lembrança de morrer". Mas, ao contrário deste, em que o eu lírico azevediano não somente pede "Não derramem por mim nem uma lágrima" como também sugere que levará saudades de "minha mãe, pobre coitada", "Do meu pai.... de meus únicos amigos" e da "virgem que sonhei... que nunca / Aos lábios me encostou a face linda" (IDEM, p. 100-101), no poema machadiano, em seis sextilhas como versos decassílabos e com rimas nos quebrados terceiro e sexto versos (organização estrófica muito usada na *Lira dos vinte anos)*,[2] o pedido é restrito à amada, que derramasse "uma lágrima sincera" como prova de "uma saudade verdadeira" das

2 Álvares de Azevedo usou a mesma organização formal nos seguintes poemas: "Esperanças", nos *Hinos do profeta* ("Um canto do sé-

"Noites formosas, para amor criadas, / Que coroavam nosso amor tão puro". Desse modo, o eu lírico machadiano se contentaria em ser consolado pelo "pranto", que, "Ardente como a luz de um sol do estio / Irá banhar-me a campa", pois, para ele, apenas "Um olhar, uma lágrima, uma prece, / É quanto basta em única lembrança, / Teresa, ao teu cantor":

> Amanhã quando a lâmpada da vida
> Na minha fronte se apagar, tremendo,
>   Ao sopro do tufão,
> Oh! derrama uma lágrima sincera
> Sobre o meu peito macilento e triste,
>   E reza uma oração!
>
> Será uma saudade verdadeira,
> Uma flor que me arome a sepultura,
>   Um raio sobre o gelo...
> Ouvirei a canção das tuas dores,
> E levarei saudades bem sombrias
>   Deste meu pesadelo.
>
> Lembrarei além-túmulo essas noites
> Misteriosas festivais e belas
>   Da estação dos amores!..
> Noites formosas, para amor criadas,
> Que coroavam nosso amor tão puro
>   De ventura e de flores!
>
> Lembrarei nosso amor... E o teu pranto
> Ardente como a luz de um sol do estio
>   Irá banhar-me a campa
> E as lágrimas leais que derramares,

---

culo" e "Lágrimas de sangue"; na primeira parte de "Um cadáver de poeta" e "Ao meu amigo J. F. Moreira". (IDEM, p. 81-82; 86-91; 91-96; p. 107-108; p. 193-195).

O astro beijará – que pelas noites
No oceano se estampa!

Um olhar, um olhar desses teus olhos!
Eu o peço, mulher! Sobre o meu túmulo
Um olhar de afeição!
Assim o sol – o ardente rei do espaço
Deixa um raio cair nas folhas secas
Que matizam o chão!

Um olhar, uma lágrima, uma prece,
É quanto basta em única lembrança,
Teresa, ao teu cantor.
Chora, reza, e contempla-me o sepulcro
E na outra vida de um viver mais puro
Terás o mesmo amor (ASSIS, 1857b. p.4)

No terceiro e curto poema, "A***", publicado em 22 de dezembro de 1857, o jovem Machado apresentaria outra súplica, agora de explícito viés amoroso, com expressões, ressalte-se, bem caras ao vocabulário poético de Álvares de Azevedo, tais como, "hálito ardente", "febre de amor"; "estremecer de gozo" ou "pálida visão". O poema de Machado de Assis, escrito em novembro do mesmo ano e que, pela primeira vez, incorporava, como novidade, versos de Victor Hugo – *Viens, je suis dans la nuit, mais je puis voir le jour!* – a sua epígrafe,[3] é organizado formalmente em quatro quadras, duas com decassílabos e outras duas com decassílabos quebrados no segundo e quarto versos, e com rimas

3 De acordo com Audrey Miasso, os versos de Victor Hugo pertencem ao poema "A toi", em que o autor francês "trata de um amor sonhado na infância e com ânsia de realização na vida adulta. O eu poético está longe de sua *vierge* e pede que se aproxime. O verso para a epígrafe machadiana é o último da décima estrofe: "Vem,

nos pares. E tal estruturação tem uma razão de ser, pois, nas duas primeiras estrofes, o eu lírico machadiano, usando de condicionais ("se eu pudesse") para expressar seu desejos, dirige-se à amada, em termos algo sexualizados, "Oh! se eu pudesse respirar n'um beijo / O teu hálito ardente e vaporoso," e "Oh! se eu pudesse nessa fronte bela / A coroa depor dos meus amores", para, nas estrofes finais, em derradeira e ardente súplica, por respirar "inda uma vida" naquela "pálida visão", pedir-lhe que reanime "a cinza de meu peito morto, / Ai! dá-me o teu amor!":

> Oh! se eu pudesse respirar n'um beijo
> O teu hálito ardente e vaporoso,
> E na febre do amor e do delírio
> Sobre o teu seio estremecer de gozo!
>
> Oh! se eu pudesse nessa fronte bela
> A coroa depor dos meus amores,
> E embevecer-me como em sonho aéreo
> De teus olhos nos mágicos fulgores.
>
> Ai! respirara então inda uma vida,
>   Ó pálida visão!
> Nessa flor que os sentidos embriaga
>   E aroma o coração!
>
> Vem; – dá-me o teu amor: careço d'ele
>   Como do sol a flor,
> Reanima a cinza de meu peito morto,
> Ai! dá-me o teu amor! (ASSIS, 1857c, p. 2)

Finalmente, em 12 de janeiro de 1858, o jovem Machado de Assis deixaria, o mais claro possível, a sua inquestioná-

---

estou dentro da noite, mas posso ver o dia!" (MIASSO, 2017, p. 53).

vel devoção pública ao poeta paulista, publicando "Álvares de Azevedo". Dedicado a outro e dileto amigo, "Ao Snr. Dr. M. A. D'Almeida", o poema ainda trazia, como epígrafe apropriada à ocasião, versos de Araújo Porto-Alegre – "Vejo em fúnebre cipreste / Transformada a ovante palma!" – e, para não pairar dúvidas, assinara-o com o nome completo: "Joaquim Maria Machado d'Assis". E assim, em quinze quadras com decassílabos e rimas nos pares, pode ser lido a partir de dois momentos distintos. No primeiro, delimitado pelas seis estrofes iniciais, sendo a primeira delas, à maneira de refrão, repetida na sexta, o eu lírico machadiano se focou no lamento da morte precoce de Azevedo, "Morrer, de vida transbordando ainda", realçando na sequência, em elevados termos hiperbólicos, tanto a grandiosidade literária do morto, adjetivado como "Águia sublime", "o gênio", "o teu vulto gigantesco", quanto as suas, e não menos importantes, interrompidas possibilidades futuras, "E as esperanças e ilusões tão belas! / E no porvir te preparava a pátria / Da glória as palmas e gentis capelas!":

> Morrer, de vida transbordando ainda,
> Como uma flor que ardente calma abrasa!
> Águia sublime das canções eternas:
> Quem no teu voo espedaçou-te a asa?
>
> Quem nessa fronte que animava o gênio,
> A rosa desfolhou da vida tua?
> Onde o teu vulto gigantesco? Apenas
> Resta uma ossada solitária e nua!
>
> E contudo essa vida era abundante!
> E as esperanças e ilusões tão belas!
> E no porvir te preparava a pátria
> Da glória as palmas e gentis capelas!

Sim, um sol de fecunda inteligência
Sobre essa fronte pálida brilhava,
Que à face deste século de indústria
Tantos raios ardentes derramava!

E pôde a morte destruir-te a vida!
E dar à tumba a tua fronte ardente!
Pobre moço! saudaste a estrela d'alva,
E o sol não viste a refulgir no Oriente!

Morrer, de vida transbordando ainda,
Como uma flor que ardente calma abrasa!
Águia sublime das canções eternas:
Quem no teu voo espedaçou-te a asa? (ASSIS, 1858, p. 3)

Ainda no primeiro momento também merece atenção a referência, mesmo que pontual, ao que restara do corpo do poeta, isto é, "[...]. Apenas / Resta uma ossada solitária e nua!". O que, por sua vez, remete ao curioso artigo publicado na *Marmota Fluminense* e reproduzido no jornal *A Pátria*, de Niterói, sobre o translado dos restos mortais, "Meditação: Aos ossos do poeta Álvares de Azevedo",[4] assinado por um indecifrável *A.*, e que as circunstâncias permitem conjecturar que, além de obviamente lido, o cifrado "*A.*" talvez (e por que não?) até possa ser de "Assis". Pois, o texto, assinala não apenas que "Ali estão uns ossos, [...]; são as peças deslocadas de um corpo que teve vida; são *os últimos vestígios que restam de um homem que foi do mundo*" (*A PÁTRIA*, 1856,

4 O artigo se refere à transferência dos restos mortais do poeta. Segundo conta Magalhães Júnior: "Dois túmulos teve o poeta. O primeiro, na Praia Vermelha, foi destruído em 1855, quando violento furacão, [...], perturbou a vida da cidade". Em função disso, a mãe do poeta, Maria Luísa, "resolveu transladar os despojos do filho para o novo cemitério, o de São João Batista" (MAGAHÃES JÚNIOR, p. 210-211).

p. 2), como também estabelece a conexão direta, que surgirá no segundo momento do poema machadiano, entre os ossos do crânio do poeta com Chatterton e, sobretudo, com Byron. Nas palavras de *A.*,

> É a cabeça de um esqueleto; estão ali os ossos do crânio brancos como a mortalha de um defunto, inertes e sem vida, parece que nasceram vazios como estão agora, mas ali ardeu uma inteligência como *a de Chatterton*; [...]. Aquele crânio foi um livro de versos sublimes como *os de Byron*, [...] (IBIDEM).

Aliás, a menção a Chatterton na segunda parte do poema também pode ter vinda do ensaio "George Sand: Aldo o rimador", do próprio Álvares de Azevedo. Neste ensaio, sempre com Byron por perto, o paulista, ao analisar o drama da autora francesa – a quem, chamou de "a loura – com seu viver desvairoso" (AZEVEDO, 1855, p. 73) – sobre as dificuldades de sobrevivência de um jovem poeta, Aldo, a busca de glória literária, compara-o ao suicida Chatterton, mas, não ao poeta inglês em si, que a esta altura já era lenda, e sim à peça *Chatterton* (1835), de Alfred de Vigny. Para Azevedo,

> Aldo é como Chatterton – um poeta que se acabrunha na miséria. Até aí a ideia de Sand se funde na de Alfredo Vigny: contudo, [...] – como dizíamos, na lide entre Vigny, melodioso ainda no sombrio e fatal ideal de Chatterton, – e Sand ardente, a esta devia caber o laurel (IDEM, p. 79).

Fontes à parte, no segundo e maior momento do poema, composto pelas demais estrofes, o eu lírico machadiano, ainda tendo como pano de fundo a morte precoce do poeta, compara-o inevitavelmente a Byron, tanto presumidamente em "[...]. – Não morrem Byrons, / Nem finda o homem na friez da campa!", insistindo na imortalidade da obra, já que, o nome de Álvares de Azevedo, "[...] como um ídolo pomposo", era "Mais uma flor angélica [...], / Que a brisa ardente do porvir passando / Trêmula beija e a murmurar abraça!", quanto diretamente em "Byron da nossa terra", a quem, "Resta-te a c'roa santa de poeta, / E a mirra ardente da oração saudosa" que juntamente com o choro da "[...] pátria / Pobre órfã de teus cânticos divinos, / E das brisas na voz misteriosa, / Da saudade e da dor sagram-te os hinos!". Para enfim, observar que o poeta brasileiro "Dorme junto de Chatterton, de Byron, / Frontes sublimes, p'ra sonhar criadas", em cuja "[...] tua fria sepultura / [que] Guarda essa fronte vaporosa, ardente, / Tu, que apenas saudaste a estrela d'alva / E o sol não viste a refulgir no Oriente!":

> Voltas-te à terra só! – Não morrem Byrons,
> Nem finda o homem na friez da campa!
> Homem, tua alma aos pés de Deus fulgura,
> Teu nome, poeta, no porvir se estampa!
>
> Não morreste! estalou a fibra apenas
> Que a alma à vida de ilusões prendia!
> Acordaste de um negro pesadelo,
> E saudaste o sol do eterno dia!
>
> Mas cá fica no altar do pensamento
> Teu nome como um ídolo pomposo,
> Que a fama com o tributo dos tempos
> Perfuma de um incenso vaporoso!
>
> E ao ramalhete das brasílias glórias,
> Mais uma flor angélica se enlaça,
> Que a brisa ardente do porvir passando
> Trêmula beija e a murmurar abraça!

Byron da nossa terra, dorme embora
Envolto no teu fúnebre sudário,
Murmure embora o vento dos sepulcros
Junto do teu sombrio santuário.

Resta-te a c'roa santa de poeta,
E a mirra ardente da oração saudosa,
E pelas noites calmas do silêncio
Os séculos da lua vaporosa!

Ela te chora, e ali com ela a pátria,
Pobre órfã de teus cânticos divinos,
E das brisas na voz misteriosa,
Da saudade e da dor sagram-te os hinos!

Dorme junto de Chatterton, de Byron,
Frontes sublimes, p'ra sonhar criadas,
Almas puras de amor e sentimento,
Harpas santas, por anjos afinadas!

Dorme, na tua fria sepultura
Guarda essa fronte vaporosa, ardente,
Tu, que apenas saudaste a estrela d'alva
E o sol não viste a refulgir no Oriente! (ASSIS, 1858, p. 3)

... e na incompleta *fantasia n'um ato*

Desde o início de sua carreira literária, o jovem Machado de Assis, não custa relembrar, sempre teve um grande interesse pelo cenário lírico e dramático do Rio de Janeiro, participando, ativa e frequentemente, nos debates da época, ancorado na sua arraigada crença, já defendida no artigo das *Ideias Vagas* sobre "A comédia moderna" (1856), de o teatro ser "o verdadeiro meio de civilizar a sociedade e os povos" (ASSIS, 1965, p. 31). Nesse sentido, como "crítico militante" – a expressão é de João Roberto Faria – acompanhou de muito perto a vida teatral dramática da capital do Império, engajando-se nas disputas pelo público entre as companhias do Teatro São Pedro de Alcântara, de João Caetano, e a do Ginásio Dramático, de Joaquim Heleodoro (Cf. FARIA, 2004, p. 305). E tal viés engajado, em apoio à segunda, aparece tanto no salto crítico de "O passado, presente e futuro da literatura" (1858), quanto, no ano seguinte, e de modo mais sistêmico, nas teorizações das "Ideias sobre o Teatro" e, em prática semanal, nas dezoito críticas teatrais da "Revista de teatro", de *O Espelho* (1859-1860). Mas, obviamente, além de crítico, Machado de Assis também se arriscou pelos caminhos da dramaturgia.

Ao longo de 1857, Machado, como tradutor, enviou ao Conservatório Dramático Brasileiro duas traduções de operetas, requerendo os respectivos exames censórios: *A ópera das janelas* e *O derradeiro paladino.* Dois anos depois, em 24 de novembro de 1859, também como tradutor do libreto, veria subir ao palco do Teatro de São Pedro de Alcântara a ópera bufa *Pipelet.*

Entretanto, com o encerramento da revista *O Espelho*, o último número saiu em 8 de janeiro de 1860, Machado voltaria a escrever no jornal de Paula Brito, sendo até recebido com deferência, pois, na edição de 21 de fevereiro, o editor fez questão de, na primeira página, estampar a seguinte "Declaração": "Temos o prazer de anunciar aos nossos leitores que o Snr. – Machado de Assis – faz hoje parte da colaboração da *Marmota*" (*A MARMOTA*, 1860, p. 1). E, ao longo de março de 1860, além de publicar, em duas partes, o artigo sobre o "Conservatório Dramático" (ASSIS, 1860a, p. 2-3; 1860b, p. 2-3), publicou, em três números seguidos, "a comédia em um ato imitada do francês", *Hoje avental, amanhã luva* (ASSIS, 1860c, p. 2-3; 1860d, p. 3-4; 1860e, p. 1-3). Segundo explica João Roberto Faria, a comédia imitada era *Chasse au lion*, de

Gustave Nadeu e Émile de Najac. Em breve análise das soluções da imitação machadiana, o crítico ainda complementa:

> Prática comum na época, "imitar" uma peça significava apropriar-se do enredo original e adaptá-la à paisagem e aos tipos brasileiros. Assim, a "caça ao dândi", na verdade a caça a um marido, ganha na versão de Machado uma série de referências ao Rio de Janeiro, cidade onde se passam os eventos, que têm como protagonista uma personagem de larga tradição cômica no teatro ocidental: a criada esperta. No carnaval de 1859, na casa da Sra. Sofia de Melo, Rosinha, a criada, recebe Durval, pretendente à mão da patroa, e o entretém com graça, beleza, inteligência e charme, conquistando-o, para marido e subindo um degrau na escala social. Pode-se dizer que o jovem autor faz a sua estreia no terreno teatral com um exercício bem realizado de comicidade centrada na caracterização das personagens, nas suas falas e réplicas espirituosas, bem como no próprio enredo que ilustra o título: a mocinha que ontem vestia o avental de criada amanhã passará a usar a luva de senhora casada (ASSIS, 2003, p. XII-XIII).

Mas, a despeito das anteriores, o que interessa, é, na verdade, o fato de, na sequência de *Hoje avental, amanhã luva,* Machado de Assis ter publicado em *A Marmota*, de 30 março de 1860, o fragmento de outra peça, em que, mais uma vez, o fantasma de Álvares de Azevedo estaria presente. Tratava-se da "fantasia n'um ato", de apropriado e já denunciador título, *Odisseia dos vinte anos* (ASSIS, 1860f, p. 3). Embora, ao final do texto, não assinado,[5] até existisse

5 A rigor, em *A Marmota*, não há a identificação de autoria, mas, no encarte que o acompanha, além de alguns anúncios, entre eles, um

um prometido "contínua", que, ao fim e ao cabo, nunca se realizaria, o que restou da peça foi apenas e tão somente o breve fragmento. E neste, por sua vez, há a curiosa e/ou possível proximidade temática, embora às avessas, com – "Quanto ao nome, chamem-no drama, comédia, dialogismo: – não importa" (AZEVEDO, 1855, p. 199) – o *Macário* azevediano, e mais notadamente com as cenas dos diálogos entre o protagonista e Penseroso.

No fragmento machadiano, a cena, restrita ao "gabinete de trabalho", mostra a conversa entre os amigos Luiz e Álvaro. Já, no drama de Álvares de Azevedo, os diálogos entre Macário e Penseroso ocorrem somente no segundo episódio e, em maior parte, numa sala, em cuja mesa há livros de estudos. Elisabeth Azevedo assim o resume:

> Juntos têm longas discussões sobre a arte. [...]. Penseroso defende uma poesia mais sentimental e que valoriza as belezas nacionais (brasileiras), ao passo que Macário propõe uma visão mais crítica e cosmopolita. Os diálogos versam também sobre o tema do amor. Penseroso sofre pela perda de sua amada e acaba se envenenando. Anteriormente, dissera a Macário que o livro que este lhe oferecera tinha sido "como um copo de veneno". De certa forma, Penseroso morre envenenado pela poesia (AZEVEDO, 2012, p. 103).

Se, em *Macário,* o embate discursivo sobre as artes poéticas é a acirrada questão central, no fragmento de Machado

---

sobre *Primaveras,* Casimiro de Abreu, também consta o "Índice das 9 Marmotas do mês de março de 1860", e neste, referindo ao número 1147, lê-se: "*Odisseia dos vinte* anos (fantasia em um ato, pelo Sr. Machado de Assis)".

de Assis, os diálogos não são assim, tão contundentes, sendo, no entanto, apresentados de maneira algo invertida em relação ao drama de Azevedo. O "Macário" machadiano é um tanto calado e comedido, Álvaro – que intencionalmente ou não lembra "Álvares" –, que, por interlocução pontual de afirmações e/ou perguntas curtas, funciona na peça como "escada" para que o outro, Luiz – o "Penseroso" machadiano, poeta e pintor, que sofre "Doença d'alma, a pior delas" – possa apresentar suas dúvidas existenciais e/ou seus questionamentos, mas, ao contrário do homônimo azevediano, não sobre as artes em si e nem sobre a suposta traição da amada que o levou ao suicídio, e sim, na verdade, sobre as dificuldades cotidianas para se inserir na própria sociedade.

Ou seja, se, por um lado, e ainda assim, algumas das curtas "falas" de Álvaro – "Vem cá; quando temos vinte anos de presente, e cinquenta de futuro talvez, a alma levanta-se, não se deixa quebrar. Ajunta depois talento a esses vinte anos..." (ASSIS, 1860f, p. 3); "Causas-me pena!" (IBIDEM) – pareçam ecoar "falas" do Macário azevediano – "Vinte anos. Mas meu peito tem batido nesses vinte anos tantas vezes como o de um outro homem em quarenta" (AZEVEDO, 1855, p. 210); "Tenho pena de ti" (IDEM, p. 251) –; por outro, a solução machadiana para o incerto destino de seu "Penseroso" Luiz, embora aqui e ali também ecoassem "falas" pontuais tanto de Macário quanto de Penseroso, é diferente, pois, ao rebater a afirmação do amigo sobre a suposta força da mocidade, como "Teoria, Álvaro, realidade para uns; para mim, sonhos, sonhos e nada mais!" (ASSIS, 1860f, p. 3) – "São sonhos, sonhos, Penseroso!", também diz o Macário azevediano (AZEVEDO, 1855, p. 263) –, tributa sua "prostração moral", não à "mania de rapaz", cuja culpa é "de Byron e de outros; Manfredo é um grão que germinou uma raça. Toda essa procissão de Wherters pálidos, lá vão como fotografias do tipo primitivo" (ASSIS, 1860f, p. 3), mas, sobretudo, por ser "pobre como vês", às dificuldades para conseguir um lugar na sociedade, pois, explica:

> Tenho vinte anos; perdi minha mãe aos nove. Fiquei por conseguinte só, compreendes bem, quando não temos o seio materno para encostar a cabeça; é a solidão que nos cerca, solidão do deserto, solidão dos limbos povoada de sombras, e deserta como o nada! Achei-me só, pois. Vês-me com vinte anos, cheio de mocidade: mas que mocidade! Nem um afeto! Nem um coração! Nada! Aqui e ali só encontro o desdém! Queria amigos e tenho protetores! Queria corações e encontro espíritos! Nem um seio de mulher, nem uma cabeça de vinte anos que case as suas com as minhas primaveras! Só, isolado no meio da sociedade, que corre e salta, ama e delira, eu sou como aquele Tântalo dos Edds pagãos;[6] vejo passar por mim os corações e os afetos e não posso agarrar um só. Parece que vento de temporal os leva. É demais. Sou pobre como vês: quem me quereria assim? A humanidade é como o touro, gosta das púrpuras, gosta dos ouropéis. O século é dos cínicos e dos parvos. Tudo está prostituído! (IBIDEM)

Enfim, ainda que apresentasse soluções diferentes, não se pode negar que o fragmento da *Odisseia dos vinte anos*,

---

6 No ensaio "Literatura e civilização em Portugal", publicado no mesmo volume de *Macário*, Álvares de Azevedo fez referências aos "fragmentos tradicionais dos poemas de *Ossian* e nos *Eddas islandeses*". (AZEVEDO, 1855, p. 128) (Grifos nossos).

de Machado de Assis, que, por pouco conhecido, será reproduzido na íntegra a seguir, dialoga tematicamente em vários momentos, além dos aqui destacados, com o *Macário*, de Álvares de Azevedo. Eis, portanto, o fragmento:

> Álvaro – Estás triste, Luiz!
>
> Luiz (deixando o pincel) – Estou doente. Doença d'alma, a pior delas. Faz rir: não faz, esta reprodução de úlceras aos vinte anos; esta transformação sucessiva dos Manfredos? Ninguém crê nessas coisas; entretanto se há verdade no mundo, é este o estado em que estou.
>
> Álvaro – Sabes a minha opinião? És fraco demais.
>
> Luiz (indo à janela) – Fraco? Agora quem se ri sou eu. Fraco! onde queres que eu vá buscar forças? Se eu sinto em mim uma prostração, se eu sinto que nenhum desses músculos morais, que são os raios da força, conserva aquela rigidez primitiva, que acompanha sempre a mocidade e que por momentos fez de mim um Hércules. Agradeço que me lastimes, mas não me acuses.
>
> Álvaro – Vem cá; quando temos vinte anos de presente, e cinquenta de futuro talvez, a alma levanta-se, não se deixa quebrar. Ajunta depois talento a esses vinte anos; e...
>
> Luiz – Tudo isso é vão. Teoria, Álvaro, realidade para uns; para mim, sonhos, sonhos e nada mais! Falo-te assim, porque sei que estamos sós e que tu não estás contaminado. Bem vês, como eu rio, como sou jovial fora daqui; estas paredes são a minha vida íntima. Consentes que te fale?
>
> Álvaro – Ouço-te. Mas não me impeças um remédio no caso que t'o posso dar.
>
> Luiz (rindo) – Remédio! A minha tísica do espírito está no último grau; ninguém me pode salvar.

Álvaro – Ninguém!

Luiz – Quase ninguém. Há talvez alguma coisa que me cure; mas isso é um remédio supremo, e esse não está nas mãos de qualquer.

Álvaro – Veremos.

Luiz – Ouve-me agora. Há uma ordem de poetas modernos que por hábito de leitura e mania de rapaz, acreditaram estar deveras doentes da alma. É culpa de Byron e de outros; Manfredo é um grão que germinou uma raça. Toda essa procissão de Wherters pálidos, lá vão como fotografias do tipo primitivo. Eu conheço desses profanadores do ceticismo, doente por cálculo, de que Molière se esqueceu. Esta raça produziu necessariamente uma outra que se constituiu o lábaro dela; os sátiros, os que não acreditando nesses mórbidos dos vinte anos, arrancam-lhe a máscara em pleno século.

Álvaro – Era necessário.

Luiz – Era necessário, sim. Mas o que aconteceu? É que aqueles que realmente sofrem, aqueles que têm em cada dia, não vinte e quatro horas de vida, mas um degrau do patíbulo para que sobem lentamente; esses são obrigados a copiar a máscara do primeiro cínico e a colocá-la à cara, como a túnica de Nesso. Compreendes! Não há uma existência pior. Andar em um carnaval perpétuo! Vê lá: tens um remédio para isto?

Álvaro – Tenho. Onde está a razão dessa prostração moral?

Luiz – Onde? Não sei. Mas deixa confiar-te os sintomas; verás depois. Tenho vinte anos; perdi minha mãe aos nove. Fiquei por conseguinte só, compreendes bem, quando não temos o seio materno para encostar a cabeça; é a solidão que nos cerca, solidão do deserto, solidão dos limbos povoada de sombras, e deserta como o nada! Achei-me só, pois. Vês-me com vinte anos, cheio de mocidade: mas que mocidade! Nem um afeto! Nem um coração! Nada! Aqui e ali só encontro o desdém! Queria amigos e tenho protetores! Queria corações e encontro espíritos! Nem um seio de mulher, nem uma cabeça de vinte anos que case as suas com as minhas primaveras! Só, isolado no meio da sociedade, que corre e salta, ama e delira, eu sou como aquele Tântalo dos Edds pagãos; vejo passar por mim os corações e os afetos e não posso agarrar um só. Parece que vento de temporal os leva. É demais. Sou pobre como vês: quem me quereria assim? A humanidade é como o touro, gosta das púrpuras, gosta dos ouropéis. O século é dos cínicos e dos parvos. Tudo está prostituído!

Álvaro – Assim, não crês em coisa alguma?

Luiz – Creio. Creio em Deus, e creio em mim. Mais claro: creio que sou uma vitima que nem devo olhar com asco para os instrumentos do meu supício; creio que Deus ri-se deveras de toda esta revolução que se opera aqui por baixo; e que em um dia bem pode com um simples movimento de mão atirar com toda esta espécie humana para o abismo do *ignoto*. É que ele não quer! Conta com o seu triunfo e deixa aos homens o seu. É razoável; cada um tem a sua hora: terei ei a minha?

Álvaro (pensativo) – Esperas por ela?

Luiz – Podia esperar, mas nem tenho forças para isso. Entretanto vi há dias uma gravura inglesa que definiu talvez a minha existência. Representava uma esfera no meio com o dístico: - Índia – Em torno estavam as entidades comprometidas nessa questão europeia que se divertiam em atirar reciprocamente essa bola com o pé. Eu sou assim. Estou no meio dos homens, como aquela esfera e rolo ao impulso de cada pé que me encontra. Mas queres saber... tive uma fraqueza; não rias.

> Para completar o quadro, um dos indivíduos do jogo estava a um canto com o pé em uma das mãos; tive uma veleidade; acreditei que havia, como a bola, ferir a alguém. Mas passou. Era uma tolice.
>
> Álvaro – Causas-me pena!
>
> Luiz – És bom: eu te conheço. Tanto melhor. Mas cala-te; vem alguém! (Contínua) (IBIDEM)

Olhares sobre o poeta paulista

Também ao longo de sua trajetória como crítico e, posteriormente, como ficcionista, Machado de Assis nunca se esqueceria de Álvares de Azevedo. E, pela vida afora, talvez por conta de provável "débito" no percurso formativo, revisitaria o poeta e sua obra em várias oportunidades. Na *Semana literária*, de 6 de fevereiro, o crítico, ao analisar *Cantos e fantasias* (1865), de Fagundes Varela, e, sobretudo, ao refutar o prefaciador do livro, o Sr. J. Ferreira de Menezes, que afirmara a suposta influência de, entre outros, Byron, como um de "seus mais dos estimados modelos" (VARELA, 1865, p. 8), não apenas observou "Não nos parece inteiramente exata esta apreciação", como, na verdade, exemplificou com Álvares de Azevedo e "sua extrema originalidade". Para Machado, o poeta paulista, sem sacrificar "o caráter pessoal da sua musa, [...] sabia fazer próprios os elementos que ia buscar aos climas estranhos". Nas suas palavras,

> Um poeta houve, que, apesar da sua extrema originalidade, não deixou de receber esta influência a que aludimos; foi Álvares de Azevedo; nele, porem, havia uma certa razão do consanguinidade com o poeta inglês, e uma íntima convivência com os poetas do norte da Europa. Era provável que os anos lhe trouxessem

> uma tal ou qual transformação, de maneira a afirmar-se mais a sua individualidade, e a desenvolver-se o seu robustíssimo talento; mas verdade é que ele não sacrificou o caráter pessoal da sua musa, e sabia fazer próprios os elementos que ia buscar aos climas estranhos. Faremos, a seu tempo, um estudo deste poeta, e então diremos o que nos ocorre ainda a respeito dele; por agora limitamo-nos a atribuir-lhe uma parte da influência exercida em algumas imaginações pela poesia byrônica, e nisso fazemos um ato póstumo de justiça literária (ASSIS, 1866, p. 1-2).

E o prometido "estudo deste poeta", que reafirmaria aquele "ato póstumo de justiça literária", seria publicado somente em 26 de junho. E, de saída, para refrescar a memória dos leitores, Machado reproduziu o que havia escrito sobre o poeta no artigo sobre Varela, acrescentando – sem, é claro, referir-se explicitamente a si, mas que, como já se mostrou, acontecera de fato – que "o autor da *Lira dos vinte anos* exercera uma parte de influência nas imaginações juvenis". E, ao mesmo tempo, ao comentar o papel de Álvares de Azevedo como disseminador das ideias de Byron na literatura brasileira, Machado de Assis, na posição de crítico experimentado, as compreendia em termos algo matizados:

> Com efeito, se Lord Byron não era então desconhecido às inteligências educadas, [...], uma grande parte de poetas, ainda nascentes e por nascer, começaram a conhecer o gênio inglês através das fantasias de Álvares de Azevedo, o apresentaram, não sem desgosto para os que apreciam a sinceridade poética, um triste ceticismo de segunda edição. Cremos que este mal já está atenuado, senão extinto (ASSIS, 1866b, p. 1-2).

Na sequência do texto, enfatizando o "robustíssimo talento" de Álvares de Azevedo, Machado, lamentou, como outros críticos, que o poeta não tivera tempo para definir plenamente sua "individualidade poética", e, por isso mesmo, observou que sua obra "tinha os defeitos, as incertezas, os desvios, próprios de um talento novo" (IBIDEM). Nesse sentido, procurou matizar, ainda mais, a influência de Byron – "É justo, mas não basta" –, tanto sobrevalorizando, sobretudo Shakespeare e também Musset quanto afirmando que, no caso específico de Byron, "Esta predileção, por mais definida que seja, não traçava para ele um limite literário" (IBIDEM). E assim, em visada geral sobre a obra, reconheceu que, nos poemas da *Lira dos vinte anos*, "A melancolia [...] era sincera"; que, como poeta humorístico, "A viveza, a originalidade, o chiste, o *humour* dos versos deste gênero são notáveis"; que se, na sua prosa, "faltava-lhe precisão e concisão" (IBIDEM), ao menos "Tinha os defeitos próprios das estreias, mesmo brilhantes como eram as dele", e que, para o teatro, citando o prefácio de *Macário*, Azevedo projetava "uma reunião de Shakespeare, Calderón e Eurípedes, como necessária à reforma do gosto e da arte" (IBIDEM). Enfim, a seu modo comedido, apesar do tom elevado de alguns adjetivos e, mais notadamente, pela imparcialidade que impusera ao seu ofício de crítico, Machado de Assis não deixou de reafirmar, ainda que nas entrelinhas, a importância de Álvares de Azevedo para a sua própria literatura, sobretudo a de juventude.

Em outras críticas e/ou crônicas, sejam de caráter literário mais abrangente, sejam de outros temas, Machado de Assis, embora sempre *en passant*, continuaria a rememorar o poeta paulista. Em "Noticia da Atual Literatura Brasileira" (1873), observaria, "Dos poetas que apareceram no decênio de 1850 e 1860, uns levou-os a morte ainda na flor da idade, como Álvares de Azevedo, Junqueira Freire, Casimiro de Abreu, cujos nomes excitam na mocidade legítimo e sincero entusiasmo" (ASSIS, 1994, v. III, p. 806); em "A nova geração" (1879), "Vai em trinta anos que Álvares de Azevedo nos dava aquele soneto, "Pálida à luz da lâmpada sombria", uma mistura delicada da nudez das formas com a unção do sentimento" (IDEM, p. 816-817); no prefácio a uma malograda edição de *O Guarani* (1887), "Quando [Alencar] se aparelhava para o combate e a produção literária, mais de um engenho vivia e dominava, [...], e entre esses, posto que já finado, aquele cujo livro acabava de revelar ao Brasil um poeta genial: Álvares de Azevedo" (IDEM, p. 923); no "Discurso da lançamento da pedra fundamental da estátua de José de Alencar" (1891), "[...] quando entrei na mocidade. Gonçalves Dias e os homens do seu tempo estavam feitos; Álvares de Azevedo, cujo livro era a *boa nova* dos poetas, falecera antes de revelado ao mundo" (ASSIS, 1891, p. 1); em duas crônicas de *A Semana*, da *Gazeta de Notícias*, uma, de 1º de outubro de 1893, referindo ao inverno,

> Os últimos três dia foram quente, é verdade; mas logo o primeiro deu sinal de chuva; no segundo ventou e choveu; agora venta e chove. Com mais dois ou três dias, tornamos à temperatura de inverno. Quem acorda cedo, quando a Aurora, como na antiguidade, abre as portas do céu com os seus dedos cor de rosa, entenderá bem o que digo. Eu levanto-me com ele, aspiro o ar da manhã, e não me queixo; eu amo o frio. De todos os belos versos de Álvares de Azevedo, há um que nunca pude entender:
>
> *"Sou filho do calor, odeio o frio,"*

> Eu adoro o frio; talvez por ser filho dele; nasci no próprio dia em que o nosso inverno começa (ASSIS, 1893, p.1);

outra, de 8 de março de 1896, referindo-se, no início, à Itália,

> No tempo do romantismo, quando o nosso Álvares de Azevedo cantava, repleto de Byron e Musset:
>
> *"A Itália! Sempre a Itália delirante!*
>
> *E os ardentes saraus e as noites belas!"*,
>
> a Itália era um composto de Estados minúsculos, convidando ao amor e à poesia, sem embargo da prisão em que pudessem cair alguns liberais (ASSIS, 1896, p. 1);

e ainda no artigo escrito a propósito do centenário de nascimento de Almeida Garrett (1899), também na *Gazeta de Notícias*, "Nem só éramos moços, ouvíamos Alencar domar os mares bravios da sua terra naquele poema em prosa que nos deixou, e Álvares de Azevedo era nosso aperitivo de Byron e Shakespeare" (ASSIS, 1899, p. 1).

Entretanto, não foi somente em crítica e crônicas que Álvares de Azevedo seria lembrado por Machado de Assis, na obra romanesca também. E aqui, destaque-se pontualmente duas passagens, uma explícita e outra cifrada. No romance *Quincas Borba* (1891), o narrador machadiano, antecipando ao leitor atento o trágico destino de loucura, que poria fim à vida Rubião, citou, no capítulo CIX, a famosa frase de Macário a Penseroso:

> Nessa noite, Rubião sonhou com Sofia e Maria Benedita. Viu-as num grande terreiro, apenas vestidas de saias, costas inteiramente despidas; o marido de Sofia, armado de um azorrague de cinco pontas de couro, rematando em bicos de ferro, castigava-as desapie-

> dadamente. Elas gritavam, pediam misericórdia, torciam-se, alagadas em sangue, as carnes caíam-lhe aos bocados. Agora, por que razão Sofia era a imperatriz Eugênia, e Maria Benedita uma aia sua, é o que não sei dizer com exatidão. "São sonhos, sonhos, Penseroso!" exclamava um personagem do nosso Álvares de Azevedo. Mas eu prefiro a reflexão do velho Polonius, acabando de ouvir uma fala tresloucada de Hamlet: "Desvario embora, lá tem seu método". Também há método aqui, nessa mistura de Sofia e Eugênia; e ainda há método no que se seguiu, e que parece mais extravagante.
>
> Sim, Rubião, indignado, mandou logo cessar o castigo, enforcar o Palha e recolher as vítimas. Uma delas, Sofia, aceitou um lugar na carruagem aberta que esperava pelo Rubião, e lá foram a galope, ela garrida e sã, ele glorioso e dominador. Os cavalos, que eram dois à saída, eram daí a pouco, oito, quatro belas parelhas. Ruas e janelas cheias de gente, flores chovendo em cima deles, aclamações... Rubião sentiu que era o imperador Luís Bonaparte; o cachorro ia no carro aos pés de Sofia...
>
> Tudo acabou sem fim, nem fracasso. Rubião abriu os olhos; talvez alguma pulga o mordeu; qualquer coisa: "São sonhos, sonhos, Penseroso!". Ainda prefiro o dito de Polonius: "Desvario embora, lá tem o seu método!" (ASSIS, 1994, v. I, p. 733-734).

Por fim, na sua última obra publicada em vida, *Memorial de Aires* (1908), Machado de Assis prestaria uma última e cifrada homenagem ao poeta romântico. Já na advertência do livro, antecipara que as anotações do velho diplomata podiam "dar uma narração seguida, que talvez interesse, apesar da forma de diário que tem" (IDEM, p. 1096). Assim, o Conselheiro Aires, referindo-se ao dia 24 de fevereiro de 1888, escreveu, no seu caderno de memórias, o seguinte comentário a respeito daquela data, que, por sua vez, marcava os quarenta anos da Revolução de 1848, na França, que depusera o rei Luís Felipe e iniciara a Segunda República (1848-1852),

> A data de hoje (revolução de 1848) lembra-me a festa de rapazes que tivemos em S. Paulo, e um brinde que eu fiz ao grande Lamartine. Ai, viçosos tempos! Eu estava no meu primeiro ano de direito. Como falasse disso ao desembargador, disse-me este:
>
> – Meu irmão crê também aqui a revolução está próxima, e com ela a República (IDEM, p. 1114).

Em outras palavras, na imaginação machadiana, na "festa de rapazes" daqueles "viçosos tempos", que o jovem Aires participou no seu primeiro ano da Faculdade de Direito, também estaria presente o também calouro Manuel Antônio Álvares de Azevedo, já que, 1848, fora o mesmíssimo ano em que começara a estudar na turma de 1848-1852, em São Paulo (Cf. NOGUEIRA, 1909, p. 100-107). De todo modo, se, no último livro, a homenagem do velho Machado de Assis a Álvares de Azevedo foi, para dizer o mínimo, um tanto discreta, na malograda tentativa de publicar o que poderia ter sido o seu primeiro livro de poemas, *Livro dos vinte anos*, entre os distantes anos de 1858 e 1860, e por ecoar o título da *Lira dos vinte anos*, a suposta intenção de homenageá-lo fora obviamente mais explícita. Mas essa é outra história...

Referências

A MARMOTA, n. 1136, 21 fev. 1860, p. 1.

A PÁTRIA, n. 56, 16 mai. 1856, p. 2.

ASSIS, Machado de. O Profeta, *Marmota Fluminense*, n. 644, 2 nov. 1855, p. 3.

_______. Cognac!, *Marmota Fluminense*, n. 707, 12 abr. 1856, p. 4.
_______. Resignação, *Marmota Fluminense*, n. 887, 2 out. 1857a, p. 4.
_______. Amanhã, *Marmota Fluminense*, n. 893, 23 out. 1857b, p. 4.
_______. A***, *A Marmota*, n. 910, 22 dez. 1857c, p. 2.
_______. Álvares de Azevedo, *A Marmota*, n. 916, 12 jan. 1858, p. 3.
_______. O Conservatório Dramático, *A Marmota* n. 1142, 13 mar. 1860a, p. 2-3; n. 1143, 16 mar. 1860b, p. 2-3.
_______. *Hoje avental, amanhã luva, A Marmota,* n. 1144, 20 mar. 1860c, p. 2-3; n. 1145, 23 mar. 1860d p. 3-4; n. 1146, 27 mar.1860e, p. 1-3.
_______. *Odisseia dos vinte anos, A Marmota,* n. 1147, 30 mar. 1860f, p. 3.
_______. Semana Literária, *Diário do Rio de Janeiro*, n. 31, 6 fev. 1866a, p.1-2.
_______. Semana Literária, *Diário do Rio de Janeiro,* n. 151, 26 jun. 1866b, p. 1-2.
_______. José de Alencar, *Gazeta de Notícias,* n. 347, 13 dez. 1891, p. 1.
_______. A Semana, *Gazeta de Notícias*, n. 273, 1 out. 1893, p. 1.
_______. A Semana, *Gazeta de Notícias*, n. 68, 8 mar. 1896, p. 1.
_______. J. B. de Almeida Garrett, *Gazeta de Notícias*. n. 35, 4 fev. 1899, p. 1.
_______. *Dispersos de Machado de Assis*. Coligido e anotado por Jean-Michel Massa. Rio de Janeiro: INL, 1965.
_______. *Machado de Assis: Obra completa*. Rio de Janeiro: Nova Aguilar, 3 vols. 1994.

______. *Teatro de Machado de Assis*. Edição preparada por João Roberto Faria. São Paulo: Martins Fontes, 2003.

AZEVEDO, Elisabeth R., O Drama. In: FARIA, João Roberto & GUINSBIRG, J. (Orgs.). *História do Teatro Brasileiro: das origens ao teatro profissional da primeira metade do século XX*. São Paulo. Perspectiva / Edições SESCSP, 2012, v. I, p. 94-119.

AZEVEDO, Manuel Antônio Álvares de. *Obras de M. A. Álvares de Azevedo*. Rio de Janeiro: Tipografia Americana de J. [Justiniano] J. [José] da Rocha, t. I, 1853.

______. *Obras de M. A. Álvares de Azevedo*. Rio de Janeiro: Tipografia Universal de Laemmert, t. II, 1855.

FARIA, João Roberto. Machado de Assis, leitor e crítico de teatro. *Estudos Avançados,* v. 18, n. 51, p. 299-333, ago. 2004.

GOMES, Eugênio. *Machado de Assis*. Rio de Janeiro: Livraria São José, 1958.

MAGALHÃES JÚNIOR, Raimundo. *Vida e obra de Álvares de Azevedo*. São Paulo: Editora das Américas, 1962.

MIASSO, Audrey L. Nascimento. *Epígrafes e diálogos na poesia de Machado de Assis*. São Carlos: EDUFSCar, 2017.

NOGUEIRA, J. L. Almeida. *A Academia de São Paulo – Tradições e reminiscências (7ª serie)*. Lisboa: Tipografia A Editora, 1909.

VARELA, Luiz Nicolau Fagundes. *Cantos e Fantasias*. São Paulo: Garraux, De Lailchar e Cia., 1865.

Sobre os autores

Andréa Sirihal Werkema é professora de Literatura Brasileira da Universidade do Estado do Rio de Janeiro (UERJ), onde dá aulas na graduação e na pós-graduação, com pesquisa, em geral, sobre temas relativos à literatura do século XIX. Doutora em Literatura Brasileira pela UFMG, onde também se graduou. Publicou, entre outros, *Macário, ou do drama romântico em Álvares de Azevedo* (Ed. UFMG, 2012); *A crítica literária brasileira em perspectiva* (Ateliê, 2013); *Outras formas de escrita* (Eduerj, 2018); *As duas pontas da literatura: crítica e criação em Machado de Assis* (Relicário, 2019).

Cilaine Alves Cunha é professora livre-docente de Literatura Brasileira na Faculdade de Filosofia, Letras e Ciências Humanas da Universidade de São Paulo, com doutorado na mesma Universidade. Realizou seu pós-doutorado na Casa de Rui Barbosa (Rio de Janeiro), dedicado a *O Guesa*, de Sousândrade. É autora do livro *O belo e o disforme*: Álvares de Azevedo e a ironia romântica (Edusp, 1998). Publicou artigos em livro e em periódicos sobre culto do ócio e o humor na poesia do século XIX brasileiro, as concepções de história e de história da literatura em alguns poetas do tempo, sobre a obra Gonçalves de Magalhães, Gonçalves Dias,

Bernardo Guimarães, Manuel Antônio de Almeida, Machado de Assis, entre outros assuntos.

Gilberto Araújo de Vasconcelos Júnior é professor de Literatura Brasileira na Universidade Federal do Rio de Janeiro (UFRJ), atuante na Graduação e no Programa de Pós-Graduação em Letras Vernáculas, por onde se doutorou com tese sobre as origens e consolidação do poema em prosa no Brasil. Autor de *Literatura brasileira: pontos de fuga* (Verve, 2014), *Júlio Ribeiro* (ABL, 2011), *Melhores crônicas de Humberto de Campos* (Global, 2009) e outros. Atualmente, dedica-se, principalmente, ao estudo da produção verbovisual de Raul Pompeia.

Júlio França é professor associado de Teoria da Literatura do Instituto de Letras e do Programa de Pós-graduação em Letras da Universidade do Estado do Rio de Janeiro (UERJ). Tem doutorado em Literatura Comparada pela Universidade Federal Fluminense (2006), com pós-doutorado na Brown University (2014-2015). Seus últimos livros publicados são *Poéticas do Mal; a literatura do medo no Brasil* (2017), *As Artes do Mal; Textos Seminais* (2018) e *Matizes do Gótico; três séculos de Horace Walpole* (2020). É coordenador do grupo de pesquisa Estudos do Gótico (CNPq), e co-editor do periódico acadêmico *Abusões*.

Natália Gonçalves de Souza Santos é professora de Teoria Literária na Universidade Federal de Viçosa. Doutorou-se em Teoria Literária e Literatura Comparada na Universidade de São Paulo. Entre os estudos que tem publicado, destacam-se *Antagonismo e dissolução*: o pensamento crítico de Álvares de Azevedo (SP: Humanitas, 2014), e a sua participação na coletânea *Leituras oitocentistas* (SP: EdUFSCar, 2019), com o capítulo "A peregrinação poética de George Sand, sob o olhar de Álvares de Azevedo".

Patrícia Aparecida Guimarães de Souza é doutoranda no Programa de Pós Graduação em Literatura Brasileira da Universidade de São Paulo. Recebe bolsa CAPES. Participou do PRINT (Programa de Institucional de Internacionalização) CAPES, realizando seu período de "sanduíche" na Sorbonne Université. É mestra pelo Programa de História Social da Universidade de São Paulo, onde defendeu a dissertação "Entre cartas e poemas. As relações de gênero na obra de Álvares de Azevedo". Possui especialização em História da Sociedade e Cultura pela PUC-SP e graduação em História pela Universidade de São Paulo.

Rafael Fava Belúzio é atualmente professor de Teoria da Literatura e Literatura Comparada na Universidade Federal de Minas Gerais. Possui graduação em Letras (UFV), com formação suplementar em Filosofia (UFMG); mestrado sobre Álvares de Azevedo e doutorado sobre Paulo Leminski, ambos em Estudos Literários: Literatura Brasileira (UFMG). Trabalha, principalmente, com Poesia Brasileira e Teorias da Poesia. É autor do livro *Uma lira de duas cordas*: o ritmo como elemento construtivo da binomia de *Lira dos vinte anos* (Scriptum, 2015).

Vagner Camilo é professor associado de Literatura Brasileira da Universidade de São Paulo (USP), onde dá aulas na graduação e na pós-graduação, com pesquisa, em geral, sobre temas relativos à poesia brasileira romântica e moderna. Doutor em Teoria e História Literárias pela Unicamp, onde também concluiu seu mestrado. Publicou, entre outros, *Risos entre Pares: Poesia e Humor Românticos* (Edusp/Fapesp/Imprensa Oficial, 1997); *Drummond: da* Rosa do Povo *à Rosa das Trevas* (ANPOLL/Ateliê Ed. 2001); *O Sino e o Relógio: uma Antologia do Conto Romântico* (Carambaia, 2020; em parceria com Hélio Guimarães) e *A Modernidade entre Tapumes: da Poesia Social à Inflexão Neoclássica na Lírica Brasileira Moderna* (Ateliê /Fapesp, 2020).

Wilton José Marques Professor titular de literatura brasileira e teoria literária do Departamento de Letras e do Programa de Pós-Graduação em Estudos de Literatura da Universidade Federal de São Carlos (UFSCar). Em 2011, recebeu o Prêmio Jabuti pelo livro *Gonçalves Dias: o poeta na contramão* (EDUFSCar, 2010). Posteriormente, publicou *O poeta do lá* (EDUFSCar, 2014), *O poeta sem livro e a pietà indígena* (Editora da Unicamp, 2015), e, mais recentemente, *Ao correr da pena (folhetins inéditos)*, de José de Alencar (EDUFSCar, 2017) e *Leituras oitocentistas* (EDUFSCar, 2019), coletânea, organizada com Franco Baptista Sandanello, em comemoração aos quinze anos do grupo de pesquisa Núcleo de Estudos Oitocentistas (NEO/UFSCar).

Alameda nas redes sociais:
Site: www.alamedaeditorial.com.br
Facebook.com/alamedaeditorial/
Twitter.com/editoraalameda
Instagram.com/editora_alameda/

Esta obra foi impressa em São Paulo no outono de 2021. No texto foi utilizada a fonte Georgia em corpo 10 e entrelinha de 15 pontos.